本书列入

2017年国家社会科学基金重大委托项目

"十三五"国家重点图书出版规划项目

中华传统文化百部经典

耶律楚材 著

刘 晓 解读

耶律楚材集（节选）

国家图书馆出版社

图书在版编目（CIP）数据

耶律楚材集：节选／（元）耶律楚材著；刘晓解读．—北京：国家图书馆出版社，2023.12（2025.6 重印）
（中华传统文化百部经典／袁行霈主编）
ISBN 978-7-5013-7511-0

Ⅰ.①耶… Ⅱ.①耶… ②刘… Ⅲ.①中国文学－古典文学－作品综合集－元代 Ⅳ.① I214.72

中国版本图书馆 CIP 数据核字（2022）第 009880 号

国家图书馆出版社官方微信

书　　名	耶律楚材集（节选）
著　　者	（元）耶律楚材 著　刘　晓 解读
责任编辑	于　浩
特约审校	党宝海
封面设计	敬人设计工作室

出版发行　国家图书馆出版社（北京市西城区文津街 7 号　100034）
　　　　　　010-66114536　63802249　nlcpress@nlc.cn（邮购）
网　　址　http://www.nlcpress.com
印　　装　北京科信印刷有限公司
版次印次　2023 年 12 月第 1 版　2025 年 6 月第 2 次印刷

开　　本　710×1000　1/16
印　　张　21.5
字　　数　275 千字
书　　号　ISBN 978-7-5013-7511-0
定　　价　65.00 元（精装）

中华传统文化百部经典

顾 问

编纂缘起

　　文化是民族的血脉，是人民的精神家园。党的十八大以来，围绕传承发展中华优秀传统文化，习近平总书记发表了一系列重要讲话，深刻揭示出中华优秀传统文化的地位和作用，梳理概括了中华优秀传统文化的历史源流、思想精神和鲜明特质，集中阐明了我们党对待传统文化的立场态度，这是中华民族继往开来、实现伟大复兴的重要文化方略。2017年初，中共中央办公厅、国务院办公厅印发《关于实施中华优秀传统文化传承发展工程的意见》，从国家战略层面对中华优秀传统文化传承发展工作作出部署。

　　我国古代留下浩如烟海的典籍，其中的精华是培育民族精神和时代精神的文化基础。激活经典，

熔古铸今，是增强文化自觉和文化自信的重要途径。多年来，学术界潜心研究，钩沉发覆、辨伪存真、提炼精华，做了许多有益工作。编纂《中华传统文化百部经典》（简称《百部经典》），就是在汲取已有成果基础上，力求编出一套兼具思想性、学术性和大众性的读本，使之成为广泛认同、传之久远的范本。《百部经典》所选图书上起先秦，下至辛亥革命，包括哲学、文学、历史、艺术、科技等领域的重要典籍。萃取其精华，加以解读，旨在搭建传统典籍与大众之间的桥梁，激活中华优秀传统文化，用优秀传统文化滋养当代中国人的精神世界，提振当代中国人的文化自信。

这套书采取导读、原典、注释、点评相结合的编纂体例，寻求优秀传统文化与社会主义核心价值观之间的深度契合点；以当代眼光审视和解读古代典籍，启发读者从中汲取古人的智慧和历史的经验，借以育人、资政，更好地为今人所取、为今人

所用；力求深入浅出、明白晓畅地介绍古代经典，让优秀传统文化贴近现实生活，融入课堂教育，走进人们心中，最大限度地发挥以文化人的作用。

《百部经典》的编纂是一项重大文化工程。在中宣部等部门的指导和大力支持下，国家图书馆做了大量组织工作，得到学术界的积极响应和参与。由专家组成的编纂委员会，职责是作出总体规划，选定书目，制订体例，掌握进度；并延请德高望重的大家耆宿担当顾问，聘请对各书有深入研究的学者承担注释和解读，邀请相关领域的知名专家负责审订。先后约有 500 位专家参与工作。在此，向他们表示由衷的谢意。

书中疏漏不当之处，诚请读者批评指正。

2017 年 9 月 21 日

凡　例

一、《中华传统文化百部经典》的选书范围，上起先秦，下迄辛亥革命。选择在哲学、文学、历史、艺术、科技等各个领域具有重大思想价值、社会价值、历史价值和学术价值的一百部经典著作。

二、对于入选典籍，视具体情况确定节选或全录，并慎重选择底本。

三、对每部典籍，均设"导读""注释""点评"三个栏目加以诠释。导读居一书之首，主要介绍作者生平、成书过程、主要内容、历史地位、时代价值等，行文力求准确平实。注释部分解释字词、注明难字读音，串讲句子大意，务求简明扼要。点评包括篇末评和旁批两种形式。篇末评撮述原典要旨，标以"点评"，旁批萃取思想精华，印于书页一侧，力求要言不烦，雅俗共赏。

四、原文中的古今字、假借字一般不做改动，唯对异体字根据现行标准做适当转换。

五、每书附入相关善本书影，以期展现典籍的历史形态。

湛然居士文集卷之一

和黃華老人題獻陵吳氏成趣園詩

雪溪詞翰星斗紙蠹塵蒙詩一首湛然揮
墨試續貂嘔嘔使人難出口丁年彭澤解官
去遨遊三徑真三友悠然把菊見南山暢飲
東籬醉重九獻陵吳氏沿荒園成趣為名良可
取養高不肯事王侯閑卧林泉了衰朽今年
席從過秦川可憐尚有蕭條柳歸計甘翰吳
子先麗詞已後黃華手知音誰聽斷絃琴臨

湛然居士文集十四卷　（元）耶律楚材撰
明抄本　国家图书馆藏

元庚午歲天正十一月壬戌朔夜半冬至時加
子正日月合璧五星聯珠同會虛宿五度以應
我皇帝陛下受命之符也臣又損節氣之分減
周天之杪去交終之率治月轉之餘課兩曜之
後先調五行之出沒大明一夫于是一新聽之
于天若合符契又以西域中原地里珠違創立
里差以增損之離東西數萬里不復差矣故題
其名曰西征庚午元曆以紀我聖朝受命之符
及西域中原之異也所有曆書隨表上進以聞

伏乞頒降玄臺以備行宮之用臣誠惶誠恐頓
首頓首謹言

西遊錄序

古君子南諭大嶺西出陽關壯夫志士不無消
黯乎奉詔西行數萬里確乎不動心者無他術
焉蓋汪洋法海涵養之效也故述辨邪論以斥
糅蘗少答佛思戊子馳傳宋京里人問其域事
應頓應對遂著西遊錄以見子志其間頗涉三
聖人教正邪之辨有識子之好辯者予應之曰

湛然居士文集十四卷 （元）耶律楚材撰
清抄本 国家图书馆藏

目　录

导　读

一、作者生平简介...................................（ 1 ）

二、著述...（ 10 ）

三、文学地位.......................................（ 16 ）

四、历史价值.......................................（ 18 ）

五、现实意义.......................................（ 22 ）

耶律楚材集

卷一...（ 31 ）

和黄华老人题献陵吴氏成趣园诗.............（ 31 ）

和平阳王仲祥韵...................................（ 33 ）

和李世荣韵...（ 36 ）

鹿尾...（ 38 ）

过金山用人韵.......................................（ 39 ）

和裴子法韵...（ 41 ）

和许昌张彦升见寄.................................（ 46 ）

和南质张学士敏之见赠七首 …………………………（ 48 ）

其一 …………………………………………………（ 48 ）

和孟驾之韵 …………………………………………………（ 50 ）

和陈秀玉绵梨诗韵 …………………………………………（ 53 ）

卷二 …………………………………………………………（ 55 ）

和移剌继先韵二首 …………………………………………（ 55 ）

其一 …………………………………………………（ 55 ）

过阴山和人韵 ………………………………………………（ 56 ）

其一 …………………………………………………（ 56 ）

其二 …………………………………………………（ 58 ）

其三 …………………………………………………（ 59 ）

其四 …………………………………………………（ 60 ）

再用前韵 ……………………………………………………（ 61 ）

用前韵送王君玉西征二首 …………………………………（ 63 ）

其一 …………………………………………………（ 63 ）

过济源和香山居士韵 ………………………………………（ 65 ）

赠李郡王笔 …………………………………………………（ 67 ）

和杨居敬韵二首 ……………………………………………（ 68 ）

其一 …………………………………………………（ 68 ）

丁亥过沙井和移剌子春韵二首 ……………………………（ 69 ）

其一 …………………………………………………（ 69 ）

其二 …………………………………………………（ 70 ）

王屋道中 ……………………………………………………（ 71 ）

卷三 ....（73）

和解天秀韵 ....（73）

和王巨川韵 ....（74）

释奠 ....（75）

和移剌子春见寄五首 ....（77）

其一 ....（77）

其二 ....（77）

其三 ....（78）

其四 ....（78）

其五 ....（78）

寄移剌国宝 ....（80）

和景贤韵三首 ....（81）

其一 ....（81）

其二 ....（81）

其三 ....（81）

过东胜用先君文献公韵二首 ....（83）

其一 ....（83）

过夏国新安县 ....（84）

再用韵感古 ....（85）

还燕京题披云楼和诸士大夫韵 ....（86）

和李德修韵 ....（87）

卷四 ....（89）

再用韵纪西游事 ....（89）

和抟霄韵代水陆疏文因其韵为十诗 …………………（ 90 ）

　　其二 …………………………………………………（ 90 ）

寄贾抟霄乞马乳 …………………………………………（ 91 ）

爱子金柱索诗 ……………………………………………（ 92 ）

还燕和吴德明一首 ………………………………………（ 93 ）

和宋子玉韵 ………………………………………………（ 94 ）

和李邦瑞韵二首 …………………………………………（ 95 ）

　　其一 …………………………………………………（ 95 ）

　　其二 …………………………………………………（ 96 ）

和邦瑞韵送奉使之江表 …………………………………（ 97 ）

祝忘忧居士寿 ……………………………………………（ 98 ）

和琴士苗兰韵 ……………………………………………（ 99 ）

和武川严亚之见寄 ………………………………………（100）

　　其四 …………………………………………………（100）

己丑过鸡鸣山 ……………………………………………（101）

卷五 ………………………………………………………（103）

赠蒲察元帅七首 …………………………………………（103）

　　其一 …………………………………………………（103）

　　其二 …………………………………………………（103）

　　其三 …………………………………………………（104）

　　其四 …………………………………………………（104）

　　其五 …………………………………………………（104）

　　其六 …………………………………………………（104）

　　其七 …………………………………………………（105）

庚辰西域清明 ···（107）

用盐政姚德宽韵 ·····································（107）

和薛正之见寄 ···（109）

壬午西域河中游春十首 ···························（109）

　　其一 ··（109）

　　其二 ··（110）

　　其三 ··（110）

　　其四 ··（110）

　　其五 ··（111）

　　其六 ··（111）

　　其七 ··（111）

　　其八 ··（111）

　　其九 ··（112）

　　其十 ··（112）

游河中西园和王君玉韵四首 ···················（114）

　　其一 ··（114）

　　其二 ··（115）

　　其三 ··（115）

　　其四 ··（115）

河中游西园四首 ·····································（116）

　　其一 ··（116）

　　其二 ··（117）

　　其三 ··（117）

　　其四 ··（117）

河中春游有感五首 ....（118）

　　其一 ....（118）

　　其二 ....（119）

　　其三 ....（119）

　　其四 ....（119）

　　其五 ....（120）

过间居河四首 ....（121）

　　其一 ....（121）

　　其二 ....（121）

　　其三 ....（122）

　　其四 ....（122）

感事四首 ....（123）

　　其一 ....（123）

　　其二 ....（124）

　　其三 ....（124）

　　其四 ....（124）

壬午元日二首 ....（126）

　　其一 ....（126）

　　其二 ....（126）

西域家人辈酿酒戏书屋壁 ....（127）

用薛正之韵 ....（128）

卷六 ....（129）

西域河中十咏 ....（129）

　　其一 ....（129）

其二 ……………………………………………（129）

其三 ……………………………………………（130）

其四 ……………………………………………（130）

其五 ……………………………………………（130）

其六 ……………………………………………（130）

其七 ……………………………………………（131）

其八 ……………………………………………（131）

其九 ……………………………………………（131）

其十 ……………………………………………（132）

寄巨川宣抚 ……………………………………（133）

寄南塘老人张子真 ……………………………（135）

观瑞鹤诗卷独子进治书无诗 …………………（136）

寄德明 …………………………………………（138）

才卿外郎五年止惠一书 ………………………（139）

寄用之侍郎 ……………………………………（140）

寄仲文尚书 ……………………………………（142）

谢王清甫惠书 …………………………………（143）

思亲二首 ………………………………………（144）

其一 ……………………………………………（144）

其二 ……………………………………………（144）

思亲用旧韵二首 ………………………………（145）

其一 ……………………………………………（145）

其二 ……………………………………………（146）

再过西域山城驿 ………………………………（147）

辛巳闰月西域山城值雨 ……………………………………（148）

十七日早行始忆昨日立春 ………………………………（148）

是日驿中作穷春盘 ………………………………………（149）

西域蒲华城赠蒲察元帅 …………………………………（150）

乞车 ………………………………………………………（151）

戏作二首 …………………………………………………（152）

　　其一 …………………………………………………（152）

　　其二 …………………………………………………（153）

过太原南阳镇题紫微观壁三首 …………………………（154）

　　其三 …………………………………………………（154）

和薛正之韵 ………………………………………………（155）

卷七 ………………………………………………………（156）

和李茂才寄景贤韵 ………………………………………（156）

除戎堂二首 ………………………………………………（157）

　　其一 …………………………………………………（157）

　　其二 …………………………………………………（157）

寄武川摩诃院圆明老人 …………………………………（159）

　　其四 …………………………………………………（159）

　　其五 …………………………………………………（159）

和北京张天佐见寄 ………………………………………（160）

和高冲霄二首 ……………………………………………（162）

　　其二 …………………………………………………（162）

过金山和人韵三绝 ………………………………………（162）

　　其一 …………………………………………………（162）

其二 ………………………………………………………（163）

其三 ………………………………………………………（163）

和王巨川题武成王庙 …………………………………………（164）

又一首 …………………………………………………………（165）

过天山和上人韵二绝 …………………………………………（166）

其一 ………………………………………………………（166）

其二 ………………………………………………………（166）

题古并覃公秀野园 ……………………………………………（167）

和高丽使三首 …………………………………………………（168）

其一 ………………………………………………………（168）

其二 ………………………………………………………（168）

其三 ………………………………………………………（168）

和武善夫韵二首 ………………………………………………（170）

其一 ………………………………………………………（170）

其二 ………………………………………………………（170）

赠辽西李郡王 …………………………………………………（171）

西域尝新瓜 ……………………………………………………（172）

卷八 ……………………………………………………………（173）

醉义歌 …………………………………………………………（173）

苗彦实琴谱序 …………………………………………………（174）

答杨行省书 ……………………………………………………（177）

进《西征庚午元历》表 ………………………………………（179）

《西游录》序 …………………………………………………（183）

《辨邪论》序……………………………………………………（186）

寄赵元帅书………………………………………………………（189）

万松老人《评唱天童觉和尚颂古从容庵录》序…………………（193）

燕京崇寿禅院故圆通大师朗公碑铭……………………………（197）

贫乐庵记…………………………………………………………（201）

燕京大觉禅寺创建经藏记………………………………………（204）

卷九……………………………………………………………（209）

和王正夫韵………………………………………………………（209）

次云卿见赠………………………………………………………（210）

继宋德懋韵三首…………………………………………………（211）

　　其一…………………………………………………………（211）

　　其二…………………………………………………………（211）

　　其三…………………………………………………………（212）

和平阳张彦升见寄………………………………………………（213）

戏陈秀玉并序……………………………………………………（215）

卷十……………………………………………………………（218）

扈从冬狩…………………………………………………………（218）

谢西方器之赠阮杖并序…………………………………………（219）

扈从羽猎…………………………………………………………（224）

狼山宥猎…………………………………………………………（225）

再过太原题覃公秀野园…………………………………………（226）

寄妹夫人…………………………………………………………（228）

和少林和尚英粹中《山堂》诗韵…………………………………（229）

卷十一 ....（231）

用张道亨韵 ....（231）

答聂庭玉 ....（236）

冬夜弹琴颇有所得乱道拙语三十韵以遗犹子兰并序 ....（237）

弹《广陵散》终日而成因赋诗五十韵并序 ....（238）

吾山吟 ....（241）

转灯 ....（242）

卷十二 ....（245）

怀古一百韵寄张敏之 ....（245）

赠高善长一百韵 ....（254）

为子铸作诗三十韵 ....（262）

卷十三 ....（265）

《楞严外解》序 ....（265）

《糠孽教民十无益论》序 ....（271）

《释氏新闻》序 ....（274）

屏山居士《金刚经别解》序 ....（277）

书《金刚经别解》后 ....（280）

贾非熊修夫子庙疏 ....（281）

重修宣圣庙疏 ....（282）

和公大禅师塔记 ....（283）

寄万松老人书 ....（286）

万松老人《万寿语录》序 ....（289）

卷十四..（ 293 ）

　赠景贤..（ 293 ）

　和景贤赠鹿尾二绝..（ 294 ）

　　其一..（ 294 ）

　云汉远寄新诗四十韵因和而谢之............................（ 294 ）

　子铸生朝润之以诗为寿予因继其韵以遗之....................（ 299 ）

　屏山居士《鸣道集》序....................................（ 301 ）

　用梁斗南韵..（ 305 ）

　送燕京高庆民行..（ 306 ）

　和赵庭玉子赟韵..（ 307 ）

　赠东平主事王玉..（ 308 ）

　周敬之修夫子庙..（ 309 ）

　云中重修宣圣庙疏..（ 310 ）

　寄光祖..（ 311 ）

　送德润南行..（ 312 ）

　和太原元大举韵..（ 312 ）

主要参考文献..（ 315 ）

导　读

一、作者生平简介

耶律楚材（1190—1244），字晋卿，号湛然居士，义州弘政（今辽宁义县）人。大蒙古国时代杰出政治家，同时也是著名的天文学家与诗人。

耶律楚材出身显赫，祖先可追溯到辽朝建立者太祖耶律阿保机长子耶律倍（突欲），是为楚材八世祖。耶律倍本为皇储，阿保机在天显元年（926）消灭号称"海东盛国"的渤海后，于当地建东丹国，封耶律倍为王，号"人皇王"。不久，阿保机去世，在母亲支持下，弟弟耶律德光（太宗）夺取皇位，备受打压的耶律倍无奈之下浮海投奔后唐，天显十一年（936）后唐灭亡前夕被末帝李从珂杀死。

耶律倍长子耶律阮（兀欲），后为辽朝皇帝——世宗，此后除穆宗外，辽朝皇位传承尽出耶律倍一系。耶律倍次子娄国（勉辛），为世宗同母弟，也是楚材七世祖。他在天禄五年（951）世宗被杀后，手刃察割，为兄

长报仇。辽穆宗即位后，娄国官南京留守、政事令，后因谋反在应历二年（952）被杀。

娄国死后被辽穆宗葬"绝后之地"①，但似未影响后世子孙繁衍。据宋子贞撰耶律楚材神道碑，"娄国生将军国隐，将军生太师合鲁，合鲁生太师胡笃，胡笃生定远大将军内剌，内剌生银青荣禄大夫、兴平军节度使德元"②，以上诸人分别为楚材六世祖、五世祖、高祖、曾祖、祖父。大概内剌、德元父子在世时，辽朝被女真人建立的金朝灭亡。内剌衔定远大将军为散官，有可能是赠官，也即内剌终身未仕，因子德元仕金，始获赠官。德元早年无子，过继族弟聿鲁子履为己子，是为耶律楚材生父。耶律履（1131—1191），字履道，晚号忌言（一作忘言）居士。《金史》有传，传世又有元好问所撰墓志。历仕金世宗、章宗朝，位列宰执，累官尚书右丞。谥文献。

从应历二年（952）耶律娄国被杀到明昌二年（1191）耶律履去世，中间 240 年，耶律家族共历国隐、合鲁、胡笃、内剌、德元、履六代，平均 40 年一代，比通常认为的 20 年一代显然相差很多。

耶律楚材有诗追述祖先丰功伟绩云：

> 赫赫东丹王，让位如夷伯。藏书万卷堂，丹青成画癖。
> 四世皆太师，名德超今昔。我祖建四节，功勋冠黄阁。
> 先考文献公，弱冠已卓立。学业饱典坟，创作乙未历。
> 入仕三十年，庙堂为柱石。重义而疏财，后世遗清白。③

其中"赫赫东丹王"指耶律楚材八世祖耶律倍。"让位如夷伯"借伯夷、叔齐故事喻指耶律倍让位弟弟德光。"藏书万卷堂"指耶律倍在医巫闾山顶建望海堂，藏书万卷。"丹青成画癖"则是对耶律倍绘画艺术的赞誉。"四世皆太师"或分指楚材七世祖娄国、六世祖国隐、五世

祖合鲁、高祖胡笃。"我祖建四节"则指楚材祖父德元，他大概曾四任节度使，故称"四节"。"先考文献公"以下，讲的是父亲耶律履。

耶律履有三子，长子辨才，次子善才，三子即楚材。耶律楚材的名与字，神道碑与《元史》本传都认为是出生后由父亲耶律履取的。耶律履精通术数，尤其是《太玄》。耶律楚材出生后，他私下对人说："吾年六十而得此子，吾家千里驹也，他日必成伟器，且当为异国用。"④因此取《左传》"虽楚有材，晋实用之"的典故，为新生儿取名楚材字晋卿。这个故事揭示出楚材、晋卿的用典出处，当然没有问题。但是否出自耶律履的主意，却大有可疑之处。首先，古人出生，往往只取小名。大名尤其是表字，多在成年后，为示郑重，往往还会专门请高人为之，并写一篇字说之类的文章。耶律楚材甫一出生就名、字全有了（次年耶律履即去世），明显有悖常理。其实，耶律楚材次兄善才，据元好问撰墓志，"讳思忠，字天祐，以小字善才行"⑤。由此推断，楚材（楚才）起初应是小字才对。其次，耶律楚材生于金章宗明昌元年（1190）六月二十日，当时金朝正值"大定明昌五十年"的太平盛世，耶律履是否真会预见到金朝要灭亡，儿子又会投降异国，也很成问题。最后，也是很重要的一点，耶律楚材两位同父异母哥哥，分别名辨才与善才，按同辈取名习惯，楚材应叫楚才更合理。其实，元好问在给耶律履及辨才、善才撰写墓志时，仍将楚材写作楚才。耶律楚材《西游录》《玄风庆会录》等著作署名，也莫不如此。因此，早有学者怀疑楚材原作楚才。其实，何止名与字，就是耶律这个姓氏，在耶律楚材生前是否用过，也不无疑问。耶律楚材出生后不久，契丹姓氏耶律，就被金廷下令改作移剌。目前所见《湛然居士文集》署名，最晚为1235年四月《万松老人〈万寿语录〉序》，题曰"湛然居士漆水移剌楚才晋卿"，此时据其去世已不足十年。因此，耶律楚材生前所用姓名，应以自己的署名"移剌楚才"为准，从移剌楚才到耶律楚材的转变，应是较晚才发生的事⑥。

出身金朝显宦之家的耶律楚材，十七岁以宰相子得试补省掾，任尚书省令史。考满，出任开州（治今河南濮阳市）同知。此时，金朝正值卫绍王在位期间，国运已开始由盛转衰。大安三年（1211），蒙古对金发动大规模进攻。金军接连失败，战事吃紧。当年七月，蒙古进至野狐岭（今河北万全西北），与完颜承裕率领的金军主力40万相遇。完颜承裕畏敌如虎，率众逃跑，结果在浍河川（今河北万全南）被蒙古军追及，金军溃败，40万大军尽没于此。蒙古随后连陷宣德、德兴等地，先锋哲别突入居庸关，前锋一直打到中都城下。此时，大概正值耶律楚材接到开州同知任命之际，因当时中都城业已戒严，城内到处一片恐怖气氛，连赶来给他祝贺送行的人都没有。

至宁元年（1213）八月，右副元帅纥石烈执中（胡沙虎）发动政变，废杀金帝，改立宣宗，改元贞祐。次年三月，宣宗向蒙古求和，蒙古北撤。五月，宣宗举国南迁汴京，史称"贞祐南迁"。临行前，宣宗对中都留守官员做了安排，任命完颜承晖（福兴）为行尚书省右丞相兼都元帅，与左丞抹燃尽忠等辅佐皇太子完颜守忠留守中都。接受任命后，完颜承晖上表奏请耶律楚材为行省左右司员外郎。

宣宗迁都汴京后，蒙古以金人败盟为口实，再次大举南侵，中都很快陷入包围之中。在此期间，金廷多次组织援军北上，但"终无一兵至中都者"⑦。重兵围困下的中都很快出现饥荒，"绝粒六十日"，甚至出现人吃人的惨象。在此艰苦环境下，耶律楚材虽"执菜根蘸油盐，饭脱粟"，依然"守职如恒"⑧。一年后，贞祐三年（1215）五月，中都城陷，完颜承晖饮药自杀。

金朝士大夫谈禅风气甚浓，围城中苦苦挣扎的耶律楚材，开始寻求佛教上的精神慰藉。在大圣安寺澄公和尚的引介下，他拜报恩寺万松行秀为师，开始参禅生涯。万松行秀为曹洞宗高僧，曾受金章宗礼遇，住中都仰山栖隐寺，"儒释兼备，宗说精通，辨才无碍"⑨，是当时华北佛

教界很有影响力的高僧大德。耶律楚材拜师后，"受显诀于万松。其法忘死生，外身世，毁誉不能动，哀乐不能入"，"大会其心，精究入神，尽弃宿学，冒寒暑、无昼夜者三年，尽得其道"⑩。后被行秀认可，取名湛然居士从源。

太祖十三年（1218），耶律楚材受成吉思汗征召北上，开始其人生的重大转折。成吉思汗一见到他，就说："辽与金为世雠，吾与汝已报之矣。"耶律楚材的回答出人意料："臣父祖以来皆尝北面事之，既为臣子，岂敢复怀贰心，雠君父耶！"⑪这一回答让成吉思汗非常满意。耶律楚材相貌特殊，尤其是胡须很长，"髭髯垂到腰间"，而当时"鞑人少髯，故胡多必贵也"⑫，因此在蒙古人眼中，耶律楚材显得格外与众不同，被称为"吾图撒合里"，也即长髯人的意思。

耶律楚材被成吉思汗征召时，正赶上蒙古第一次西征。成吉思汗将其"处之左右，以备咨访"⑬，大概是因其精通占卜之术的缘故，用耶律楚材自己的话讲，就是"自天明下诏，知我素通蓍"⑭。随成吉思汗西征期间，耶律楚材到过许多地方，见闻日广，并认识了不远万里前来觐见成吉思汗的全真教领袖丘处机。他后来写的《西游录》就是记载这段特殊经历的。

太宗元年（1229）窝阔台汗即位后，耶律楚材的政治抱负得以全面施展。此事缘于蒙古人不知如何治理汉地，窝阔台汗一名近侍别迭甚至建言："虽得汉人，亦无所用，不若尽去之，使草木畅茂，以为牧地。"耶律楚材趁机对窝阔台汗说："夫以天下之广，四海之富，何求而不得，但不为耳，何名无用哉？"他向窝阔台汗介绍了"地税、商税、酒醋盐铁山泽之利"，并保证"周岁可得银五十万两，绢八万匹，粟四十万石"⑮。半信半疑的窝阔台汗答应了他的要求。这样，中原地区的赋税大权尽归耶律楚材之手。太宗二年（1230）十一月，在其筹划下，蒙古在中原设立十路征收课税所（燕京、宣德、西京、太原、平阳、真定、东平、北京、

平州、济南），负责各地赋税征收。征收课税所借鉴了金朝转运司的经验，"举近世转运司例，经理十路课税，易司为所，黜使称长"⑯。首批任命的课税所官员，均由经验丰富、极天下之选的文人担任，这在蒙古政权还是首次。第二年，耶律楚材承诺的银、绢、粟如数送到，令窝阔台汗对其刮目相看。窝阔台汗很快在太宗三年（1231）八月下令成立中书省，由必阇赤（书记）耶律楚材、粘合重山、镇海等具体负其责。

耶律楚材当政期间，推动汉法改革。为加强中央集权，限制地方权力，他主张将地方行政、军权与财权三者分离："先是，诸路长吏兼领军民钱谷，往往恃其富强，肆为不法。公奏长吏专理民事，万户府总军政，课税所掌钱谷，各不相统摄，遂为定制。"⑰虽然这种做法其实并未完全落实，但无疑为元初废世侯行迁转法之先声。

太宗七年（1235），在大断事官失吉忽秃忽主持下，蒙古政权对中原民户进行了大规模统计，因这一年为乙未年，史称"乙未籍户"。第二年，蒙古政权又将所得民户在宗亲贵戚功臣中进行分封，因这一年为丙申年，史称"丙申分封"。针对此次分封弊端，耶律楚材向窝阔台提出建议：

> 其秋七月，忽觇虎（即失吉忽秃忽）以户口来上，议割裂诸州郡分赐诸王贵族，以为汤沐邑。公曰："尾大不掉，易以生隙。不如多与金帛，足以为恩。"上曰："业已许之。"复曰："若树置官吏，必自朝命。除恒赋外，不令擅自征敛，差可久也。"从之。⑱

由中央汗廷设官统一征收赋税，按应得数额颁给受封者，无疑极大限制了封君权力。这种分封，有些类似中原王朝的汤沐邑，既照顾了封君的经济利益，又使中央集权不会遭受较大损害，可谓蒙汉二元政治文化妥协的产物。

　　蒙金间的残酷战争，造成中原地区生命财产损失严重，文化发展停滞不前，为免于中原文化毁于一旦，从汴京围城走出来的金末大文豪元好问，太宗五年（1233）上书耶律楚材，恳请其拯救斯文，保留读书人的种子，并推荐了一份54人的保护名单[19]。其实，耶律楚材又何尝不是"君子云亡真我恨，斯文将丧是吾忧"[20]。此前汴京围城期间，耶律楚材就曾从汴京围城索出衍圣公孔元措等人，并促使窝阔台汗下"诏以孔子五十一世孙元措袭封衍圣公"。此后太宗八年（1236），在耶律楚材建议下，蒙古政权又"立编修所于燕京，经籍所于平阳，编集经史，召儒士梁陟充长官，以王万庆、赵著副之"[21]。耶律楚材非常重视对儒士人才的培养，认为："制器者必用良工，守成者必用儒臣。儒臣之事业，非积数十年，殆未易成也。"[22]在其努力下，太宗九年（1237）八月二十五日，蒙古政权颁布选拔儒士的诏书：

　　　　自来精业儒人，二十年间学问方成。古昔张置学校，官为廪给，养育人才。今来名儒凋丧，文风不振。所据民间应有儒士，都收拾见数。若高业儒人，转相教授，攻习儒业，务要教育人材。其中选儒士，若有种田者，输纳地税；买卖者，出纳商税；开张门面营运者，依行例供出差发。除外，其余差发并行蠲免。此上委令断事官术忽觯与山西东路征收课程所长官刘中，遍行诸路一同监试，仍将论及经义、词赋分为三科，作三日程试，专治一科为一经，或有能兼者〔听〕，但〔以〕不失文义者为中选。其中选儒人，与各处达鲁花赤、管民官一同商量公事勾当者。随后照依先降条理，开辟举场，精选入仕，续听朝命。[23]

　　这次考试于第二年即戊戌年（1238）举行，故称"戊戌试""戊戌选"。因重在甄别儒士，而非科举选官，故中选条件较宽松，"〔以〕不

失文义者为中选"。结果"得士凡四千三十人"。当时规定:"儒人被俘为奴者,亦令就试,其主匿弗遣者死",而通过这次考试,"免为奴者四之一"㉔。通过这次考试中选的儒生,得以享受免除国家大部分差发的优待。后来,这一措施逐渐固定,成为以后元朝儒户在经济方面享受的特权。

耶律楚材的汉法改革措施,并非一帆风顺,因各种阻力,"其见于设施者十不能二三"㉕。理想与现实的巨大落差,常使耶律楚材产生挫败感。"仁义说与当途人,恰似春风射马耳"㉖,透露出他的愤懑不平。"未能仁义戢干戈,勉将敦厚惩浇薄"㉗,则是其理想无法实现的无奈之举。到窝阔台汗晚年,回回人奥都剌合蛮成为其最大竞争对手。当时,扑买课税即包税制盛行。针对二万二千锭的全国税额,奥都剌合蛮毛遂自荐,提出如由自己负责,可增加一倍即四万四千锭。耶律楚材指出:"虽取四十四万亦可得,不过严设法禁,阴夺民利耳。民穷为盗,非国之福。"㉘最后,耶律楚材败下阵来,赋税征收权被剥夺。"十二年(1240)庚子春正月,以奥都剌合蛮充提领诸路课税所官。"㉙次年,窝阔台汗去世,六皇后脱列哥那摄政,耶律楚材更加失势,后于乃马真后三年(1244)五月在郁闷中去世。

作为契丹族杰出政治家,耶律楚材曾为推动蒙古政权的汉法改革产生过积极作用,其事迹广为后人传颂。郝经上忽必烈《立政议》专门谈到耶律楚材,指出:"当太宗皇帝临御之时,耶律楚材为相,定税赋,立造作,榷宣课,分郡县,籍户口,理狱讼,别军民,设科举,推恩肆赦,方有志于天下。而一二不逞之人,投隙抵巇,相与排摈,百计攻讦,乘宫闱违豫之际,恣为矫诬,卒使楚材愤悒以死。"㉚对其改革事业半途而废感到深深惋惜。其实,元初汉法改革,有许多是耶律楚材已经开始做而后又被废弃了的,有的则是耶律楚材想做而没有做到的。从这点而言,把耶律楚材说成是元朝初年汉法改革的先驱者,应非夸大之言。

耶律楚材有两个儿子,长子耶律铉为梁氏所生,留下的记载很少。

贞祐南迁时，随耶律楚材家族一同南下河南，后大概在元初监开平仓以终。苏氏所生次子耶律铸，在元初居官显赫，是耶律楚材家族的重要传人。

耶律铸（1221—1285），字成仲，号双溪。为耶律楚材与苏氏在西征路上所生，从小在漠北长大，通诸国语，是耶律楚材政治生涯的继承者。自幼从李微读书，诗从赵著、吕鲲。耶律楚材死后，嗣领中书省事。宪宗八年（1258），从蒙哥汗征蜀。世祖忽必烈即位后，耶律铸弃妻子东归元廷。中统二年（1261）六月，任中书左丞相。当年冬天，扈从北征。至元元年（1264），进光禄大夫。八月，与张惠等行省山东，未几召还。四年六月，改荣禄大夫、平章政事。五年，复拜光禄大夫、中书左丞相。十年，迁平章军国重事。十三年，监修国史。十九年，复拜中书左丞相。二十年冬十月，以不纳职印、妄奏东平人聚谋为逆、间谍幕僚、党罪囚阿里沙等罪名，遭罢免，徙居山后。两年后病卒。有四库辑本《双溪醉隐集》传世。1998 年，耶律铸与妻奇渥温氏的合葬墓在北京颐和园昆明湖东岸楚材家族墓地内被发现。

耶律铸有子 12 人。留下记载较多者有第四子耶律希亮与第九子耶律希逸。

耶律希亮（1247—1327），蒙古名秃忽思，字明甫。母赤帖吉真氏。九岁时，随父至燕京，寓燕五年，师从名士卢龙赵衍，未过十天即能赋诗。元世祖忽必烈即位后，耶律铸只身东归元廷，希亮母子则被叛军扣留，流寓西域各地。中统四年（1263），被世祖召为宿卫，任速古儿赤、必阇赤。至元八年（1271）起，历任符宝郎、礼部与吏部尚书等职。十七年，以足疾赋闲。至大二年（1309），武宗访求先朝旧臣，召拜翰林学士承旨、知制诰兼修国史。泰定四年（1327）卒，年八十一。所著诗文及迫胁从军纪行录等 30 卷，编为《愫轩先生文集》，今已失传。

耶律希逸，字羲甫，号柳溪，又号梅轩。希亮同母弟。早年任职兵部，至元十八年（1281）起，历任河南河北道、山东东西道提刑按察使。

二十二年，升南台御史中丞，迁淮东宣慰使。二十九年，入为内台御史中丞，迁参知政事。成宗大德三年（1299），出为征东行省左丞，与平章政事阔里吉思同赴高丽，五年还。七年，与刘赓同任河东陕西道奉使宣抚，多所建言。仁宗皇庆元年（1312），再任征东行省官，未赴任。顺帝至正初尚在世。有文集若干卷，已失传。

二、著述

耶律楚材著作，保存下来的主要有《湛然居士文集》《西游录》《玄风庆会录》《庚午元历》等。

今本《湛然居士文集》十四卷。据卷首序文，是集最早应刊于癸巳（1233），编者主要为中书省都事宗仲亨。此前，宗仲亨已"收录公之余稿，纤悉无遗"（孟攀鳞序），为文集编定打下了基础。此次宗仲亨"更新此集"（李微后序），"又增补杂文……举其全帙，付之于门下士高冲霄、李邦瑞协力前修，作新此本"（孟攀鳞序）。此次刊刻文集内容，凡"古律诗杂文五百余首，分为九卷"（王邻序）。王国维《耶律文正公年谱余记》认为，此即今本《湛然居士文集》前九卷，收录作品截止于1233年。"盖前九卷癸巳（1233）所刊，后四（五？）卷则甲午（1234）以后续增也。然亦至丙申（1236）而止。自丁酉（1237）至甲辰（1244）凡八年，诗文无一篇存者，盖今之十四卷未为足本也。"不过，他的上述观点在《耶律文正公年谱》并未得到落实，《耶律文正公年谱》将今本前九卷不少诗文也判定为1233—1236年的作品。此外，王国维认为今本《湛然居士文集》所载作品时间下限为丙申（1236），与其自身考证也偶有矛盾之处。像卷十《张汉臣因入觐索诗》，王国维考证其人为张子良（字汉臣），可现有文献均表明，张子良在太宗十年（1238）始降蒙古[31]，他入觐蒙古大汗的时间不太可能早于是年，除非此处张汉臣另有其人（张

子良另有字汉卿的不同记载）。

《湛然居士文集》最早刊印地点在当时华北刻书重镇——平阳（今山西临汾），刊本应属"平水版"刻本。主持刊印者为"外省官府"及其长官"省丞相胡公"，也即胡天禄。按，胡天禄为云中（今山西大同）人，时任大蒙古国中书省丞相，于平阳开府署事。书序作者"平水冰岩老人王邻"，应为平阳本地人。另一作者孟攀鳞，在1233年汴京陷落后也流寓平阳，受丞相胡天禄庇护，后来还担任过平阳经籍所长官，主管印造经籍[32]。

王国维认为今本《湛然居士文集》十四卷非足本，是有道理的。据《四库全书总目》："史称其旁通天文、地理、术数及二氏医卜之说，宜其多有发挥，而文止于斯，不敌诗之三四，意者尚有佚遗欤？然十四卷之数与诸家著录皆符，或经国之暇，惟以吟咏寄意，未尝留意于文笔也。"[33]可见，四库馆臣对《湛然居士文集》是否为足本也有疑问，只不过他们关注更多的是文集为何文少诗多，其中称文集"十四卷之数与诸家著录皆符"，推断较草率。实际上，明《内阁藏书目录》著录《湛然居士文集》，其中提到："中书令《湛然居士文集》十三册，不全。"其下有注云："元耶律楚材著，凡三十五卷。阙七卷至十二卷、二十二、二十三卷。"[34]清黄虞稷《千顷堂书目》、钱大昕《补元史艺文志》等均抄录了上述内容。由此看来，十四卷本《湛然居士文集》远非全本，三十五卷本应包含了耶律楚材更多作品。

《湛然居士文集》集外佚诗，主要有以下线索。

据栾贵明编《永乐大典索引》，今存《永乐大典》残本共收耶律楚材诗33篇（均题作"耶律楚材湛然居士集"）[35]。其中不少诗篇题目与今本《湛然居士文集》有出入，个别诗篇如卷九〇一《与贾仲论诗》不见今本《湛然居士文集》，个别诗篇如《禅隐堂为苏州僧希元题堂在苏州城中》则系《永乐大典》误收蔡襄诗[36]。由此可见，《永乐大典》所收耶律楚材文集，与十四卷本有异，或有可能即前面提到的三十五卷本。除《永乐大典》外，耶律楚材佚诗在其它地方也有踪迹可寻。如《（嘉靖）

辉县志》所收耶律楚材《梅溪十咏》（存九首）即为明显一例[37]。再如王国维《耶律文正公年谱》系年诗提到：

> 赠刘阳门跋云："庚子之冬，阳门刘满将行索诗，以此赠之，赏其能治也。暴官猾吏岂不愧哉。"下署玉泉。此诗真迹今藏武进袁氏。

这幅难得的楚材书法真迹，后来辗转成为美国收藏家顾洛阜（John M. Crawford）的藏品，今藏美国大都会艺术博物馆[38]。

其他文献也提到过若干今本《湛然居士文集》没有收录的作品。如耶律铸《双溪醉隐集》卷首赵著序提到："余尝在贞祐季年，亲见玉泉大老怀亲诗云：'黄犬不来愁耿耿，白云望断思依依。欲凭鳞羽传音信，海水西流雁北飞。'又云：'黄沙三万里，白发一孀亲。肠断边城月，徘徊照旅人。'……又和人诗云：'仁义说与当途人，恰似春风射马耳。'"[39] 其中，前两首诗分别见今本《湛然居士文集》卷二《思亲有感二首》与卷三《和王君玉韵》（文字稍有出入），后一首抒发"感愤之怀"的《和人诗》，则不见今本《湛然居士文集》。耶律铸《双溪醉隐集》有多首为其父所做的和诗，从诗篇题目看，也多不见于今本《湛然居士文集》[40]。

耶律楚材词，传世仅《鹧鸪天》一首，今人唐圭璋编《全金元词》已收。

耶律楚材集外佚文，大概主要就是成吉思汗颁给丘处机的那几份诏书了。

十四卷本《湛然居士文集》初刻本已失传，流传至今的抄本较多。《中国古籍总目》收录的明抄本主要有图家图书馆（清朱之赤校并跋，缪荃孙跋）与台湾图书馆藏本。清初抄本主要有北大图书馆与上海图书馆藏本。其它清抄本尚有陋居抄本（上海图书馆）、钱塘吴锡麒抄本（国家图书馆）、环翠山房抄本（上海图书馆）、龙池山房抄本（国家图书馆、

上海图书馆、南京图书馆）等等[41]。此外，日本静嘉堂文库藏古写本，源出王西庄家藏本，后成为陆心源十万卷楼旧藏，共二册。此写本系宋宾王手校本，有宋宾王、黄丕烈与陆心源识文。另，日本京都府立综合资料馆藏董康手校本，从董康识文看，也是来自上述陆心源旧藏[42]。

　　今天我们常见的《湛然居士文集》刊本，较重要的有1926年商务印书馆《四部丛刊》初编本，这是过去最通行的一个本子，所据底本为无锡孙氏小渌天藏影元写本。再有就是《渐西村舍》本，系清光绪乙未（1895）袁昶刊刻，有光绪乙亥（1875）芳郭无名人的序与光绪丁亥（1887）李文田在卷七末写的跋语，诗文增加了一部分双行夹注。根据《渐西村舍》本排印的本子，主要有商务印书馆1937年《丛书集成初编》本、《万有文库》本，台湾商务印书馆1968年《国学基本丛书》本等。由谢方点校、中华书局1986年出版的点校本，是目前最好，也是查阅最方便的一个本子。点校本以《四部丛刊》初编本为底本，以《渐西村舍》本互校，并以《丛书集成》本作参考，每篇诗文后均附有校勘记，全书末尾汇集《中书令耶律公神道碑》《耶律文正公年谱》《耶律文正公年谱余记》《四库全书总目提要·湛然居士集》《湛然居士文集（卷七跋）》等对研究耶律楚材有重要参考价值的资料，给读者带来很大便利。当然，点校本也有少许点校、排印错误。如卷一《和裴子法韵》："昔晋武一统之始，不为后世之远谋，何曾已识之？"何曾为西晋官员，却被理解为疑问词。《和许昌张彦升见寄》："死谏安用干与逄。""逄"点校本作"逢"，实应指关龙逄，查《四部丛刊》本无误。卷四《还燕和吴德明》，"吴"原题"美"，据《文渊阁四库全书》本应作"吴"，等等。

　　今本《湛然居士文集》虽刊行近八百年，但除王国维等少数学者对文集作过较全面研究外，到目前为止，国内还没有人对文集作过详细笺注。值得一提的是，日本学者饭田利行曾将《湛然居士文集》译为日文，并加详细注释，取名《定本湛然居士文集译》，于1985年由国书刊行会

出版发行，饭田氏亦因该书获得第 22 届日本翻译文化赏。希望以后国内能有学者从事这方面的工作。

《西游录》是耶律楚材随成吉思汗参加蒙古第一次西征后，于 1228 年撰写的一部小部头著作，于 1229 年刊行。书的末尾署"燕京中书侍郎宅刊行"，看来应是耶律楚材自己刊印的一本书。全书分上、下两卷，连序在内共 5177 字。

书前耶律楚材自序，也见于《湛然居士文集》卷八，撰于己丑元日（1229 年正月初一）。全书内容可分两部分，前一部分专门记述耶律楚材从燕京出发赴漠北觐见成吉思汗，及随军西征到达西域的所见所闻；后一部分以问答形式，对长春真人丘处机进行了严厉抨击。陈垣认为，因耶律楚材子耶律铸笃信道教，父子二人旨趣不同，导致该书在耶律楚材去世后不再印行。在发现足本前，收录《西游录》的主要是元盛如梓笔记《庶斋老学丛谈》，但该书仅节录西游地理部分凡八百余字。元僧释念常《至元辨伪录》转述过抨击丘处机的下半部分，但也只是个内容大概。至于全本原貌则人所罕见，几近失传。1926 年，日人神田喜一郎（即神田信畅）在日本宫内省图书寮（现为宫内厅书陵部）发现了《西游录》旧抄足本，题为《耶律文正西游录》。1927 年，神田氏据此排印出版。根据神田氏跋文，我们知道，该抄本系十九世纪初德川幕府儒官古贺侗庵（煜）所献写本，由于这部抄本有日本文政甲申（1824）邓林所作跋语，故应出自 1824 年写本。此外，邓林跋语云："得此书于慧日祖塔，命抄手录副。"按，慧日祖塔即圆尔辨圆，为日本"圣一派"创始人，日本嘉祯元年（1235）入宋，从杭州径山兴圣万寿寺无准师范学禅。大概正是在这一年或之后不久，辨圆得到中国北方刊行的《西游录》，并于次年携归日本。由此看来，该书祖本出自元刊本应属无疑。

《西游录》足本发现后，中国学者罗振玉据神田本重印，收于《六经堪丛书》，是为过去通常使用的本子。1962 年，姚从吾在台湾发表详

注本[43]。同年，澳大利亚国立大学学者罗依果（Igor de Rachewiltz）也发表英文译注本[44]。1981 年，中华书局出版向达校注的版本（个别注文有张广达、陈得芝补正），代表国内整理研究的最高水平，是迄今为止国内最流行的本子。

《玄风庆会录》一卷，载《正统道藏》洞真部谱录类，主要记录丘处机与成吉思汗会见时的谈道内容，由"元侍臣昭武大将军尚书礼部侍郎移剌楚才奉敕编录"。移剌楚才即耶律楚材。明人王世贞因见耶律楚材《西游录》对丘处机多所指摘，遂对《玄风庆会录》作者是否为同一人表示过怀疑："后考湛然居士《西征记》颇称长春之短。湛然即楚材别号也，此移剌者当别是一楚材。"[45]近人陈铭珪则认为是李志常门人所辑，并对何以署名耶律楚材作出一番解释："李志常《西游记》载长春两见太祖于大雪山，太师移剌国公俱不在坐（其实太师移剌国公即是阿海——引者注），在坐者惟太师阿海。云录者移剌楚材，盖志常化后其徒以所闻辑此书，误阿海为楚材，阿海亦移剌氏也。"[46]今人普遍认为《玄风庆会录》应该就是耶律楚材编纂之书[47]。

《庚午元历》是一部天文历法著作，系太祖十七年（1222）耶律楚材于西征途中进呈成吉思汗之作。所上《进西征庚午元历表》，载《湛然居士文集》卷八。全书主要内容载《元史》卷五六《历志八》与卷五七《历志九》，凡二卷。

耶律楚材著作被著录而今不传者，还有一些。如《辨邪论》，为耶律楚材抨击头陀教（糠禅）的著作，今已不传，仅有序言载《湛然居士文集》卷八。据黄虞稷《千顷堂书目》，耶律楚材著作还有《历说》《乙未元历》《回鹘历》（见卷十三《历数类》）《五星秘语》《先知大数》（各一卷，见卷十三《五行类》）与《皇极经世义》（见卷十一《儒家类》）等。《历说》内容不详，当为天文历法著作。《乙未元历》为其父耶律履所作，耶律楚材刊行之书。《回鹘历》当即耶律楚材神道碑提到的《麻答把历》。

《五星秘语》《先知大数》《皇极经世义》均为术数方面的著作，为耶律楚材对五行天象等占卜推步的经验总结。

三、文学地位

《湛然居士文集》，除小部分文章外，绝大部分是诗歌，共678首。有学者对这些诗歌作过初步统计：其中，四言4首，六言1首，五绝4首，七绝139首，五律45首，七律414首，五言排律6首，七言排律12首，五言古风20首，七言古风30首，七言歌行2首，柏梁体1首。耶律楚材的文学地位主要表现在诗歌方面，他在这方面所取得的成就，虽不及同时代的元好问，但作为蒙古早期几乎独秀一枝的在朝诗人，耶律楚材备受当时士林推崇，他的文学思想与创作，对元初文坛产生过较大影响。

以下是时人及后世对耶律楚材文学地位的一些评价。

《湛然居士文集》王邻序：

> 中书湛然性禀英明，有天然之才，或吟哦数句，或挥扫百张，皆信手拈来，非积习而成之。盖出于胸中之颖悟，流于笔端之敏捷。味此言言语语，其温雅平淡，文以润金石，其飘逸雄拢，又以薄云天，如宝鉴无尘，寒水绝翳，其照物也莹然。……中书之言，如咏物之外，多以国事归美为章句，虽稷契之忠，皋陶之嘉，未易过此。[48]

《湛然居士文集》孟攀鳞序：

> 以圣经为根本，故其文体用而精微；以史氏为枝叶，故其文气焰而宏丽。盘诰训誓其格言，咏歌比兴其奥义。虽出师征伐之间，

犹锐意经济之学。观其投戈讲艺，横槊赋诗，词锋挫万物，笔下无点俗，挥洒如龙蛇之肆，波澜若江海之放，其力雄豪足以排山岳，其辉绚烂足以灿星斗。斡旋之势，雷动飙举；温纯之音，金声玉振。片言只字，冥合玄机，奇变异态，靡有定迹。夐乎出于见闻之外，铿鍧炳耀，荡人之耳目，所谓造物有私，默传真宰，胸中别是一天耳。盖生知所禀，非学而能。如庖丁之解牛，游刃而余地；公输之制木，运斤而成风。是皆造其真境，至于自然而然。公之于文，亦得此不传之妙。⑭

《湛然居士文集》李微序：

观其从事征讨，军务倥偬，宜其不暇留意于文字间，然雄篇杰句，散落人间复如彼其多。或吟咏其情性，或寄意于玄机，千汇万状，会归于正，皆肆笔而成，若不用意为者。人虽服其精敏，意者何为而能然耶？殊不知公善养其浩然之气，充于其中，形于言动，发于功业，见于文章，有不得不然者矣。孔子曰："有德者必有言。"其是之谓乎！⑮

《四库全书总目》评价说：

今观其诗，语皆本色，惟意所如，不以研炼为工。虽时时出入内典，而大旨必归于风教。⑯

顾嗣立《元诗选》评价说：

旁通诣极，而要以儒者为归。故当经营创制之初，驰驱绝域，

宜若无暇于文。而雄篇秀句，散落人间，为一代词臣倡始，非偶然也。[52]

耶律楚材的诗歌成就是多方面的，像其所作西域诗，语言流畅自然，平白浅易；内容描写既有壮丽的自然风光，也有别样的民俗风情。如果说耶律楚材在蒙古政坛的地位与作用被人为放大了的话，那么他的文学地位却又被后世长期所忽略。在诗歌方面，清代学者多将耶律楚材视为由金入元的过渡性人物。像吴焯《绣谷亭薰习录》即称："余尝论《中州集》与元诗绝不相类，读《湛然集》，犹存余响，在元人中别自一种气骨也。"言下之意，楚材诗犹存金诗影响，因此与一般元诗不太一样。二十一世纪以后，耶律楚材的诗歌越来越受到学界重视，不少学者开始重新表彰他在元代诗歌方面的贡献，称其为"元诗第一人"，把他的文集看作是"元诗史的开篇"[53]。

四、历史价值

《湛然居士文集》的历史价值是多方面的，以下试以西域史地与佛教史为例加以说明。

首先是西域史地。1218 年耶律楚材北上觐见成吉思汗后，随即参加蒙古第一次西征，到过西域许多地方。其所见所闻，除《西游录》外，还有不少描写西域物产与风土人情的诗歌，如《西域河中十咏》《西域和王君玉诗》等，收载于《湛然居士文集》。这些"西域诗"或者说"西行诗"，为我们研究西域史地提供了大量鲜活资料，非常有参考价值。如《赠高善长一百韵》有这样一段集中描写西域的诗句：

西方好风土，大率无蚕桑。家家植木绵，是为垅种羊。

年年旱作魃，未识舞鹮鹉。决水溉田圃，无岁无丰穰。

远近无饥人，四野栖余粮。是以农民家，处处皆池塘。

飞泉绕曲水，亦可斟流觞。早春而晚秋，河中类余杭。

濯足或濯缨，肥水如沧浪。杂花间侧柏，园林如绣妆。

烂醉蒲萄酒，渴饮石榴浆。随分有弦管，巷陌杂优倡。

佳人多碧鬓，皎皎白衣裳。市井安丘坟，畎亩连城隍。

货钱无孔郭，卖饭称斤量。甘瓜如马首，大者狐可藏。

采杏兼食核，飡瓜悉去瓤。西瓜大如鼎，半枚已满筐。

芭榄贱如枣，可爱白沙糖。人生为口腹，何必思吾乡。⑤

　　这段诗句集中描写耶律楚材在西域的所见所闻，信息量大，内容丰富，与《西域河中十咏》交相呼应，最能体现"西域诗"的价值。其中，诗中提到的"木绵"实际上就是棉花。直到今天，西域仍是棉花重要产地（如中国的新疆、中亚的乌兹别克斯坦等地）。《西游录》提到当地"颇有桑，鲜能蚕者，故丝茧绝难，皆服屈眴（即棉布）"⑤，《长春真人西游记》也有相应记载："其地出帛，目曰'秃鹿麻'，盖俗所谓种羊毛织成者。……其毛类中国柳花，鲜洁细软，可为线、为绳、为帛、为绵。"⑤其中"种羊毛"即"垅种羊"，其实是很早以来中国人的一种误解。像《史记·大宛列传》正义引宋膺《异物志》即称："有羊羔自然生于土中，候其欲萌，筑墙绕之，恐兽所食。其脐与地连，割绝则死。击物惊之，乃惊鸣，脐遂绝，则逐水草为群。"⑤甚至耶律楚材之后出使西域的常德也犯了同样错误，认为："垅种羊出西海，羊脐种土中，溉以水，闻雷而生，脐系地中。及长，惊以木，脐断啮草，至秋可食。脐内复有种。"⑤

　　西域大部分地区气候较干旱，耕地需要引水灌溉。诗中提到"年年旱作魃"，"决水溉田圃"，"处处皆池塘"与"飞泉绕曲水"即是这方面的反映。《西游录》也有诸如"盛夏无雨，引河以激"，"飞渠走泉，方

池圆沼”的记载^{⑤⑨}。《长春真人西游记》这方面的细节描写也很多，如提到邪米思干（即耶律楚材笔下的河中府——寻思干，今通作撒尔马罕），"秋夏常无雨，国人疏二河入城，分绕巷陌，比屋得用"^{⑥⓪}。

西域物产丰富，尤以各类瓜果著称，诗中提到："甘瓜如马首，大者狐可藏。采杏兼食核，飡瓜悉去瓤。西瓜大如鼎，半枚已满筐。芭榄贱如枣，可爱白沙糖。"其中大如马首的甘瓜，即甜瓜（哈密瓜），《西游录》也谈到："瓜大者如马首许，长可以容狐。"^{⑥①}《长春真人西游记》则记："甘瓜如枕许，其香味盖中国未有也。"^{⑥②}大如鼎的西瓜，《西游录》提到八普城西瓜，"大者五十斤，长耳（即驴子）仅负二枚，其味甘凉可爱"^{⑥③}。《长春真人西游记》提到昌八剌城西瓜，"其重及秤"^{⑥④}。芭榄是西域常见的一种水果。《西游录》对此有详细介绍："芭榄花如杏而微淡，叶如桃而差小。每冬季而华，夏盛而实，状类匾桃，肉不堪食，唯取其核。"^{⑥⑤}《长春真人西游记》提到芭榄："类小桃，俟秋采其实，食之，味如胡桃。"^{⑥⑥}

西域风土人情也很有特色。如诗中提到"佳人多碧髯，皎皎白衣裳"。西域妇女喜衣白且以留须为美的习俗，耶律楚材其他诗也多次提及，如："素袖佳人学汉舞，碧髯官妓拨胡琴"，"歌姝窈窕髯遮口，舞妓轻盈眼放光"^{⑥⑦}。上述记载，也可见同时代其他文献。如《北使记》："其妇人衣白，面亦衣，止外其目。间有髯者，并业歌舞音乐。"^{⑥⑧}《长春真人西游记》提到当地妇女"异者或有须髯"^{⑥⑨}。再如诗中提到"货钱无孔郭"，《西游录》"用金铜钱，无孔郭"^{⑦⓪}，《长春真人西游记》"市用金钱，无轮孔，两面凿回纥字"^{⑦①}，皆可印证。

接下来再说佛教史。作为万松行秀入室弟子，耶律楚材与佛教人士多所交往，不仅酬答诗篇很多，而且为不少寺院撰写过碑记疏文等文字，其中所蕴含的北方佛教史尤其是禅宗史的丰富信息，引起不少学者的高度重视^{⑦②}。

禅宗五家（曹洞、临济、云门、法眼、沩仰），学界一般认为金元

时代只剩下临济、曹洞二家，很少关注云门宗在金元时代的发展情况。其实，《湛然居士文集》"云门"一词至少出现过 10 次，为我们提供了不少云门宗的信息。除有名的大圣安寺圆照大禅师澄公外，其传法弟子志奥的记载在文集中也有很多。如《请奥公禅师开堂疏五首（其一）》：

> 窃以深达大本，何妨摘叶寻枝；截断众流，便是随波逐浪。欲整云门窠窟，必求佛觉儿孙。伏惟奥公和尚道合圆通，法传圆照。逢人便出，方为禅子家风；恋土难移，未是衲僧气息。谨疏。[73]

有名的"云门三句"第一句为"函盖乾坤"，疏文"截断众流"与"随波逐浪"则为第二、第三句。"欲整云门窠窟，必求佛觉儿孙"中的佛觉，即佛觉法琼，他是慈觉宗赜弟子，北宋末住持真定洪济禅院，北宋灭亡后，北上燕京，开创了有金一代云门宗的局面。以此之故，耶律楚材才会有上述说辞。"道合圆通，法传圆照"分指圆通广善与圆照澄公，前者应为与佛觉一同北上的晦堂洪俊法嗣，耶律楚材称其为"三朝国师"，地位极高，圆照澄公则是向耶律楚材介绍万松行秀的引路人。其他如《为大觉开堂疏三道（其二）》："伏惟奥公和尚，佩圣安（圆照澄公）之正印，透韶阳（云门宗创始人文偃）之上关。"[74] 乃至《燕京大觉禅寺创建经藏记》《请奥公住崇寿院》《请定公住大觉疏》等，均与志奥有密切关系。

再如《请湛公禅师住红螺山寺疏》提到"我湛公禅师韶阳远孙，摩诃嫡子"[75]，韶阳即云门宗创始人文偃禅师，由此看来，今天北京怀柔区的红螺寺当时应为云门宗寺院。实际上，目前有确凿证据表明，直到元末，红螺寺（当时称大明寺）一直为云门宗寺院。"摩诃嫡子"，又牵扯出《湛然居士文集》常常提到的武川（即宣德州）摩诃院及圆明老人。如二者所指确为同一所寺院，则武川摩诃院应该也是云门宗寺院。

通过以上点滴记载，我们不难部分还原金末元初以燕京为中心的云

门宗丛林，如无《湛然居士文集》传世，这种工作简直无法想象。

北宋灭亡后，华北地区兴起不少新的宗教组织。除陈垣所谓"新道教"外，"新佛教"也出现不少，其中尤以被佛教正统斥为"糠禅"或"糠孽"的头陀教影响较大。头陀教，是金天会六年（1128）由保定纸衣和尚开创的一支教派，以清净寡欲、严守戒律、修头陀苦行为主，有较广泛的群众基础。元朝建立后，设诸路头陀教门都提点所，各路设头陀教禅录司等，正式将其纳入佛教管理系统。

作为正统禅宗信徒，耶律楚材以辨邪为己任，对头陀教多所批评。除亲自撰写《辨邪论》，为《糠禅赋》《糠孽教民十无益论》作序外，对某些支持头陀教信仰的人，如赵君瑞、吴章等，耶律楚材也不遗余力地加以规劝。耶律楚材对头陀教的批评，虽言辞激烈，不无偏颇，可也透露出不少有价值的信息，很早就引起学界重视。如《寄赵元帅书》："夫糠孽乃释教之外道也。此曹毁像谤法，斥僧灭教，弃布施之方，杜忏悔之路，不救疾苦，败坏孝风，实伤教化之甚者也。"[76]上述记载，对头陀教的修持方法不无参考。《糠孽教民十无益论序》："儒之信糠者，止二三子而已矣。市井工商之徒信糠者，十居四五。"[77]说明当时头陀教信徒以基层民众为主，士人参与者不多。

此外需特别提到的是，2022年北京荣宝拍卖会惊现《泉石润公禅师语录》。这位"泉石润公"，即《湛然居士文集》中多次出现的"万寿润公"（东林志隆弟子，万松行秀再传弟子）。如将语录与文集结合在一起研究，说不定能破解耶律楚材及《湛然居士文集》更多未解之谜。

五、现实意义

《湛然居士文集》的现实意义是多方面的，主要体现于以下几点。

一是渴望南北混一的大一统观念。

耶律楚材所处时代正是中国历史发生巨变的时代，这一时代有两大特点。一是北方少数民族政权的大量涌现与民族融合进程的加速。其中，契丹族建立的辽朝，党项族建立的西夏，女真族建立的金朝，都是典型的北方少数民族政权。这些政权的统治者虽刻意强调本民族特色，可随着进入汉族聚居地，在与汉族密切接触的环境下，这些北方民族不断受汉族文化的浸润与影响，最终融入汉族的汹涌洪流中。二是中国正处于由分裂缓步走向统一的前夜。唐末以来，中国陷入分裂已达三百余年。其间宋朝虽结束了五代十国割据局面，可北方先后有辽、金，西北有西夏与喀喇汗、西辽，西面有吐蕃，西南有大理，仍属统治中国局部地区的政权。漠北蒙古政权的崛起，犹如平地刮起的一股狂飙旋风，在短短半个多世纪内，就将西辽、西夏、金、大理、南宋等政权依次消灭，从而结束了中国境内地方政权林立的分裂局面，奠定了现代中国的版图与中华民族的形成。

这一历史背景下成长起来的耶律楚材，因是辽朝契丹贵族后裔，本人及父祖又在女真族建立的金朝做官，较少受狭隘的华夷之辨思想羁绊。投靠蒙古政权后，耶律楚材已逐步认识到"前朝运谢山河古，圣世时亨雨露新"[78]，认为新兴的蒙古政权才是"车书混一华夷通"[79]的希望所在。很显然，在他眼里，蒙古政权代表的是华而不再是夷，这实际上即后人所谓"行中国之道，则中国之主"[80]。也正因有如此认识，他自然会把其他政权视为大一统的障碍。"西狩一苏张掖乱，南巡重变大梁春。车书南北无多日，万里河山宇宙新。"[81]在这里，"张掖"与"大梁"分别指代西夏与金朝，西夏与金朝灭亡，接下来蒙古政权实现"车书南北"，自然就要面对下一个目标南宋了。

对蒙宋两个政权的未来发展走向，耶律楚材有自己的清晰判断："皇朝将革命，亡国自颓纲。"一方面是蒙古的蒸蒸日上："万国来驰币，诸侯敬奉璋。兆民涵舜德，百郡仰天光。"另一方面则是南宋的暮日沉光：

"宋朝微寖灭，皇嫡久成戕。政乱人思变，君愚自底亡。"⑧这里的"皇嫡"指宋宁宗嗣子赵竑。宁宗生前无子，立宗室子赵竑为嗣。时权臣史弥远专权，得知赵竑对其不满，乘宁宗病故之际，抢先立宗室子赵昀为嗣（即宋理宗），封赵竑济王，出居湖州，不久又借潘壬、潘丙之乱，逼其自缢⑧。史弥远废立之举引起朝野上下一片哗然，造成南宋政局一度动荡。耶律楚材借此变故预言南宋政乱思变，走向灭亡是迟早之事。

二是以儒治国的汉法改革思想。

儒家理想的大同社会，是所谓"三代"——夏商周，这当然也是耶律楚材心目中的理想社会："殷周礼乐真予事，唐舜规模本素心。"⑧服务蒙古宫廷后，耶律楚材以"治天下匠"自居，"以唐虞吾君为远图，以成康吾民为己任"⑧，幻想有一天，在其辅佐下，蒙古统治者能像尧舜圣主一样贤明，百姓能像西周成康之治那样安居乐业。他多次公开表明自己的志向："行道泽民亦仆之素志也"，"夫君子之学道也，非为己也。吾君尧舜之君，吾民尧舜之民，此其志也。使一夫一妇不被尧舜之泽者，君子耻诸。"⑧耶律楚材诗歌也常有类似表露，如"行看尧舜泽天下""扶持尧舜济斯民"等等⑧。

耶律楚材既是饱受儒家思想浸润的少数民族政治家，又是万松行秀门下虔诚的佛教居士。他在士人中大力提倡"以儒治国、以佛治心"，曾引起老师严重不满。针对万松行秀"屈佛道以徇儒情"的责难，耶律楚材借"行权"说做过解释⑧，可正如王国维指出的那样，耶律楚材的解释，也未尝不是一种"行权"。"公虽洞达佛理，而其性格实与儒家近，其毅然以天下生民为己任，古之士大夫学佛者，绝未见有此种气象。古所谓墨名而儒行者，公之谓欤！"⑧清光绪乙亥（1875）芳郭无名人《湛然居士文集》后序也认为："观居士之所为，迹释而心儒，名释而实儒，言释而行儒，术释而治儒，彼其所挟持者，盖有道矣。"⑨

三是对中华民族文化的强烈认同。

作为契丹族少数民族政治家，耶律楚材对中华民族历史文化有着强烈的归属感与认同感，这种情绪在《湛然居士文集》多有表露。像他为好友张本所作怀古诗一百韵，就充分体现了这种归属感与认同感。这首长诗从远古时代三皇五帝谈起，历数中国历代王朝的治乱兴衰，直至金朝在蒙古进攻下被迫南迁与中都陷落。接下来再谈自己的出身及与成吉思汗的风云际会。最后是对窝阔台时代蒙古政权的歌颂[91]。从整首诗的谋篇布局，我们不难看出，耶律楚材并未将契丹辽、女真金乃至新兴的蒙古视为外来政权，而是将其全部纳入中国历史发展长河中。

耶律楚材对契丹本民族文化非常喜爱，曾专门学习契丹文，并翻译了契丹文寺公大师《醉义歌》。可当中华文明传承出现危机时，耶律楚材拯救斯文的使命感与责任感也异常强烈。前面我们已谈到他当政时期的诸多文化举措，这里不妨再举一例。战乱平息后，中原各地纷纷出现重修孔庙的活动，《湛然居士文集》收录这方面的篇什较多，像卷十三《贾非熊修夫子庙疏》《重修宣圣庙疏》，卷十四《周敬之修夫子庙》《云中重修宣圣庙》《太原修夫子庙疏》等，均属此类。这些作品不仅反映出耶律楚材对此风气的鼓励与褒奖，更体现出他对中华民族文化的强烈认同感。

作为解读本，本书选取《湛然居士文集》中意境较好、史料价值较大，或能充分反映耶律楚材思想活动及其时代背景的诗文，以目前最通行的中华书局谢方点校本（2021 年新版）为底本，对不同意点校本之处，参校以《四部丛刊》初编本、《文渊阁四库全书》本。

---

① 《辽史》卷一一二《娄国传》，第 1651 页，中华书局 2016 年修订本。
② 以上世系并见耶律履墓志铭、耶律铸墓志铭，三者应同出一源。
③ 《湛然居士文集》卷一二《为子铸作诗三十韵》，第 265—266 页，中华书

局 2021 年点校本。

④ （元）苏天爵编，张金铣校点《元文类》卷五七《中书令耶律公神道碑》，第 1163 页，安徽大学出版社 2020 年版。

⑤ 姚奠中主编，李正民增订《元好问全集》卷二六《龙虎卫上将军耶律公墓志铭》，第 481 页，三晋出版社 2015 年版。

⑥ 和谈：《耶律楚材姓名辨正》，《兰台世界》2014 年第 27 期。近年有学者考证，自金章宗明昌二年（1191）（也即耶律履去世之岁）起，金朝始下令将契丹姓氏“耶律”改作“移剌”。见吉野正史：「「耶律・蕭」と「移剌・石抹」の間—『金史』本紀における契丹・奚人の姓の記述に関する考察—」，「東方學」第 127 辑。译文见平田茂树、余蔚主编：《史料与场域：辽宋金元史的文献拓展与空间体验》，上海人民出版社，2021 年。

⑦ 《金史》卷一〇一《完颜承晖传》，第 2360 页，中华书局 2020 年修订本。

⑧ 《湛然居士文集》卷首行秀序，第 1 页。

⑨ 《湛然居士文集》卷八《万松老人〈评唱天童觉和尚颂古从容庵录〉序》，第 183 页。

⑩ 《湛然居士文集》卷首行秀序，第 1 页。

⑪ 《元文类》卷五七《中书令耶律公神道碑》，第 1163 页。

⑫ 许全胜校注《黑鞑事略校注》，第 183 页，兰州大学出版社 2014 年版。

⑬ 《元文类》卷五七《中书令耶律公神道碑》，第 1163 页。

⑭ 《湛然居士文集》卷一二《怀古一百韵寄张敏之》，第 256 页。

⑮ 《元文类》卷五七《中书令耶律公神道碑》，第 1165 页。

⑯ （元）杨奂《还山遗稿》卷上《耶律楚材改课税制》，《北京图书馆古籍珍本丛刊》本。

⑰ 《元文类》卷五七《中书令耶律公神道碑》，第 1165 页。

⑱ 《元文类》卷五七《中书令耶律公神道碑》，第 1168 页。

⑲ 《元好问全集》卷三九《寄中书耶律公书》，第 686—687 页。

⑳ 《湛然居士文集》卷三《过燕京和陈秀玉韵五首（其三）》，第 62 页。

㉑ 《元史》卷二《太宗纪》，第 34 页，中华书局 1976 年点校本。

㉒ 《元史》卷一四六《耶律楚材传》，第 3461 页。

㉓ 王颋点校《庙学典礼（外二种）》卷一，第 9 页，浙江古籍出版社 1992 年版。译名改译部分据陈晓伟《〈庙学典礼〉四库底本与四库馆臣改译问题》（《民族研究》2016 年第 3 期）还原。

㉔ 《元史》卷一四六《耶律楚材传》，第 3461 页。

㉕ 《元文类》卷五七《中书令耶律公神道碑》，第 1173 页。

㉖　（元）耶律铸《双溪醉隐集》卷首赵著序，《景印文渊阁四库全书》第
　　1199 册，第 358 页，台湾商务印书馆 1986 年版。

㉗　《湛然居士文集》卷一《和移剌继先韵三首（其二）》，第 5 页。

㉘　《元文类》卷五七《中书令耶律公神道碑》，第 1170 页。

㉙　《元史》卷二《太宗纪》，第 36 页。

㉚　（元）郝经著，田同旭校注《郝经集校勘笺注》卷三二《立政议》，第
　　2565 页，三晋出版社 2018 年版。

㉛　《元好问全集》卷二八《归德府总管范阳张公先德碑》，《元史》卷一五二《张
　　子良传》。

㉜　北京图书馆金石组编《北京图书馆藏中国历代石刻拓本汇编》第 48 册《万
　　寿宫记》（中州古籍出版社 1989 年版），孟籓鳞结衔为"中书省经籍所长
　　官兼陕西都元帅府详议官"，可见他在 1246 年到陕西后依然还兼领平阳经
　　籍所。

㉝　（清）永瑢等撰《四库全书总目》卷一六六《集部十九·别集类十九·湛然
　　居士集提要》，第 1422 页，中华书局 1965 年影印版。

㉞　（明）孙能传、张萱等撰《内阁藏书目录》卷三《集部》，《续修四库全书》
　　第 917 册，第 41 页，2003 年上海古籍出版社影印本。

㉟　栾贵明编著《永乐大典索引》，第 235 页，作家出版社 1997 年版。

㊱　参见和谈《耶律楚材作品存佚情况考辨》，《中北大学学报》2019 年第 1 期。
　　不过，和谈认为今本《永乐大典》残卷收耶律楚材佚诗五首，恐有误。其
　　中《和彦长老绝句》见今本《湛然居士文集》卷七，题作《和房长老二绝（其
　　二）》，《腊（应作蜡）梅二首》见今本《湛然居士文集》卷四。

㊲　朱元元《耶律楚材与〈梅溪十咏〉》，《安阳师范学院学报》2008 年第 4 期。

㊳　翁万戈编《美国顾洛阜藏中国历代书画名迹精选》，上海人民美术出版社
　　2009 年版。诗卷内容及刘满相关考证，详见笔者《耶律楚材传世诗卷〈赠
　　刘满诗〉读后》，《燕京学报》新 26 期，北京大学出版社 2009 年版。

㊴　《双溪醉隐集》卷首，《景印文渊阁四库全书》第 1199 册，第 357—358 页。

㊵　《双溪醉隐集》保存下来的唱和诗作，计有卷三《谨用尊大人领省十六夜月
　　诗韵》《谨用尊大人领省龙庭风雪诗韵》，卷四《谨和尊大人领省雷字韵》《谨
　　次尊大人领省火绒诗韵》《谨和尊大人领省沙场怀古兼四娱斋韵》，卷六《谨
　　次尊大人领省怀梅溪诗韵》等。

㊶　中国古籍总目编纂委员会编《中国古籍总目·集部 1》，第 426 页，中华
　　书局、上海古籍出版社 2012 年版。

㊷　严绍璗编著《日藏汉籍善本书录》，第 1599 页，中华书局 2007 年版。

㊸　姚从吾《耶律楚材〈西游录〉足本校注》,《大陆杂志》特刊第二辑,1962 年。

㊹　罗依果（Igor de Rachewiltz）《耶律楚材的西游录》（The Hsi-yu lu by Yeh-lü Ch'u-ts'ai）,《华裔学志》（Monumenta Serica）第 21 期,1962 年。

㊺　（明）王世贞《弇州山人续稿》卷一五八《文部·书道经后·玄风庆会录后》,明万历刻本。

㊻　（清）陈铭珪《长春道教源流》卷八《辨证》,《聚德堂丛书》本。

㊼　详见党宝海《〈玄风庆会录〉作者考》,《传统中国研究集刊》第 3 辑,上海人民出版社 2007 年版。

㊽　《湛然居士文集》卷首王邻序,第 4 页。

㊾　《湛然居士文集》卷首孟攀鳞序,第 6 页。

㊿　《湛然居士文集》卷首李微序,第 9—10 页。

51　《四库全书总目》卷一六六《集部十九·别集类十九·湛然居士集提要》,第 1422 页。

52　（清）顾嗣立编《元诗选》初集乙集《耶律楚材　湛然居士集》,第 339—340 页,中华书局 1987 年版。

53　杨镰《元诗史》,第 240 页,人民文学出版社 2003 年版。

54　《湛然居士文集》卷一二《赠高善长一百韵》,第 261—262 页。

55　（元）耶律楚材著,向达校注《西游录》卷上,第 3 页,中华书局 2000 年版。

56　（元）李志常著,尚衍斌、黄太勇校注《长春真人西游记校注》卷上,第 129 页,中央民族大学出版社 2016 年版。

57　《史记》卷一二三《大宛列传》,第 3163 页,中华书局 1982 年版。

58　（元）王恽撰,杨晓春点校《玉堂嘉话》卷二《刘郁西使记》,第 62 页,中华书局 2006 年版。

59　《西游录》卷上,第 3 页。

60　《长春真人西游记校注》卷上,第 149 页。

61　《西游录》卷上,第 3 页。

62　《长春真人西游记校注》卷上,第 123 页。

63　《西游录》卷上,第 2 页。

64　《长春真人西游记校注》卷上,第 123 页。

65　《西游录》卷上,第 2 页。

66　《长春真人西游记校注》卷上,第 161 页。

67　《湛然居士文集》卷五《赠蒲察元帅七首（其五）》、卷六《戏作二首（其一）》,第 90、130 页。

68　（金）刘祁撰,崔文印点校《归潜志》卷一三《北使记》,第 168 页,中华

书局 1983 年版。

⑥⑨　《长春真人西游记校注》卷下，第 186 页。

⑦⓪　《西游录》卷上，第 3 页。

⑦①　《长春真人西游记校注》卷下，第 183 页。

⑦②　参见笔者《金元北方云门宗初探——以大圣安寺为中心》，《历史研究》
　　　2010 年第 6 期；《宋金之际中国北方云门宗的传承——以佛觉法琼、慧空
　　　普融法脉为中心》，《中国史研究》2021 年第 2 期。

⑦③　《湛然居士文集》卷一三《请奥公禅师开堂疏五首（其一）》，第 279 页。

⑦④　《湛然居士文集》卷八《为大觉开堂疏三道（其二）》，第 174 页。

⑦⑤　《湛然居士文集》卷八《请湛公禅师住红螺山寺疏》，第 169 页。

⑦⑥　《湛然居士文集》卷八《寄赵元帅书》，第 181 页。

⑦⑦　《湛然居士文集》卷一三《糠孽教民十无益论序》，第 271 页。

⑦⑧　《湛然居士文集》卷三《和解天秀韵》，第 41 页。

⑦⑨　《湛然居士文集》卷二《用前韵送王君玉西征二首（其二）》，第 26 页。

⑧⓪　《郝经集校勘笺注》卷三七《与宋国两淮制置使书》，第 3050 页。

⑧①　《湛然居士文集》卷九《次云卿见赠》，第 202 页。

⑧②　《湛然居士文集》卷一四《云汉远寄新诗四十韵因和而谢之》，第 300 页。

⑧③　《宋史》卷二四六《宗室传三·镇王竑》，中华书局 1975 点校本。

⑧④　《湛然居士文集》卷一〇《李庭训和予诗见寄复用元韵以谢之》，第 222 页。

⑧⑤　《湛然居士文集》卷首孟攀邻序，第 6 页。

⑧⑥　《湛然居士文集》卷八《寄赵元帅书》《贫乐庵记》，第 181、188 页。

⑧⑦　《湛然居士文集》卷二《和杨居敬二首（其一）》、卷四《和人韵二首（其
　　　二）》，第 36、83 页。

⑧⑧　《湛然居士文集》卷一三《寄万松老人书》，第 287—288 页。

⑧⑨　《耶律文正公年谱余记》，见《湛然居士文集》附录，第 374 页。

⑨⓪　《湛然居士文集》卷首芳郭无名人后序，第 12 页。

⑨①　《湛然居士文集》卷一二《怀古一百韵寄张敏之》，第 254—256 页。

耶律楚材集

卷 一

和黄华老人题献陵吴氏成趣园诗 [1]

雪溪词翰辉星斗 [2]，纸蠹尘蒙诗一首 [3]。

湛然挥墨试续貂 [4]，嗫嚅使人难出口 [5]。

丁年彭泽解官去 [6]，遨游三径真三友 [7]。

悠然把菊见南山，畅饮东篱醉重九 [8]。

献陵吴氏治荒园，成趣为名良可取。

养高不肯事王侯 [9]，闲卧林泉了衰朽 [10]。

今年扈从过秦川 [11]，可怜尚有萧条柳 [12]。

此处化用陶渊明《饮酒》："采菊东篱下，悠然见南山。"

归计甘输吴子先[13]，丽词已后黄华手[14]。

知音谁听断弦琴，临风痛想纱巾酒。

嗟乎世路声利人[15]，不知曾忆渊明否[16]？

此句用伯牙与钟子期典故。伯牙善鼓琴，钟子期善听琴，伯牙遂以钟子期为知音。钟子期死后，伯牙破琴绝弦，终身不复鼓琴。

"临风痛想纱巾酒"，陶渊明嗜酒，据萧统《陶渊明传》："郡将尝候之，值其酿熟，取头上葛巾漉酒，漉毕，还复著之。"后用"酒漉纱巾"形容率真而洒脱的嗜酒生活。以纱巾漉酒取饮形容酒脱不羁的生活方式。

[注释]

[1]黄华老人：即王庭筠（1151—1202），字子端，号黄华山主、黄华老人，盖州熊岳（今辽宁盖州南）人。金代著名文学家、书画家。献陵：唐高祖李渊陵，位于今陕西三原县。　[2]雪溪：王庭筠别号。词翰：诗文，辞章。星斗：喻超群的才华。　[3]纸蠹：指纸张被虫蛀坏。尘蒙：被灰尘蒙蔽。这里喻指诗卷年代久远，已破败不堪。　[4]续貂：比喻续加的不及原有的，前后很不相称。常用作自谦之词。这里指楚材这首和诗。　[5]嗫嚅（niè rú）：有话想说又不敢说、吞吞吐吐的样子。　[6]丁年：成年。彭泽：今属江西省九江市。　[7]三径：又作三迳，语出《三辅决录·逃名》，喻指归隐者的家园。三友：谓以三种事物为友。这里或指琴、酒、诗。　[8]重九：指农历九月初九日。又称重阳。　[9]养高：谓闲居不仕，退隐。高，指高尚的志向、节操、名望。　[10]林泉：山林与泉石。喻指隐居之地。　[11]扈从：随从皇帝出巡。秦川：古地名。泛指今陕西、甘肃秦岭以北平原地带。　[12]萧条柳：指戍卒的思乡之情。　[13]归计：回家乡的打算。吴子：指献陵吴氏。　[14]丽词：华丽的辞藻。　[15]嗟乎：叹词。表示感叹。世路：指宦途。声利人：追名逐利的人。　[16]渊明：即陶渊明。

[点评]

献陵吴氏，生平不详，退隐乡里，建成趣园以居。

王庭筠曾为其成趣园题诗。1231 年楚材随蒙古军入陕西，路过当地，吴氏献王庭筠诗卷，楚材遂和此诗。全诗多处引用陶渊明诗句与事迹，对吴氏隐居田园、不求显达的情操给予了高度评价。需要提到的是，楚材另有《次韵黄华和同年九日诗》十首，提到其诗以陶渊明"采菊东篱下，悠然见南山"为韵，由此不难想见，王庭筠对陶渊明的隐逸情调也是极力推崇。

和平阳王仲祥韵[1]

一圣扬天兵，万国皆来臣。

治道尚玄默[2]，政简民风纯。

明明我嗣君[3]，宽诏出丝纶[4]。

洪恩浃四海[5]，圣训宜书绅[6]。

逆取乃顺守[7]，皇威辅深仁。

贪饕致天罚[8]，长吏求良循[9]。

河表背盟约[10]，羽檄飞边尘[11]。

圣驾亲徂征[12]，将安亿兆人[13]。

湛然陪扈从，书剑犹随身。

翠华次平水[14]，草木咸生春。

冰岩上新句[15]，文质能彬彬[16]。

"宽诏出丝纶"，据《元史·耶律楚材传》："中原甫定，民多误触禁网，而国法无赦令。楚材议请肆宥，众以云迁，楚材独从容为帝言。诏自庚寅正月朔日前事勿治。"则太宗窝阔台即位伊始，就在楚材建议下大赦天下，这也是蒙古政权颁赦之始。

"河表背盟约"，这里楚材显然把蒙金战争的责任推到金朝一方。

以下是楚材对王仲祥的赞赏与期许。

冰雪相照映，珠玉如横陈。

诗笔居独步[17]，唐都一逸民[18]。

圣政罔二三[19]，裁物惟平均[20]。

综名必核实[21]，求儒务求真。

经术勿疏废[22]，笔砚当可亲。

竚待寰宇清[23]，圜丘祀天神[24]。

选举再开辟[25]，仲祥当超伦[26]。

一旦腾达时[27]，献策宜诜诜[28]。

太宗窝阔台即位后，楚材奏请设立十路征收课税所，使副均任用儒士。如陈时可、刘中，皆天下之选。

[注释]

[1]平阳：今山西临汾。仲祥：即王邻，仲祥为其表字，号冰岩老人。　[2]治道：治理国家的方针、政策、措施等。玄默：谓清静无为。　[3]明明：明智、明察貌。嗣君：继位的君主，这里指蒙古第二代大汗太宗窝阔台。　[4]宽诏：《后汉书·侯霸传》："每春下宽大之诏，奉四时之令，皆霸所建也。"后因以"宽诏"谓放宽禁律或实行宽赦的诏书。丝纶：《礼记·缁衣》："王言如丝，其出如纶。"孔颖达疏："王言初出，微细如丝，及其出行于外，言更渐大，如似纶也。"后因称帝王诏书为"丝纶"。　[5]洪恩：大恩。浃：遍及；满。　[6]圣训：帝王的训谕、诏令。书绅：把要牢记的话写在绅带上。后亦称牢记他人的话为书绅。　[7]逆取乃顺守：《史记·郦生陆贾列传》："且汤武逆取而以顺守之，文武并用，长久之术也。"古代从正统观念出发，认为汤武以诸侯身分用武力夺取帝位，不合君臣之道，故叫"逆取"。即位后，偃武修文，法先圣，行仁义，合乎正道，故叫"顺守"。这里借

指蒙古以武力夺天下，以仁义治天下。 [8]贪饕（tāo）：贪得无厌。 [9]长吏：旧称地位较高的官员。良循：贤能守法。 [10]河表：河外。指黄河以南地区，这里即贞祐南迁后的金朝。 [11]羽檄：古代军事文书，插鸟羽以示紧急，必须迅速传递。边尘：代称边境战事。 [12]圣驾：皇帝车乘，借指皇帝。徂征：前往征讨；出征。 [13]亿兆：指庶民百姓。犹言众庶万民。 [14]翠华：天子仪仗中以翠羽为饰的旗帜或车盖，借指皇帝。平水：即平阳，以城西南有平水支流得名。 [15]冰岩：王邻号。 [16]文质能彬彬：文华质朴配合得宜，既有文彩，又很朴实。 [17]独步：谓独一无二；无与伦比。 [18]唐都：即平阳，相传为上古唐尧都城，故有此称。逸民：指遁世隐居的人。 [19]罔二三：二三谓不专一，反复无常。罔，无。罔二三则谓专一。参《诗经·氓》："士也罔极，二三其德。" [20]裁物：裁定事务。参《管子·心术下第三十七》："圣人裁物，不为物使。" [21]综名必核实：对事物进行综合考核以察其名称和实际是否符合，一般用于吏治。语出《汉书·宣帝纪赞》："信赏必罚，综核名实。" [22]经术：犹经学。疏废：废弛，荒废。 [23]竚待：犹等待。寰宇：犹天下。 [24]圜（yuán）丘：古代帝王冬至祭天的地方。后亦用以祭天地。 [25]选举：指选拔举用贤能。 [26]超伦：超群；出众。 [27]腾达：指地位上升，宦途得意。 [28]献策：犹献计。诜诜：众多貌。

[点评]

1231 年，楚材扈从太宗窝阔台，随蒙古军南下伐金，路过平阳，与王邻结识。两年后，平阳省官筹划刊刻楚材《湛然居士文集》，王邻为文集作序。楚材这首和诗主

要是对太宗窝阔台及蒙古政权的歌颂，以及对王邻的赞赏与勉励。此类对在野士人的奖掖之词，《湛然居士文集》中还有很多，反映出楚材礼贤下士、求贤若渴的政治家风范。

和李世荣韵

圣主题华旦[1]，熊罴百万强[2]。

兵行从纪律，敌溃自奔忙[3]。

百谷朝沧海[4]，群阴畏太阳[5]。

黎民欢仰德，万国喜观光。

尧舜规模远[6]，萧曹筹策长[7]。

巍然周礼乐[8]，盛矣汉文章。

神武威兼德[9]，徽猷柔济刚[10]。

自甘头戴白[11]，误受诏批黄[12]。

我道将兴启[13]，吾侪有激昂[14]。

厚颜悬相印，否德忝朝纲[15]。

佐主难及圣，为臣每愿良。

翠华来北阙，黄钺讨南疆[16]。

明德传双叶[17]，宽仁洽万方[18]。

九服无不轨 [19]，四海愿来王 [20]。

兵革虽开创，诗书何可忘。

洪恩浮晓露，严令肃秋霜。

符应千龄运，功垂万世昌。

绵绵延国祚 [21]，烨烨受天祥 [22]。

多士咸登用 [23]，群生无败戕 [24]。

此行将告老，松菊未全荒 [25]。

激流勇退或功成身退，是楚材一贯追求的人生境界。

[**注释**]

[1] 题：引申指起始，开端。华旦：吉日良辰；光明盛世。

[2] 熊罴（pí）：熊和罴。皆为猛兽。因以喻勇士或雄师劲旅。

[3] 奔忙：奔走忙碌。　　[4] 百谷：指众谷之水。　　[5] 群阴：各种阴象。　　[6] 尧舜：唐尧和虞舜的并称。远古部落联盟的首领。古史传说中的圣明君主。　　[7] 萧曹：萧何与曹参，均为西汉良相。

[8] 巍然：高大貌；高大雄伟貌。　　[9] 威兼德：声威与德行或刑罚与恩惠并行。　　[10] 徽猷：美善之道。猷，道。指修养、本事等。柔济刚：柔和与刚强相辅相成。　　[11] 戴白：头戴白发，形容人老。亦代称老人。　　[12] 批黄：代皇帝批示处理奏章和对草拟的制敕签署意见。这里指耶律楚材在中书省任职，成为蒙古大汗的必阇赤。　　[13] 我道：我的主张。这里指以儒治国。兴启：昌盛光大。　　[14] 吾侪（chái）：我辈。　　[15] 否德：鄙陋之德；微德。否，通"鄙"。　　[16] 黄钺：饰以黄金的长柄斧子。天子仪仗，亦用以征伐。　　[17] 双叶：指太祖铁木真、太宗窝阔台两代蒙古皇帝。　　[18] 洽：浸润；沾湿。　　[19] 九服：王畿以外的九等地

区。这里指全国各地区。不轨：指叛乱。　[20]来王：指古代诸侯定期朝觐天子。　[21]国祚：国运。　[22]天祥：上天所赐福祉。[23]登用：进用。　[24]败戕：又作戕败，即毁伤。[25]松菊：松与菊不畏霜寒，因以喻坚贞节操或具有坚贞节操的人。

[点评]

李世荣号梅轩，平阳人。楚材扈从太宗窝阔台，随蒙古军南下伐金，路过平阳，与李世荣结识，自此二人成为挚友。楚材这首和诗，以歌颂蒙古统治者的文治武功为主旨，因此处处洋溢着过度溢美。

鹿　尾

銮舆秋獮猎南冈[1]，鹿尾分甘赐尚方[2]。
浓色殷殷红玉髓，微香馥馥紫琼浆[3]。
韭花酷辣同葱薤[4]，芥屑差辛类桂姜[5]。
何似毡根蘸浓液[6]，邀将诗客大家尝[7]。

"邀将诗客大家尝"，原注："一作'流匙滑饭大家尝'。"

[注释]

[1]銮舆：即銮驾，天子车驾。这里借指天子即窝阔台汗。秋獮：指秋季狩猎。　[2]分甘：分享甘美之味。尚方：泛称为宫廷制办和掌管饮食器物的官署、部门。　[3]琼浆：亦作"璚浆"。仙人的饮料。　[4]韭花：即韭菜花。薤：多年生草本植物。地下

有圆锥形鳞茎，叶丛生，细长中空，断面为三角形，伞形花序，花紫色。新鲜鳞茎可作蔬菜，干燥鳞茎可入药。　　[5]芥屑：即芥末，调味品，芥子研成的粉末，味辣。桂姜：肉桂与生姜。常用的调味品。　　[6]毡根：又作"羶根"，羊肉的别称。　　[7]诗客：诗人。

[**点评**]

这首诗涉及楚材对草原风味鹿尾的形象描写。有一次，蒙古大汗窝阔台率众于南冈秋猎，虏获甚多，回来后将所获鹿尾分赐臣下。楚材将分到的鹿尾以汤熬制，其中诗中的"红玉髓"指鹿尾，"紫琼浆"指汤汁。鹿尾因腥味较重，食用时往往要添加多种辛辣调料。像元人忽思慧《饮膳正要》提到制作鹿头汤时要用胡椒、哈昔泥、荜拨、生姜等，又提到"一法用鹿尾取汁，入姜末、盐，同调和"。楚材这首诗提到的辛辣调料则有韭花与芥末。在楚材看来，这样调制成的美味可与羊肉熬汤相媲美，他一定会邀请诗友们共同品尝。

过金山用人韵[1]

雪压山峰八月寒，羊肠樵路曲盘盘[2]。

千岩竞秀清人思，万壑争流壮我观[3]。

山腹云开岚色润[4]，松巅风起雨声干[5]。

光风满贮诗囊去[6]，一度思山一度看。

[注释]

[1]金山：指今阿尔泰山脉。　[2]羊肠樵路：打柴人走的狭窄曲折的小路。盘盘：曲折回绕貌。　[3]千岩竞秀清人思，万壑争流壮我观：重山叠岭竞相比美，众多溪水竞相奔流，形容山景秀丽。语出刘义庆《世说新语》："千岩竞秀，万壑争流。草木蒙笼其上，若云兴霞蔚。"[4]山腹：山腰。岚色：山中雾气之色。　[5]松巅：松树顶端。　[6]光风：雨止日出时的和风。

[点评]

这首诗是楚材和长春真人丘处机诗所作，因以后楚材对丘处机日渐不满，所作和诗绝不提及其名。丘处机原诗见《长春真人西游记》："三峰并起插云寒，四壁横陈绕涧盘。雪岭界天人不到，冰池耀日俗难观。岩深可避刀兵害，水众能滋稼穑干。名镇北方为第一，无人写向图画看。"王国维《耶律文正公年谱》将楚材这首和诗系于1219年，显然不确，丘处机毕竟在1221年后才见到楚材。全诗满是楚材翻越金山时的风光描写。当时正逢八月，虽值酷暑，金山高耸的峰顶却积雪不化，犹如寒冬，羊肠小路蜿蜒曲折，清晰可见。金山重峦叠嶂与众溪奔流的秀丽景色，深深感染了楚材。翻越山顶，走下山腰，但见云开雾散，空气潮湿，松枝摇曳，风起雨落。和煦微风已装满楚材诗囊，让其一想起金山就细阅此行的诗篇。

和裴子法韵

顷观子法跋《白莲社图》[1]，斥渊明攻乎异端[2]。吾子不惑所学，主张名教[3]，真韩、孟之俦亚也[4]。昔巢、由避天下而远遁[5]，尧、舜受天下而不辞，以致泽施于万世，名垂于无穷，是知洁己、治天下，各有所安耳。夫清虚玄默[6]，乐天真而自适者也；焦劳忧勤，济苍生为己任者也。二道相反，甚于冰炭，使尧舜、巢由易地则皆然。后之出乱臣贼子窥伺神器[7]，狐媚孤儿寡妇[8]，扼其喉以取天下者，闻巢、由之风，亦少知愧矣。然则巢、由之功岂可少哉！弃享天下之大乐，而且希物外之虚名者[9]，岂人情也耶！文中子有言[10]：虚玄起而晋室亡，斯岂庄、老之罪软[11]？盖用之不得其宜也！以虚玄之道治天下，其犹祁寒御单葛[12]，大夏服重裘，自底毙亡，岂裘葛之罪哉！昔晋武一统之始[13]，不为后世之远谋，何曾已识之[14]。既而祸难继作，骨肉相残，屠戮忠良，进用谗佞，虽元凯复生[15]，亦不能善其后矣。大厦将颓，非一木所能支，独

渊明何能救其弊哉！适丁天地不交，万物不通，君子道消，小人道长之时，渊明见几而作，挂印绶而归，结社同志，安林泉之乐，较之躁进苟容于小人之侧者，何啻九牛毛耶[16]？以渊明之才德，假使生于尧、舜、汤、武之世[17]，又安知不与皋、夔、伊、周并驱争先哉[18]！宣尼有云[19]：用之则行，舍之则藏[20]。又云：进退存亡，不失其正者，其惟圣人乎[21]！斯亦名教之内昭昭可考者也。何责渊明之深也！余尝谓否则卷而怀之，以简易之道治一心；达则扩而充之，以仁义之道治四海。实古今之通谊也[22]。因用子法《游姑射》元韵以见意云[23]。

达摩一派未西来[24]，无限劳生眼未开。

六朝繁盛已矣耳[25]，两晋风流安在哉！

自笑中书老仆射[26]，事佛窃效王安石[27]。

公案翻腾旧葛藤[28]，林泉准备闲踪迹。

用之勋业垂千秋，发扬孔孟谁为俦。

舍之独善乐真觉[29]，赋诗舒啸临清流。

岂止渊明慕松菊，晋室高贤十八九。

君子道消小人用，贞夫远弃利名酒。

"自笑中书老仆射"，原注："引韵借用此字。"

王安石虽是北宋大儒，可在佛学方面也有很深造诣，著有《维摩诘经注》《金刚经注》《楞严经解》《华严经解》等。楚材自认为其儒佛兼通思想受到王安石影响。

苏、黄冠世能文词[30]，裴、张二相名当时[31]。

祖道禅林恣游戏，尧风舜德甘嘘吹。

达人不为造物役[32]，打破东西与南北。

毛吞巨海也寻常，出没纵横透空色[33]。

真如颇与羲易同[34]，不动确乎无吉凶。

湛然信笔书窾语[35]，临风远寄绿野翁[36]。

赠君一句直截处，衹要教君能养素。

但能死生荣辱哀乐不能羁，存亡进退尽是无生路[37]。

"毛吞巨海"，源自佛教用语"毛吞巨海，芥纳须弥"，意指一丝毛发可以吞噬巨大海洋，一颗种子可以容纳须弥大山，喻指修禅者对大千世界的包容与超越。

［注释］

[1] 子法：即裴宪，字子法。京兆（今陕西西安）人。曾任蒙古政权中书掾。白莲社：东晋慧远于庐山东林寺，同慧永、慧持和刘遗民、雷次宗等结社精修念佛三昧，誓愿往生西方净土，又掘池植白莲，称白莲社。　　[2] 异端：古代儒家称其他学说、学派为异端。　　[3] 名教：指以正名定分为主的封建礼教。　　[4] 韩孟：唐文学家韩愈和孟郊的并称。侪亚：同类。　　[5] 巢、由：巢父和许由的并称。相传皆为尧时隐士，尧让位于二人，皆不受。因用以指隐居不仕者。　　[6] 清虚玄默：清净虚无，清静无为。　　[7] 神器：代表国家政权的实物，如玉玺、宝鼎之类。借指帝位、政权。　　[8] 狐媚：谓以阴柔手段迷惑人。　　[9] 物外：世外。谓超脱于尘世之外。　　[10] 文中子：即王通（584—617），字仲淹，道号文中子。隋著名教育家、思想家、道家。有《文中子中说》传世。　　[11] 虚玄起而晋室亡，斯岂庄、老之罪欤：语出《中说》

卷四《周公篇》。 [12]祁寒：严寒。 [13]晋武：即晋武帝司马炎（236—290）。266年取代曹魏，建立西晋。280年灭东吴，结束三国鼎立局面，统一全国。 [14]何曾（199—278）：字颖考，陈郡阳夏（今河南太康县）人。曾协助司马氏篡魏，西晋建立后，拜太尉兼司徒，迁太宰兼侍中。何曾预知西晋日后必乱，曾以此告诫子孙。 [15]元凯：即杜预（222—285），字元凯，京兆杜陵（今陕西西安）人。魏晋著名政治家、军事家和学者。 [16]九牛毛：九牛和一毛。比喻差别极大。 [17]尧、舜、汤、武：即唐尧、虞舜、商汤、周武王，后常借指明君。 [18]皋、夔、伊、周：即皋陶、夔、伊尹、周公，后常借指贤臣。 [19]宣尼：即孔子。汉平帝元始元年（1）追谥孔子为褒成宣尼公，后因称孔子为宣尼。 [20]用之则行，舍之则藏：意为被任用就施展抱负，不被任用就藏身自好。语出《论语·述而》。 [21]进退存亡，不失其正者，其惟圣人乎：语出《易·乾》。 [22]通谊：犹通义。 [23]姑射（yè）：即姑射山，位于今山西临汾县西。 [24]达摩：即菩提达摩，天竺高僧，本名菩提多罗，为中国禅宗初祖。南北朝时至中国，梁武帝迎至建康。后渡江往北魏，止嵩山少林寺，面壁九年而化。 [25]六朝：三国吴、东晋和南朝的宋、齐、梁、陈，相继建都建康，史称六朝。又可指三国魏、西晋、北魏、北齐、北周和隋。这些朝代皆建都北方，称北朝六朝。三国至隋统一前后三百余年的历史时期亦统称为"六朝"。 [26]中书老仆射：耶律楚材自称。 [27]王安石（1021—1086）：北宋著名政治家、文学家、思想家与改革家。 [28]葛藤：葛的藤蔓。比喻事物纠缠不清或话语噜苏繁冗。 [29]真觉：谓佛之究竟觉悟。以其别于菩萨之相似觉、随分觉，故称真觉。 [30]苏、黄：指北宋文人苏轼、黄庭坚。 [31]裴、张：或指唐代名相裴耀卿、张九龄。 [32]造物：特指创造万物的神。 [33]空色：

佛教语，谓物质的虚幻本性及其形相。　[34]真如颇与羲易同：真如为佛教语。谓永恒存在的实体、实性，亦即宇宙万有的本体。与实相、法界等同义。羲易为《周易》的别称。因伏羲始作八卦，故名。　[35]㘸（yì）语：即呓语，梦话。比喻荒谬糊涂的话。　[36]绿野翁：指裴宪。唐名臣裴度有绿野堂。裴宪自称其裔孙，庚戌年（1250）为姬志真《云山集》作序自署绿野云孙。　[37]无生：佛教语。谓没有生灭，不生不灭。

[点评]

这是楚材有关处世哲学的一篇诗序与和诗。裴宪为陕西京兆人，自谓唐代名相裴度后裔。大概1230—1231年随窝阔台大军进攻山西、陕西期间，楚材得以与裴宪结识，并见到裴宪所跋《白莲社图》。今辽宁省博物馆藏有北宋《白莲社图卷》，描绘东晋元兴年间，慧远在庐山东林寺同十八位贤士专修净土法门，求脱秽土，愿往生极乐世界，故建白莲社共修，并与陆修静、陶渊明、谢灵运相善故事，虽卷后无裴宪跋语，但图卷内容可资参考。从楚材诗序可知，裴宪跋语流露出对陶渊明的不满情绪，认为陶氏的行为近乎异端。斥陶渊明为异端，很有可能是指陶渊明与慧远的交往近乎背儒近佛。裴宪大概没有想到，此时楚材早已皈依佛门，为万松弟子——湛然居士从源。不过还好，楚材虽在诗序中为陶渊明辩护，但并没有从佛教角度出发，而是用儒家"用舍行藏"的观点，来解释陶渊明当时归隐田园的立场，认为人如生逢太平盛世，当积极入世，建功立业求进取，如逢乱世，可退隐山林求自适。其实，这也是楚材自身处世哲

学的一种表达，他曾在多处诗文中流露过这种观点。

和许昌张彦升见寄 [1]

真人休运应千载 [2]，生知神武威中邦 [3]。

杜绝奇技贱异物，连城玉斗曾亲撞。

兵出潼关渡天堑，翠华杂映駋虞幢 [4]。

生民歌舞叹奚后，壶浆箪食辕门降 [5]。

偏师一鼓汴梁下，逻骑饮马扬子江。

良臣自有魏郑辈 [6]，死谏安用干与逄 [7]。

少微昨夜照平水 [8]，清河国士真无双 [9]。

壮岁游学力稽古 [10]，孜孜继晷焚兰釭 [11]。

新诗寄我有深意，再三舒卷临幽窗。

安得先生赞王室，委倚奚忧庶政庞。

堪笑纷纷匹夫勇，徒夸巨鼎千钧扛。

何日安车蒲轮诏公入北阙 [12]，葡萄佳酝烂
饮玻璃缸。

原注："西人
葡萄酿，皆贮以玻
璃瓶。"

[注释]

[1]张彦升：即张宇，字彦升，号石泉，平阳（今山西临汾）
人。　[2]休运：犹言盛世。　[3]中邦：中原，中国。　[4]駋虞：

传说中的义兽名。　　[5]壶浆箪（dān）食：又作"箪食壶浆"，指用箪装着饭食，用壶盛着浆汤。语出《孟子·梁惠王下》："以万乘之国伐万乘之国，箪食壶浆以迎王师，岂有他哉！避水火也。"后用来形容军队受到热烈拥护和欢迎的情况。　　[6]魏郑：指唐魏徵。魏徵封郑国公，故有此称。　　[7]干：指比干。商纣王的叔父，官少师。因屡次劝谏纣王，被剖心而死。逄（páng）：指关龙逄。相传夏桀时的相，因劝谏夏桀，受炮烙之刑而死。　　[8]少微：星座名。共四星，在太微垣西南。平水：即平阳。　　[9]清河：今属河北，为张氏郡望。　　[10]稽古：考察古事。　　[11]继晷（guǐ）：谓夜以继日。兰釭：亦作"兰缸"。燃兰膏的灯。亦用以指精致的灯具。　　[12]安车：古代可以坐乘的小车。古车立乘，此为坐乘，故称安车。供年老的高级官员及贵妇人乘用。高官告老还乡或征召有众望的人，往往赐乘安车。安车多用一马，礼尊者则用四马。蒲轮：指用蒲草裹轮的车子。转动时震动较小。古时常用于封禅或迎接贤士，以示礼敬。北阙：用为宫禁或朝廷的别称。

[点评]

张宇，字彦升，号石泉，平阳（今山西临汾）人。生平事迹不详，《河汾诸老诗集》卷二收录其诗21首。据该书房祺序，"张石泉、房白云（即房皞），与元老（即元好问）游从南者"。在《湛然居士文集》卷一、卷九，耶律楚材各有和诗1首。其中，卷一虽题为《和许昌张彦升见寄》，与卷九和诗似非一人，但诗中"少微昨夜照平水"之句，可确定其亦为平阳人无疑，而许昌大概是他随元好问南下后寓居之地。

和南质张学士敏之见赠七首 [1]

其 一

桃源刘 [2]，凤楼萧 [3]，镌冰斮玉哦通宵 [4]。

珠玑错落照兰室 [5]，龙蛇偃蹇蟠霜绡 [6]。

和我新诗使予起，却得琼瑰酬木李 [7]。

边城十载绝知音，琴断七弦鹤亦死。

而今得识君恣容 [8]，胸中郁结涣然空 [9]。

诗坛君可据上位，笔力我甘居下风。

笔阵文场宽且绰 [10]，驰骋看君能矍铄 [11]。

学海波澜千顷陂，厌饫经书烂该博 [12]。

几时把手潇湘边 [13]，生涯自有壶中天 [14]。

鸣榔一笑舟浮莲 [15]，沧波万里凝苍烟。

古人常以琴鹤相随，表达自己的超脱情怀与高远志向。弦断鹤死，则表明已万念俱灰。

[注释]

[1]南质：从南方来的人质。张学士敏之：张本，字敏之，号讷庵。开州观城（今山东莘县观城镇）人。金哀宗时以曹王陪臣北上蒙古，后入燕京长春宫为道士，受掌教李志常礼遇，晚年南下居济南以终。 [2]桃源刘：陶渊明《桃花源记》提到，有南阳高尚士刘子骥，寻访桃花源未果。此刘子骥实有其人，名骥之，为陶渊明远房亲戚，两人志趣相投，经常结伴游山玩水。 [3]凤楼萧：传说春秋时秦有萧史善吹箫，穆公女弄玉慕之，穆公遂以

女妻之。史教玉学箫作凤鸣声，后凤凰飞止其家，穆公为作凤台。一日，夫妇俱乘凤凰升天而去。后因以"凤楼箫"借指富有文才之士。　[4]镌冰斲（zhuó）玉：即雕冰镂玉。谓遣词造句，组织诗篇。　[5]珠玑：珠宝，珠玉。此处喻美好诗句。兰室：芳香高雅的居室。　[6]龙蛇：指草书飞动圆转的笔势；飞动的草书。泛指书法、文字。偃蹇：亦作"偃寋"。宛转委曲；屈曲。霜绡：白绫。　[7]琼瑰：泛指珠玉。喻美好的诗文。木李：果名。即榠楂，又名木梨。后因以借指互相投赠酬答之物。　[8]恣容：即姿容。外貌；仪容。　[9]郁结：谓忧思烦冤纠结不解。涣然：形容疑虑、积郁等消除。　[10]笔阵：比喻写作文章。谓诗文谋篇布局擘画如军阵。　[11]矍铄：形容老人目光炯炯、精神健旺。　[12]厌饫（yù）：吃饱；吃腻。该博：博通，烂熟于心。　[13]把手：握手。潇湘：指湘江。因湘江水清深故名。　[14]壶中天：传说东汉费长房为市掾时，市中有老翁卖药，悬一壶于肆头，市罢，跳入壶中。长房于楼上见之，知为非常人。次日复诣翁，翁与俱入壶中，唯见玉堂严丽，旨酒甘肴盈衍其中，共饮毕而出。事见《后汉书·方术传下·费长房》。后即以"壶天"谓仙境、胜境。　[15]鸣榔：又作鸣桹。敲击船舷使作声。用以惊鱼，使入网中，或为歌声之节。

[点评]

这是耶律楚材和张本组诗的第一首。1232 年，蒙古军南下攻金，围困金都汴梁。金哀宗被迫以侄曹王讹可为人质，以应奉翰林文字张本为翰林侍讲学士，陪同曹王北上。因此机缘，楚材得以与张本相识。张本很有才华，擅长诗赋与书法。楚材一见倾心，大有相见恨晚之

意。在这首诗中，楚材对张本文采给予了极高评价，憧憬二人以后能携手共退，遨游山水之间。需要提到的是，张本与楚材虽交往密切，但二人志趣不同，曾仿庚信《哀江南赋》作《哀九鼎赋》，始终以金遗民自居。

和孟驾之韵

平阳闻有邹人孙[1]，封书上我仅万言。

讨论坟典造极致[2]，商榷古今穷深源。

文章高出苏黄辈[3]，英雄不效秦仪志[4]。

志图仁义济元元[5]，异比无双瑚琏器[6]。

沦落尘埃德不孤，梅轩结友天一隅[7]。

我惜盐车困骐骥[8]，腾骧未得踏亨涂[9]。

瓮牖绳枢甘俭薄[10]，饥肠雷转充糟粕[11]。

他日佳声闻九天，富贵之来不得却。

丁年黄卷乐平生[12]，乡闾一诺千金轻。

沧浪清处闲濯缨，才名高价如连城。

笔下有神诗有眼，五车书史穷编简[13]。

一举高登甲乙科[14]，曾对闾阖持手版[15]。

天兵一鼓下睢阳[16]，旌旗整整阵堂堂。

"盐车困骐骥"，语出《战国策·楚策四》："夫骥之齿至矣，服盐车而上太行，蹄申膝折，尾湛胕溃，漉汁洒地，白汗交流。中阪迁延，负辕不能上。伯乐遭之，下车攀而哭之，解纻衣以幂之。骥于是俯而喷，仰而鸣，声达于天，若出金石声者，何也？彼见伯乐之知己也。"后以为典，多用于指贤才屈沉于天下。

玉石俱焚君子隐，北渡来依日月光。

徒步黄尘千里远，犹抱遗经究微婉[17]。

天产昂藏一丈夫[18]，三十未遇非为晚。

闻望卓冠儒林丛，灿然星宿罗心胸。

驰骤大方孰并驾，绝尘奔逸其犹龙。

君似昆吾玉可切[19]，锟铻不是寻常铁[20]。

利颖神锋人未知[21]，宝匣空闲三尺雪。

何时搜出蛰龙鞭[22]，一声霹雳轰青天。

岁旱须君作霖雨，拔茅进用其茹连[23]。

天子明堂求国栋[24]，鹏飞全藉天风送。

凤池波暖百花新[25]，咏游不作江湖梦。

[注释]

[1]平阳：今山西临汾。邹人孙：指孟子后代。孟子为战国
邹人，故有是称。　[2]坟典：三坟、五典的并称，后转为古代
典籍的通称。　[3]苏黄：指北宋文学家苏轼与黄庭坚。　[4]秦
仪：指战国纵横家苏秦与张仪。　[5]元元：百姓；庶民。　[6]瑚
琏：瑚、琏皆宗庙礼器。用以比喻治国安邦之才。　[7]梅轩：
李世荣号，时寓居平阳。应与孟攀鳞关系密切。　[8]盐车：运
载盐的车子。语出《战国策·楚策四》，多用于喻贤才屈沉于天
下。骐骥：骏马，喻贤才。　[9]腾骧：飞腾；奔腾。引申为地位
上升，宦途得意。亨涂：即坦途。多指顺利的境遇。　[10]瓮牖
绳枢：以破瓮为窗，以绳系户枢。语出贾谊《过秦论》。比喻贫

寒之家。俭薄：犹言俭朴。　[11]雷转：谓雷鸣。饥肠雷转又作饥肠雷动，指肚子饿得像打雷一样响。形容非常饥饿。　[12]黄卷：书籍。　[13]五车：语出《庄子·天下》："惠施多方，其书五车。"后用以形容读书多，学问渊博。　[14]甲乙科：科举考试甲乙二科的合称。泛指科第。　[15]阊阖（chāng hé）：古代传说中的西天门，后泛指宫门或京都城门，借指朝廷。手版：即笏。古时大臣朝见时，用以指画或记事的狭长板子。　[16]睢阳：今河南商丘。金归德府所在地，1233年初金哀宗曾从汴京出奔此地。　[17]微婉：精微委婉。　[18]昂藏：超群出众貌。　[19]昆吾：美石名。　[20]锟铻：古利剑名。亦泛指宝剑。　[21]利颖：指尖芒。神锋：极言其锋利。　[22]蛰龙：蛰伏的龙。比喻隐匿的志士。　[23]拔茅进用其茹连：即拔茅连茹，比喻递相推荐引进。　[24]明堂：古代帝王宣明政教的地方。凡朝会、祭祀、庆赏、选士、养老、教学等大典，都在此举行。　[25]凤池：即凤凰池。原指禁苑中池沼。魏晋南北朝时设中书省于禁苑，掌管机要，接近皇帝，故称中书省为"凤凰池"。

[点评]

这是楚材写给孟攀鳞的一首和诗。孟攀鳞（1204—1267），本名璘，字驾之。云中（今山西大同）人。自幼即聪颖过人，号称奇童。中正大七年（1230）进士，任陕州州判，辟举灵台令，入补尚书省掾，任招讨使。壬辰（1232）之乱后，北渡黄河，侨寓河津（今属山西），第二年即癸巳年（1233）来到平阳，与楚材友人梅轩李世荣结交，并受行省丞相胡天禄礼遇。大概就在这一年，孟攀鳞上万言书，获楚材赏识，楚材和诗有"封书上我

仅万言""三十未遇非为晚"之句。同年，胡天禄积极筹措刊行楚材诗文集，孟攀鳞于年底为之作序。平阳刻书业素称发达，在楚材建议下，蒙古政权于1236年在此设经籍所，孟攀鳞受命负责印造经籍事。丙午（1246），孟攀鳞受邀任陕西帅府详议官，举家迁居长安。元朝建立后，中统三年（1262），孟攀鳞任翰林待制，曾上书世祖忽必烈，对朝廷礼制典章多所建策。晚年官议陕西五路四川行中书省事。在这首和诗中，楚材不吝笔墨，对刚过而立之年的孟攀鳞大加称赞："文章高出苏黄辈，英雄不效秦仪志。志图仁义济元元，异比无双瑚琏器"，"闻望卓冠儒林丛，灿然星宿罗心胸。驰骤大方孰并驾，绝尘奔逸其犹龙"。认为孟攀鳞总有一天会"一声霹雳轰青天"，成为国家栋梁、朝廷新贵。当然，限于历史环境，当时真正能成为庙堂之士的文人少之又少，直到元朝建立后这种局面才有较大改观。孟攀鳞多年沉位下僚，直到入元后才进入中央，可谓当时士人前后际遇不同的一个缩影。

和陈秀玉绵梨诗韵 [1]

石门九月西风高 [2]，绵梨万树金垂梢。
清溪千里携赠我，藤筐初发香盈包。
谪仙风度清溪亚 [3]，春风曾饮梨花下。
不用红妆唱采莲 [4]，醉望青天歌二雅 [5]。

"绵梨"，原注："梨出于石门之北遵化县。"

"清溪"，原注："秀玉道号也。"

我有斗酒清且醇，同君荐此鹅黄新[6]。

初见分香剖金卵，更看削玉飞霜鳞[7]。

缥叶紫条何足语，夜光安可同鱼目。

文园尘渴政难禁[8]，咀嚼冰雪劈香玉[9]。

［注释］

[1] 陈秀玉：即陈时可，秀玉为其表字，号清溪居士，又号寂通居士。金翰林学士。贞祐南迁后，滞留中都。后受楚材推荐，从 1230 年起任燕京征收课税所长官。　[2] 石门：镇名。位于今河北遵化市西四十五里。　[3] 谪仙：指李白。　[4] 采莲：指李白诗作《采莲曲》。　[5] 二雅：《诗经》中《大雅》《小雅》的合称，这里泛指诗作。　[6] 鹅黄：淡黄色的东西，这里指绵梨。　[7] 霜鳞：白色的鱼鳞。　[8] 文园：借指文人。　[9] 劈（pī）：削。

［点评］

陈时可为楚材挚友，两人年龄相差较大，属忘年交。楚材参加西征期间，陈时可派人千里迢迢送去石门所产绵梨，并赋诗问候。楚材这首诗即是赠答之作。按，绵梨即面梨，普通的梨以甜脆著称，绵梨却咬一口既面且沙，口感异常。绵梨呈扁圆状，浅黑棕色的果皮，果肉未成熟前坚硬生涩，但成熟后日益糖化，松软如白沙，其产地主要在河北、山西的山区。楚材此诗对绵梨的描写非常细腻，其中"初见分香剖金卵，更看削玉飞霜鳞"，以"初看"与"更看"描写剖梨前后的观感，以"金卵"与"霜鳞"形容绵梨的外观与内瓤，既有颜色又有质感，颇为传神。

卷　二

和移剌继先韵二首

其　一

旧山盟约已愆期^[1]，一梦十年尽觉非。

瀚海路难人去少^[2]，天山雪重雁飞稀^[3]。

渐惊白发宁辞老，未济苍生曷敢归^[4]。

去国迟迟情几许^[5]，倚楼空望白云飞。

[注释]

[1]旧山：故乡；故居。愆期：误期，失期。　[2]瀚海：蒙古高原大沙漠以北及西北广大地区的泛称。亦多用为征战、武功等典故。　[3]天山：亚洲中部大山系。横贯中国新疆中部，西端伸入中亚。　[4]苍生：百姓。　[5]迟迟：眷念貌；依恋貌。

[点评]

移剌继先生平不详，楚材同他的和诗提到"近有人从故隐来"，此诗又有"旧山盟约已愆期"句，看来应为楚材同乡故旧甚至亲属。诗的前两句谈到楚材随军西征，远至西域绝域之地，路难雪重，人少雁稀，道出万里征程的艰辛困苦。从1218年楚材北上觐见成吉思汗，到1228年返回燕京，已整整过去十年时间。后两句道出楚材浓浓的思乡之情与无法返乡的纠结所在。其中的"未济苍生曷敢归"，更是彰显了楚材大济苍生、安定天下的政治抱负与壮志未酬不言归的雄心壮志。

"猿猱鸿鹄不能过"，化用李白《蜀道难》："黄鹤之飞尚不得过，猿猱欲度愁攀援。"

"人烟不与中原通"，化用李白《蜀道难》："不与秦塞通人烟。"其实，中原自古即与西域交往密切。楚材此处用意与李白相同，都是用夸张手法突出当时的交通不便利。

"四十八桥"，从赛里木湖南下通过山峡（今名果子沟），《长春真人西游记》提到，"二太子（察合台）扈从西征，始凿石理道刊木为四十八桥，桥可并车"。据说今尚存三十二桥，犹是当年遗迹。

过阴山和人韵 [1]

其　一

阴山千里横东西，秋声浩浩鸣秋溪 [2]。

猿猱鸿鹄不能过 [3]，天兵百万驰霜蹄 [4]。

万顷松风落松子 [5]，郁郁苍苍映流水 [6]。

天丁何事夸神威 [7]，天台罗浮移到此 [8]。

云霞掩翳山重重 [9]，峰峦突兀何雄雄 [10]。

古来天险阻西域，人烟不与中原通。

细路萦纡斜复直 [11]，山角摩天不盈尺。

溪风萧萧溪水寒 [12]，花落空山人影寂。

四十八桥横雁行 [13]，胜游奇观真非常 [14]。

临高俯视千万仞，令人凛凛生恐惶。

百里镜湖山顶上，旦暮云烟浮气象。

山南山北多幽绝[15]，几派飞泉练千丈[16]。

大河西注波无穷，千溪万壑皆会同。

君成绮语壮奇诞[17]，造物缩手神无功[18]。

山高四更才吐月[19]，八月山峰半埋雪。

遥思山外屯边兵，西风冷彻征衣铁。

[注释]

[1]阴山：此处指新疆天山山脉。　[2]浩浩：声音宏大。[3]猿猱（náo）鸿鹄不能过：猿猱泛指猿猴；鸿鹄即鹄，俗称天鹅。二者善于攀援翱翔，却无法越过阴山。以此比喻蒙古大军行军阴山的艰难。　[4]霜蹄：即马蹄。语本《庄子·马蹄》："马蹄可以践霜雪。"[5]松风：松林之风。松子：松树的种实。可食。　[6]郁郁苍苍：犹言郁郁葱葱。草木苍翠茂盛貌。　[7]天丁：天兵。神威：神奇的威力。　[8]天台罗浮：二者均为山名，天台山在浙江天台县北，罗浮山在广东东江北岸。　[9]掩翳（yì）：遮蔽。　[10]峰峦：连绵的山峰。突兀：亦作"突杌""突屼"。高耸貌。　[11]细路：狭小的路径。萦纡：盘旋环绕。　[12]萧萧：象声词。常形容马叫声、风雨声、流水声、草木摇落声、乐器声等。　[13]横雁行：指桥梁横列，如雁飞之行列。　[14]胜游：快意的游览。奇观：罕见的景象。[15]幽绝：清幽殊绝。[16]飞泉：瀑布。　[17]君：这里指丘处机。绮语：华美的语句。奇诞：离奇荒诞。　[18]造物：创造万物的神。　[19]吐月：月出。

"镜湖"，《长春真人西游记》提到，"忽有大池，方圆几二百里，雪峰环之，倒影池中。师名之曰'天池'"。因湖水平静，雪峰倒影可在湖面显现，故楚材诗称之为"镜湖"。按，此湖疑即今新疆的赛里木湖。

"大河西注波无穷，千溪万壑皆会同"，《西游录》提到："从山巅望之，群峰竞秀，乱壑争流，真雄观也。自金山而西，水皆西流，入于西海。"可参考。

[点评]

这是楚材给丘处机的和诗，丘处机原诗见《长春真人西游记》，是他在1221年九月抵达阿里马城后写的："金山东畔阴山西，千岩万壑横深溪。溪边乱石当道卧，古今不许通轮蹄。前年军兴二太子，修道架桥彻溪水。今年吾道欲西行，车马喧阗复经此。银山铁壁千万重，争头竞角夸清雄。日出下观沧海近，月明上与天河通。参天松如笔管直，森森动有百余尺。万株相倚郁苍苍，一鸟不鸣空寂寂。羊肠孟门压太行，比斯大略犹寻常。双车上下苦敦擞，百骑前后多惊惶。天池海在山头上，百里镜空含万象。悬车束马西下山，四十八桥低万丈。河南海北山无穷，千变万化规模同。未若兹山太奇绝，磊落峭拔加神功。我来时当八九月，半山已上皆为雪。山前草木暖如春，山后衣衾冷如铁。"耶律楚材和诗只写阴山，写实与夸张手法并用，竭力凸显其壮丽宏伟之景，不仅写其奇绝崇伟、峰峦突兀，还写其山顶云烟、千溪万壑，又写其幽绝气象、飞泉洪波，让人恍若身临其境。其中一些诗句，可看出李白《蜀道难》的影响痕迹。

"未可行周礼，谁能和舜《韶》"，化用陈政《朝阳鸣凤行》："来仪舜《韶》协，鸣岐周业隆。"据《论语·八佾》，孔子认为舜《韶》是尽善尽美之乐。

其　二

嬴马阴山道[1]，悠然远思寥[2]。

青峦云霭霭[3]，黄叶雨萧萧[4]。

未可行周礼[5]，谁能和舜《韶》[6]。

嗟吾浮海粟[7]，何碍八风飘[8]。

[注释]

[1]羸（léi）马：驽马，劣马。　[2]悠然：深远貌。远思：深远的思虑。寥：深远；宽广。　[3]霭霭：云烟密集貌。　[4]黄叶：枯黄的树叶。亦借指将落之叶。　[5]周礼：周代的礼制。　[6]舜《韶》：即《韶》乐，传说虞舜所作。　[7]浮海粟：漂浮在大海中的一颗谷粒，比喻自己的渺小。　[8]八风：佛家语，谓世间能煽动人心之八事：得可意事名"利"，失可意事名"衰"，背后诽拨为"毁"，背后赞美为"誉"，当前赞美为"称"，当前诽拨为"讥"，逼恼身心名"苦"，悦适心意名"乐"。

[点评]

丘处机原诗作于 1221 年八月底，当时他在别失八里城受到盛情款待。夜晚刮风下雨，看着园外大树，丘处机即兴赋诗："夜宿阴山下，阴山夜寂寥。长空云黯黯，大树叶萧萧。万里途程远，三冬气候韶。全身都放下，一任断蓬飘。"此诗描写楚材行进在细雨岑岑、云山雾绕的阴山道中，思绪却飞向远方。此时蒙古正大肆对外军事扩张，无暇礼乐制度建设，又有谁能出来完成这尽善尽美的事业呢？自己虽是渺小的沧海一粟，可早已笃定信念，不会因世风顺逆而有所动摇。

其　三

八月阴山雪满沙，清光凝目眩生花[1]。

插天绝壁喷晴月[2]，擎海层峦吸翠霞[3]。

松桧丛中疏畎亩[4]，藤萝深处有人家[5]。

　　横空千里雄西域，江左名山不足夸[6]。

[注释]

[1]清光：清亮的光辉。凝目：注目；凝视。生花：眼昏花。[2]绝壁：陡峭的山壁。　[3]层峦：重叠的山峦。翠霞：青色的烟霞。　[4]松桧（guì）：松柏。畎（quǎn）亩：田地，田野。这里指农民。　[5]藤萝：紫藤的通称。亦泛指有匍匐茎和攀援茎的植物。　[6]江左：江东。指长江下游以东地区。

[点评]

　　丘处机原诗作于1221年八月，当时一行人穿过白骨甸，行进于沙漠时，遥望天边似银色的云霞，丘处机询问众人是什么，众人都不清楚。丘处机说："大概是阴山。"第二天遇见当地人询问，果然如此，于是作诗："高如云气白如沙，远望那知是眼花。渐见山头堆玉屑，远观日脚射银霞。横空一字长千里，照地连城及万家。从古至今常不坏，吟诗写向直南夸。"楚材和诗，重点描写了阴山炫人夺目的皑皑白雪，与气势磅礴的雄伟山势。其中以"喷晴月""吸翠霞"形容阴山山峰的巍峨壮丽，尤有韵味。

其　四

　　阴山奇胜讵能名[1]，断送新诗得得成[2]。

　　万叠峰峦擎海立[3]，千层松桧接云平。

　　三年沙塞吟魂遁[4]，一夜毡穹客梦清[5]。

遥想长安旧知友^[6]，能无知我此时情^[7]。

[注释]

[1]奇胜：谓景物非常优美。讵（jù）能：岂能。名：形容；称说。　[2]断送：送，推送。得得：频频。　[3]峰峦：连绵的山峰。擎：举起；向上托。　[4]沙塞：沙漠边塞。吟魂：诗人的灵魂。遁：消失。　[5]毡穹：毡帐；穹庐。　[6]知友：知心朋友。　[7]能无：反问语。能否。

[点评]

丘处机原诗是在 1221 年十一月渡过锡尔河向南行进，于沿途见到大雪山所作："造物峥嵘不可名，东西罗列自天成。南横玉峤连峰峻，北压金沙带野平。下枕泉源无极润，上通霄汉有余清。我行万里慵开口，到此狂吟不胜情。"楚材和诗描写了阴山翠峦叠嶂、高耸入云的壮观景色，与自己身处异域的孤独寂寞之情。

再用前韵

河源之边鸟鼠西^[1]，阴山千里号千溪。

倚云天险不易过，骕骦蹋蹙追风蹄^[2]。

签记长安五陵子^[3]，马似游龙车如水。

天王赫怒山无神，一夜雄师飞过此。

盘云细路松成行[4]，出天入井实异常。

王尊疾驱九折坂，此来一顾应哀惶。

峥嵘突出峰峭直，山顶连天才咫尺。

枫林霜叶声萧骚，一雁横空秋色寂。

西望月窟九译重[5]，嗟呼自古无英雄。

出关未盈十万里，荒陬不得车书通[6]。

天兵饮马西河上，欲使西戎献驯象。

旌旗蔽空尘涨天，壮士如虹气千丈。

秦皇汉武称兵穷，拍手一笑儿戏同。

堙山陵海匪难事[7]，翦斯群丑何无功。

骚人羞对阴山月[8]，壮岁星星发如雪。

穹庐展转清不眠，霜匣闲杀锟铻铁[9]。

[**注释**]

[1]鸟鼠：山名，在甘肃省渭源县西南，属昆仑西倾山余脉，是洮渭两河分水岭，也是渭河发源地。　[2]骕骦（sù shuāng）：良马名。　[3]长安五陵：长陵、安陵、阳陵、茂陵、平陵五县的合称。均在渭水北岸今陕西咸阳市附近。为西汉五个皇帝陵墓所在地。汉元帝以前，每立陵墓，辄迁徙四方富豪及外戚于此居住，令供奉园陵，称为陵县。　[4]盘云：盘旋于云霄。　[5]月窟：传说月的归宿处，泛指边远之地。九译：指边远地区或外国。　[6]荒陬：荒远的角落。　[7]堙：挖掘。陵：翻越。堙山陵海，

指挖山越海。　　[8]骚人：诗人，文人。　　[9]霜匣：剑匣。锟铻：古利剑名。亦泛指宝剑。

[点评]

　　此诗与《过阴山和人韵》第一首韵脚完全相同，故诗题《再用前韵》。在诗中，楚材不仅将蒙古第一次西征描写为惊天地、泣鬼神的壮举，而且毫不掩饰地展示其崇拜成吉思汗，蔑视秦皇、汉武的思想感情。在楚材看来，号称穷兵黩武的秦皇、汉武，与一代天骄成吉思汗相比，也不过如同小儿科一般。他希望自己能像定远侯班超那样，立功异域，"车书混一华夷通"。这正是他跟随成吉思汗西征初期真实思想的写照。

用前韵送王君玉西征二首

其　一

湛然送客河中西，乘舆何妨过虎溪。

清茶佳果饯行路[1]，远胜浊酒烹驼蹄。

结交须结真君子，君子之交淡如水。

一从西域识君侯，倾盖交欢忘彼此[2]。

当年君卧东山重，守雌默默元知雄[3]。

五车书史岂劳力，《六韬》《三略》无不通[4]。

"河中"，原注："西域城名也。"按，河中即今天乌兹别克斯坦撒马尔罕。因位于锡尔河与阿姆河之间，故名。

诗咏珠玑无价直^[5]，青囊更有琴三尺。

奉命西来典重兵，不得茅斋乐真寂^[6]。

鱼丽大阵兵成行^[7]，行师布置非寻常。

先生应诏入西域，一军骇异皆惊惶。

武皇习战昆明上^[8]，欲讨昆明致犀象。

吾皇兵过海西边，气压炎刘千万丈^[9]。

先生一展才略穷，百蛮冠带文轨同^[10]。

威德洋洋震天下，大功不宰方为功。

隐居自有东山月，风拂松花落香雪。

退身参到未生前，方信秤锤原是铁。

汉武帝遣使通西南夷，屡受今云南洱海一带的昆明族阻拦。听说西南夷擅长水战，汉武帝下令在长安上林苑开凿人工湖，取名昆明湖，用以训练水军。此即所谓的"汉习楼船"。

"吾皇兵过海西边，气压炎刘千万丈"，此处盛赞蒙古开疆拓土的军事成就已远远超过西汉鼎盛期。

"方信秤锤原是铁"，化用《五灯会元·曹洞宗·瑞岩法恭禅师》："踏著秤鎚硬似铁，八两元来是半斤。"

[注释]

[1]行路：路人。　[2]倾盖：指初次相逢或订交。　[3]守雌：以柔弱的态度处世。　[4]《六韬》《三略》：兵书名。即托名姜太公撰的《六韬》与旧题秦黄石公撰的《三略》。后借指兵书，兵法。　[5]诗咏：诗歌。珠玑：珠宝，珠玉。这里比喻美好的诗文。　[6]茅斋：亦作"茆斋"，茅盖的屋舍。斋，多指书房、学舍。真寂：佛教语。谓佛之涅槃。对二乘之伪涅槃而言，故谓之真寂。　[7]鱼丽：古代战阵名。　[8]武皇：指汉武帝。　[9]炎刘：汉朝为火德，故有此称。[10]文轨：文字和车轨。古代以同文轨为国家统一的标志。

[点评]

此诗与《过阴山和人韵》第一首韵脚也完全相同，

故诗题"用前韵"。王君玉名不详，君玉为其表字，有可能为山西人。从楚材诗句内容看，王君玉早年隐居，后应召参加蒙古第一次西征。他不仅有军事韬略，而且擅长诗歌、书法、古琴，并喜参禅。楚材是在河中府即寻思干城与王君玉结识的，二人很快成为莫逆之交。楚材在《湛然居士文集》中赠诗达 34 首，仅次于郑师真与云内州贾氏兄弟。西征结束后，王君玉回到山西平阳，在丞相胡天禄手下担任僚佐。

过济源和香山居士韵[1]

覃怀胜游地[2]，济渎垂名久[3]。

忽见乐天吟[4]，笑我输先手。

丽词金玉振，老笔风雷走。

乘兴试续貂[5]，启我谈天口。

平湖涌泉注，清凉莹无垢。

凭槛瞰涟漪[6]，风鬐尘抖擞。

龙孙十万竿[7]，蓊翳浓阴厚[8]。

沁水济源东[9]，天坛王屋右[10]。

秀色已可餐，何须杜康酒[11]。

步步总堪诗，佳篇如素有。

赓酬淡相对[12]，独有龙冈叟[13]。

亭上几徘徊，斜阳西入西[14]。

晚年归意切，对此空沉首。

何日遂初心，营居碧林后。

"碧林"，原
注："一作翠林。"

[注释]

[1]济源：今河南济源市。香山居士：白居易号。　[2]覃怀：
古地名，指今河南武陟县以西、孟县以东地区。金属怀州、孟州。
元设怀孟路。胜游地：旅游胜地。　[3]济渎：古代四渎之一，在
今济源。垂名：谓留传声名。　[4]乐天：白居易字。　[5]续貂：
又作狗尾续貂，比喻续加的不及原有的，前后很不相称。常用作
自谦之词。　[6]涟漪：水面波纹；微波。　[7]龙孙：泛指竹子。
怀孟地区盛产竹子，元初曾在此设竹课提举司。　[8]蓊（wěng）
翳：指茂密的林木。　[9]沁水：水名，即今山西东南之沁河。源
出沁源县北绵山二郎神沟，南流经安泽、沁水、阳城诸县，入河
南济源市境，东流至河南武陟县南入黄河。　[10]天坛：即天坛
山，又名阳洛山，位于河南济源西北，为王屋山主峰。绝顶有坛，
传为轩辕帝祈天之所，故名天坛。　[11]杜康：传说为最早造酒
的人。　[12]赓酬：谓以诗歌与人相赠答。　[13]龙冈叟：即郑
师真。　[14]酉：正西方。

[点评]

这是 1232 年耶律楚材与好友郑师真同游济渎所作。
济渎属岳镇海渎中的四渎（江、河、淮、济）之一，历代
王朝均定期派员前往致祭。1231 年，蒙古军兵分数路南

下攻金，次年正月三峰山一战，金军主力尽失。作为大汗扈从，楚材参加了太宗窝阔台亲自率领的中路大军。当年随军北返时，楚材顺便游览了济渎，他注意到当地刻石上有唐代诗人白居易的诗（《游坊口悬泉偶题石上》），于是依韵写下这首和诗。诗歌对济水及周边景色多有描写。如"平湖涌泉注，清凉莹无垢"，提到济水的众泉喷涌与洁净清澈，"龙孙十万竿，蓊翳浓阴厚"，则是对当地茂密竹林的生动写照。最后，楚材还抒发了自己恶盈好谦、恬然思退的情怀。需要提到的是，60年后的至元二十九年（1292），楚材的孙子希逸入京担任御史中丞，经过当地，委托当地官员——河南府路总管靳荣将楚材这首诗刻于济渎祠下，又请王恽作《题耶律公手书济源诗后》。

赠李郡王笔

管城从我自燕都[1]，流落遐荒万里余[2]。
半札秋毫裁翡翠[3]，一枝霜竹翦琼琚[4]。
锋端但可题尘景[5]，笔下安能划太虚[6]。
聊复赠君为土物[7]，中书休笑不中书。

原注："李郡王尝为西辽执政。"

[注释]

[1]管城：唐韩愈作寓言《毛颖传》，称笔为管城子。后因以"管城子"为笔的别称。　[2]遐荒：边远荒僻之地。　[3]札：指

拇指与中指张开所量的长度。秋毫：指毛笔。翡翠：即硬玉。色
彩鲜艳的天然矿石，主要用作装饰品和工艺美术品。此处形容
精美诗文。　[4]霜竹：即竹。竹表面有白色粉末，故称。这里
借指笔管。翦：指翦裁。比喻创作诗文时对材料的取舍安排。琼
琚：原意为精美玉佩，这里比喻精美诗文。　[5]尘景：尘世景
象。　[6]太虚：谓空寂玄奥之境。　[7]聊复：权且。土物：本地
特产。这里指燕京所产毛笔。

[点评]

李郡王即李世昌，前西辽郡王，世代为显宦，曾任
执政，本人谙熟契丹文、汉文。楚材随成吉思汗西征期
间，结识李世昌，曾向其学习契丹文一年。楚材大部分
时间滞留太师移剌阿海治下的河中府，而其手下有所谓
"太师府提控李公"者（《长春真人西游记》），不知此人
是否即李世昌。此诗是楚材向李世昌赠笔所作。

和杨居敬韵二首

其　一

自愧才术草芥微[1]，偶然千载遇明时。

惟希一统皇家义，何暇重思晁氏危[2]。

仁义且图扶孔孟，纵横安肯效秦仪[3]。

行看尧舜泽天下，万国咸宁庶绩熙[4]。

[注释]

[1]草芥：亦作"草介"。草和芥。常用以比喻轻贱。　[2]晁氏：晁错：西汉政治家、文学家，因向汉景帝建言削藩，引发七国之乱，被腰斩于市。　[3]秦仪：苏秦与张仪，都是战国有名的纵横家。　[4]庶绩熙：各种事业兴旺发达。

[点评]

杨居敬生平不详。因第二首提到"圣主龙飞第一年"，两首诗均应作于1229年太宗窝阔台即位之年。从太宗窝阔台即位起，楚材境遇发生质的突变，开始走上政治前台，成为蒙古政坛一颗耀眼的新星。在诗中，楚材对自己提出了较高要求。一是维护中央汗权，为此不惜甘冒重蹈晁错覆辙的危险。后来，楚材加强中央集权的建言引起权贵极大不满，东道诸王斡赤斤甚至诬陷他图谋不轨，一度使其身陷险境。二是提倡孔孟仁义之学，摈弃秦仪纵横之术。这实际上牵扯到后来的义利之争。最后，楚材对蒙古新一代统治者也满怀期待，希望太宗窝阔台能成为尧舜那样的贤明之君，蒙古国势蒸蒸日上。

丁亥过沙井和移剌子春韵二首 [1]

其　一

科登甲乙战文围 [2]，吾子才名予独知 [3]。

巢许身心君易乐^[4]，萧曹勋业我难为。

有恒得见实无憾^[5]，知己相逢未忍离。

携手河梁重话旧^[6]，胡然羞和子卿诗^[7]。

其　二

行藏俯仰且随时^[8]，缊袍怀珠人未知^[9]。

燕雀既群难立志，凤凰不至拟胡为。

可嗟世态频更变，何奈人生多别离。

莫忘天山风雪里，湛然驼背和君诗。

[注释]

[1] 丁亥：1227 年。沙井：又称沙城，位于今内蒙古四子王旗红格尔苏木布拉莫仁庙村。　[2] 文围：即文闱：指科举考试。闱，试院。　[3] 吾子：对对方的敬爱之称。一般用于男子之间。　[4] 巢许：巢父和许由的并称。　[5] 有恒：谓坚持一定的操守、品行。　[6] 河梁：旧题汉李陵《与苏武诗》之三："携手上河梁，游子暮何之？……行人难久留，各言长相思。"后因以"河梁"借指送别之地。　[7] 胡然：突然。　[8] 行藏：指出处或行止。俯仰：周旋，应付。　[9] 缊（yùn）袍：以乱麻为絮的袍子。古为贫者所服。

[点评]

移剌子春又作刘子春，金朝进士，长年隐居净州沙井。二十世纪三十年代，美国学者马定曾在内蒙古四子

"有恒得见"，语出《论语·述而》："子曰：'善人，吾不得而见之矣！得见有恒者，斯可矣。'"

原注："予昨至沙井，乘牛车过前路，跨驼方达行在，偶得隔句一联云：'牛车驰传，颇异相如驷马车；驼背吟诗，不似竹林七贤画。'成有是句。"

王旗发现耶律子成神道碑，题为《管领诸路也烈□□答耶律公神道之碑》，据说此人与移剌子春为兄弟关系。楚材与移剌子春很早就认识。他常往来漠北与燕京之间，多次途经沙井，与移剌子春过从甚密。楚材此诗对移剌子春卓尔不群的才学很钦佩，对他不乐仕进、甘于守穷的隐逸情怀也很是羡慕。

王屋道中 [1]

胜克河中号令齐 [2]，神兵入自太行西。

昏昏烟锁天坛暗 [2]，漠漠云埋王屋低。

风软却教冰泛水，寒轻还使雪成泥。

行吟想象覃怀景，多少梅花坼玉溪 [4]。

"冰泛水"，原注："一作冰解水。"

[注释]

[1] 王屋：县名，隶孟州，位于今河南济源西王屋。此处有王屋山，系中条山支脉。 [2] 河中：即河中府，今山西永济。 [3] 天坛：王屋主峰名。 [4] 坼（chè）：特指植物的种子或花芽绽开。

[点评]

这首诗应是 1231 年冬楚材随太宗窝阔台南下攻克河中府后于行军途中所作。当年十月，蒙古军开始围攻河中府，十二月城陷，金将权签枢密院事草火讹可等战

死。随后，蒙古军循河东进，途经王屋，于次年正月由白坡渡河，金朝灭亡进入倒计时。这首诗以描写景物见长，像用"昏昏烟锁""漠漠云埋"衬托王屋山及其主峰天坛山的巍峨壮丽，又以"风软""寒轻"比喻春意萌动的景象，颇有韵味。

卷 三

和解天秀韵

猛士弯弓挽六钧[1]，长驱下汴政施仁。

前朝运谢山河古[2]，圣世时亨雨露新[3]。

未遇自甘焚绿绮[4]，知音不必惜阳春[5]。

朝廷将下搜贤诏，莫恋烟霞老此身[6]。

[注释]

[1]六钧：《左传·定公八年》："士皆坐列，曰：'颜高之弓六钧。'皆取而传观之。"杜预注："颜高，鲁人。三十斤为钧，六钧百八十斤。古称重，故以为异强。"谓张满弓用力六钧，后因以指强弓。 [2]谢：衰败，衰落。 [3]亨：通达；顺利。雨露：比喻恩泽。 [4]绿绮：汉代著名文人司马相如拥有的一张古琴。后

指金朝统治已日薄西山、江河日下，新兴的蒙古政权则方兴未艾、繁荣昌盛。

"未遇自甘焚绿绮"，指解氏在金朝怀才不遇。

"知音不必惜阳春"，化用北宋晏殊《山亭柳·赠歌者》："若有知音见采，不辞遍唱阳春。"用以劝解氏为新政权服务。

用以泛指古琴。　[5]阳春:古歌曲名,是一种比较高雅难学的曲子。后用阳春或阳春白雪泛指高雅的曲调、不够通俗易懂的文艺作品。　[6]烟霞:泛指山水、山林。

[点评]

解天秀生平不详,看起来应是一位饱学儒士,献诗楚材以求闻达。楚材和诗大概写于蒙古南下占领金都汴京前后。在诗中,楚材以金朝"运谢"与蒙古"时亨"指出当下蒙兴金衰的历史趋势。在盛赞蒙古统治者广施仁政的同时,楚材预测不久大汗窝阔台就会下诏广搜贤才,勉励解天秀随时准备出山为蒙古政权服务,而不要只顾贪恋隐逸生活。

"灞水尚存官柳绿",隋代于灞水两岸广栽柳树,唐代又在灞桥设立驿站。柳与留谐音,灞桥折柳赠别,成为长安古城的别样景致,也是文人墨客笔下最富诗意的别离。

"骊山惟有驿尘红",骊山脚下有温泉华清池,唐明皇与杨贵妃常于此沐浴。杨贵妃喜啖荔枝,唐明皇为此不惜动用驿卒自岭南运送。诗人杜牧有"一骑红尘妃子笑,无人知是荔枝来"的诗句。

和王巨川韵

圣驾徂征率百工[1],貔貅亿万入关中[2]。

周秦气焰如云变,唐汉繁华扫地空。

灞水尚存官柳绿[3],骊山惟有驿尘红[4]。

天兵一鼓长安克[5],千里威声震陕东。

[注释]

[1]徂(cú)征:前往征讨;出征。百工:百官。　[2]貔貅(pí xiū):古籍中的两种猛兽,多连用以比喻勇猛的战士。　[3]灞水:

水名，流经陕西西安与蓝田境内。 [4]骊山：山名，在今陕西临潼东南。 [5]长安：即金京兆府，今陕西西安。

[点评]

王巨川即王檝（1184—1243），字巨川，号紫岩翁。成吉思汗兴兵南下伐金，时任副统军的王檝迎降蒙古，后被任为宣抚使兼行尚书六部事。燕京投降后，王檝入觐成吉思汗，又以前职兼御史大夫。窝阔台即位后的第二年（1230），窝阔台亲自统军南下，取道山西进入关中地区，当时楚材与王檝均在军中。1231年春，蒙古攻破凤翔，金军弃京兆（今陕西西安），退保潼关，关中之地尽失。楚材和王檝的这首诗，即是对蒙古大军的节节胜利有感而发。

释 奠[1]

王巨川能于灰烬之余草创宣圣庙，以己丑二月八日丁酉[2]，率诸士大夫释而奠之，礼也。诸儒相贺曰："可谓吾道有光矣。"是日，四众奉迎释迦遗像行城[3]，欢声沸沸，仆皆预其礼。作是诗以见意云。

多士云奔奠上下，释迦遗像亦行城。

旌幢错落休迷色[4]，钟磬铿锵岂在声[5]。

宣父素心施有政，能仁深意契无生[6]。

儒流释子无相讽，礼乐因缘尽假名[7]。

［注释］

[1]释奠：古代在学校设置酒食以奠祭先圣先师的一种典礼。　[2]己丑：1229年。　[3]行城：也称行像。用宝车载着佛像巡行城市街衢的一种宗教仪式。一般多在佛生日举行。　[4]旌幢：旌旗。　[5]钟磬：钟和磬。古代礼乐器。　[6]无生：佛教语。谓没有生灭，不生不灭。　[7]假名：佛教语。谓不能反映实际的概念、语言。佛教认为世界万有及其差别，均是主观上的"假名"所安立的。

［点评］

金代中都旧有文庙，按惯例，每年春秋仲月上丁日，举行释奠礼。蒙古占领中都后，文庙毁，释奠礼也废而不行。在宣抚使王楫等人推动下，壬午年（1222）燕京行省以金枢密院旧址改建文庙。己丑年（1229）二月八日，为春仲月上丁日（丁未，原文作丁酉，疑误），王楫按惯例率在城士大夫举行了隆重的释奠仪式。恰好这一天，也是释迦牟尼的出家日，燕京佛教信众为纪念此日，在城内举行了巡行佛像的活动。这尊释迦遗像，有可能就是佛教史上有名的优填王旃檀瑞像。此像据说从晋代经西域龟兹传入中土，以后辗转流传各地。金灭北宋后，

此像自汴京传入北方，除在上京大储庆寺 20 年外，主要供奉于燕京大圣安寺与皇宫内殿。丁丑年（1217）三月，燕京宫殿发生火灾，行省长官石抹咸得不将佛像又迁回大圣安寺。燕京城在同一天出现儒教释奠与佛像行城两大盛况，使得楚材激动不已。在诗中，楚材指出孔子"仁"的思想与释迦牟尼"不生不灭"之说是深相契合的，儒释信众都不要执着于表象而互相攻击责难，这也是他调和儒释的一贯主张。

和移剌子春见寄五首

其　一

四海皇皇足俊贤[1]，浪陪扶日上青天。

且图约法三章定[2]，宁羡浮荣六印悬[3]。

润色吾术惟恐后，扶持天下敢为先。

过情声闻予深耻[4]，可笑虚名到处传。

其　二

生遇干戈我不辰[5]，十年甘分作俘臣[6]。

施仁发政非无据，论道经邦自有人[7]。

圣世规模能法古，污俗习染得惟新[8]。

英雄已入吾皇彀[9]，从此无人更问津。

其　三

且喜朝廷先正名，林泉隐逸总公卿。

群雄一遇风云会[10]，万国咸观日月明。

丹凤固应潜乱世[11]，白麟自今出升平[12]。

竚看北阙垂温诏[13]，夜半前席进贾生[14]。

“竚看”，原注：“一作‘快遇’‘颙观’。”

其　四

举世寥寥识我谁[15]，未操弓矢愧由基[16]。

衰年有幸弹三乐[17]，盛世无才出六奇[18]。

弃物且存光海量[19]，散材获用荷天私[20]。

微臣自忖将何报[21]，信笔裁成颂德诗。

其　五

邂逅沙城识子初[22]，天山风雪醉吟余[23]。

文章光焰君堪羡[24]，节操仪刑我不如[25]。

曲蘖乡中前进士[26]，风波堆里老中书[27]。

他年归去无相弃，同到闾山旧隐居[28]。

“曲蘖”，原注：“渠有诗云：‘老去惟耽曲蘖春。’故有是句。”

[注释]

[1]皇皇：宽广貌；通达貌。俊贤：才德杰出的人。　[2]约法三章：《史记·高祖本纪》：“与父老约，法三章耳：杀人者死，伤人及盗抵罪。”《汉书·刑法志》：“高祖初入关，约法三章。”后谓订立

简明的条款，以资遵守。 [3]六印：原谓苏秦所佩六国相印，此处泛指地位显赫。 [4]过情：超过实际情形。声闻：名声。 [5]不辰：不得其时。此处指生不逢时。 [6]甘分：甘愿。俘臣：在战争中被俘投降的臣子。 [7]论道经邦：研究治国之道，以经营治理国家。 [8]污俗习染：不良习俗。惟新：革新。 [9]彀（gòu）：牢笼；圈套。 [10]风云会：君臣际会，多指贤臣得遇明君。 [11]丹凤：头和翅膀上的羽毛为红色的凤鸟，这里喻指杰出者。 [12]白麟：亦作"白驎"。白色的麒麟。古代以为祥瑞。 [13]温诏：词情恳切的诏书。 [14]贾生：指贾谊。 [15]寥寥：形容数量少。 [16]由基：养由基。春秋时神射手，能百步穿杨。 [17]三乐：《列子·天瑞》："孔子游于太山，见荣启期行乎郕之野，鹿裘带索，鼓琴而歌。孔子问曰：'先生所以乐，何也？'对曰：'吾乐甚多。天生万物，唯人为贵。而吾得为人，是一乐也。男女之别，男尊女卑，故以男为贵，吾既得为男矣，是二乐也。人生有不见日月，不免襁褓者，吾既已行年九十矣，是三乐也。贫者，士之常也；死者，人之终也。处常得终，当何忧哉？'孔子曰：'善乎！能自宽者也。'" [18]六奇：指汉陈平为高祖刘邦所谋画的六奇计。《史记·太史公自序》："六奇既用，诸侯宾从于汉。"后因以指出奇制胜的谋略。 [19]弃物：被丢弃之物；废物，比喻没用之人。 [20]散材：无用之木。常比喻不为世所用之人。荷：承受。天私：上天偏爱。 [21]忖（cǔn）：思量；揣度。 [22]沙城：即沙井。 [23]天山：县名，净州治所，在今内蒙古四子王旗吉生太镇城卜子村。 [24]光焰：光辉；光芒。 [25]仪刑：楷模；典范。 [26]曲糵：指酒。 [27]风波：风浪。 [28]闾山：即医巫闾山。

[点评]

移剌子春前面已介绍，是楚材在沙井结识的旧友。

楚材上述和诗主要是对移剌子春的自我剖白。"润色吾术惟恐后，扶持天下敢为先"，是他服务蒙古政权的初衷。至于苏秦那样佩六国相印的显赫声名，则非楚材内心所愿。对自己的治国理政能力，楚材一直持谦逊态度。当窝阔台汗问他："不审南国复有卿比者否？"楚材的回答则是："贤于臣者甚多，以臣不才，故留于燕。"以此之故，他在和诗中以"弃物""散材"自居，希望蒙古政权在广纳贤才后，自己能急流勇退，与移剌子春一同过上潇洒飘逸的隐居生活。

寄移剌国宝

昔年萍迹旅京华 [1]，曾到风流国宝家。

居士为予常吃素，先生爱客必烹茶。

原注："公所藏佛牙甚灵异。"

明窗挥麈谈禅髓 [2]，净几焚香顶佛牙。

回首五年如一梦，梦中不觉过流沙 [3]。

[注释]

[1] 萍迹：喻人四处漂流，行踪无定。京华：京城之美称。因京城是文物、人才汇集之地，故称。　[2] 挥麈（zhǔ）：晋人清谈时，常挥动麈尾以为谈助。后因称谈论为挥麈。禅髓：禅学精髓。　[3] 流沙：沙漠。沙常因风吹而流动，故称。这里指西域地区。

[点评]

移剌国宝生平不详，应是楚材年轻时的在燕旧友。承平时期，楚材经常造访移剌国宝家，二人喝茶谈禅悟道，相谈甚欢。如今五年过去了，二人天各一方，身处异域的楚材，对故人的思念却与日俱增，遂赋诗远寄，以慰思念之情。

和景贤韵三首

其 一

龙冈便腹尽诗书[1]，落笔云烟我不如[2]。
一纸安书思塞雁[3]，十年归兴忆鲈鱼。
托身医隐君谋妙[4]，委迹儒冠我计疏[5]。
何日相将归故里[6]，翠微深处卜幽居[7]。

其 二

龙冈走笔和清篇，出示珠玑寄湛然[8]。
字古意新看不足，挑灯寒雨夜无眠。

其 三

摩抚疮痍正似医[9]，微君孰肯拯时危。
万金良策悟明主，厚德深仁四海施。

楚材另有《用万松老人韵作十诗寄郑景贤》："天真贮便腹，浩气塞征襟。"看来郑师真肚子确实很大。

"鲈鱼"，即"鲈鱼脍"，语出《世说新语·识鉴》："张季鹰辟齐王东曹掾，在洛，见秋风起，因思吴中菰菜羹、鲈鱼脍，曰：'人生贵得适意尔，何能羁宦数千里以要名爵？'遂命驾便归。"后因以"忆鲈鱼"咏思乡之情、归隐之志。

［注释］

[1]龙冈：郑师真号。便（pián）腹：即大腹便便，肥满之腹。
[2]云烟：比喻挥洒自如的墨迹。 [3]安书：报平安的家书。塞雁：
塞外的鸿雁。塞鸿秋季南来，春季北去，故古人常以之作比，表
示对远离家乡的亲人的怀念。 [4]医隐：退隐为医的人。 [5]儒
冠：借指儒生。 [6]相将：相偕，相共。 [7]翠微：指青翠掩映
的山腰幽深处。幽居：僻静的居处。 [8]珠玑：比喻美好的诗文
等。 [9]疮痍：指困苦的民众。

［点评］

郑师真，字景贤，号龙冈居士。邢州龙冈（今河北
邢台）人。太宗窝阔台御医。楚材一生挚友。《湛然居
士文集》赠答诗达 75 首，几占全书十分之一。王国维对
其评价很高，认为楚材能与窝阔台君臣亲密无间，郑师
真居中调和，厥功甚伟，指出："然则公（耶律楚材）之
相当由景贤，而其平日维持调护于君臣之间，使太宗任
公而不疑，公得行其志而无所屈者，亦由景贤之力……
然其安天下救生民之功，固不在公下，世有孔子，能不
兴微管之叹（孔子曾说：'微管仲，吾其被发左衽矣。'）
乎！"楚材上述和诗，除对郑师真才华大加赞赏外，还
对其"托身医隐"表示出羡慕之意，希望郑师真能利用
自己御医的特殊地位，辅佐明主，匡救时弊，广施仁政，
拯救处于水深火热中的百姓。实际上，郑师真在这方面
确实也起过重要作用。如汴京投降后，蒙古原计划屠城，
郑师真同楚材一起，极力劝说窝阔台停止这样的疯狂举
动，城中百万生灵得以免遭屠戮。

过东胜用先君文献公韵二首[1]

其 一

荒城萧洒枕长河[2]，古寺碑文半灭磨[3]。

青冢路遥人去少[4]，黑山寒重雁来多。

正愁晓雪冰生砚[5]，不忿西风叶坠柯[6]。

偶忆先君旧游处，潸然不奈此情何[7]。

[注释]

[1]东胜：州名，治今内蒙古托克托县。先君：已故的父亲。文献公：指楚材父耶律履，文献为其谥号。　[2]荒城：荒凉的古城。萧洒：凄清、寂寞貌。长河：指黄河，东胜州位于黄河边。　[3]灭磨：逐渐消失。　[4]青冢：即昭君墓。相传塞草皆白，独昭君墓前草色为青，故名。　[5]冰生砚：砚台里的水结冰。　[6]柯：草木的枝茎。　[7]潸然：流泪的样子。

[点评]

这首诗是楚材经过东胜州追忆父亲耶律履所作，共两首，此其一。东胜州属山后地区，位于黄河岸边，孤寂冷落，人烟稀少。此时大概正值严冬季节，楚材用"冰生砚"与"叶坠柯"，形容当时的寒气逼人。在风雪交加的荒凉古城，楚材触景生情，猛然想起父亲曾到此处，遂用父亲旧韵写下此诗。

过夏国新安县[1]

昔年今日渡松关[2]，车马崎岖行路难。

瀚海潮喷千浪白，天山风吼万林丹[3]。

气当霜降十分爽[4]，月比中秋一倍寒。

回首三秋如一梦，梦中不觉到新安。

［注释］

[1]夏国：西夏王国（1038—1227）。新安县：西夏县名，今地不详。　[2]松关：即果子沟，一名塔勒奇达坂，位于今新疆霍城东北。　[3]丹：红色。　[4]霜降：二十四节气之一，在公历10月23日或24日。这时中国黄河流域一般出现初霜，大部分地区多忙于播种三麦等作物。

［点评］

1226年正月，成吉思汗开始出征西夏。次年七月，成吉思汗去世，西夏随即灭亡。楚材东归，并未随成吉思汗大军，而是经由轮台、北庭、高昌，出伊州，涉大漠，以达肃州，时为1226年五月。接下来，楚材继续东进，经甘州，抵灵州，与成吉思汗大军会合，随其于十一月攻下灵州。据此推断，新安县应位于甘州与灵州之间的路上。在诗中，楚材回忆起1224年九月十五日东归途中经过松关的景象。松关即今天新疆有名的果子沟，是丝路北新道的交通要道。蒙古西征，察合台受命在此开凿

四十八桥，可因山势陡峭，依然崎岖难行，故楚材称"车马崎岖行路难"。楚材经过松关时，已入深秋季节，气候寒冷，他用"千浪白"（或千里雪）"万林丹"比喻白雪皑皑的山顶与树叶变红的林木，非常贴切。

再用韵感古

宣尼名教本尊君[1]，贼子干常犯跸尘。
鹿失嬴秦无令主[2]，鼎分炎汉有能臣[3]。
宋朝南渡尤天水[4]，辽室东倾罪海滨[5]。
回首兴亡都莫问，不如沈醉瓮头春[6]。

"鹿失嬴秦"，语出《史记·淮阴侯列传》："秦失其鹿，天下共逐之。"鼎分炎汉，指东汉亡后，魏蜀吴鼎立，三分天下。

[注释]

[1]宣尼：汉平帝追谥孔子为褒成宣尼公，后因称孔子为宣尼。名教：指以正名定分为主的礼教。　[2]令主：贤德的君主。　[3]炎汉：汉自称以火德王，故称炎汉。　[4]尤：过失；罪愆。天水：指北宋徽、钦二帝，尤其是前者。北宋灭亡后，二帝被俘北上，分别封昏德公、重昏侯。徽宗死后追封天水郡王，钦宗晋封天水郡公。　[5]海滨：指辽天祚帝。辽朝灭亡后，被金封为海滨王。　[6]瓮头春：泛指好酒。

[点评]

本诗是楚材用《过青冢次贾抟霄韵》所作怀古诗。

提到孔子宣扬尊君抑臣，可后世贼子却常冒犯君主权威，把秦汉宋辽王朝的衰败灭亡，都归因于君主的昏庸无道。楚材言下之意，似乎认为除君主因素外，乱臣贼子也应是导致王朝衰败的重要原因。

还燕京题披云楼和诸士大夫韵 [1]

闲上披云第一重，离离禾黍汉家宫。
窗开青锁招晴色 [2]，帘卷银钩揖晓风 [3]。
好梦安排诗句里，闲愁分付酒杯中 [4]。
静思二十年间事 [5]，聚散悲欢一梦同。

"离离禾黍"，语出《诗经·王风·黍离》篇。原诗描写周室东迁后故都的荒凉，这里与"汉家宫"合用，暗含对金室南迁后燕京衰败的慨叹。

[注释]

[1]披云楼：燕京楼名。据《析津志》，"在故京燕之大悲阁东南。题额甚佳，莫考作者。楼下有远树影，风晴雨晦，人皆见之"。　[2]青锁：又作"青琐""青璅"。刻镂成格的窗户。　[3]银钩：银质或银色的钩子。　[4]闲愁：无端无谓的忧愁。　[5]静思：沉静地思考、省察。

[点评]

此诗应是1228年楚材回到燕京后所作。衣锦还乡的楚材，受到燕京士大夫的热烈欢迎。从1218年离燕北上，到此次返燕，楚材阔别燕京已有十年之久，而从他在金

章宗朝担任尚书省令史，到现在则已过去二十多年。在此期间，金朝花开花落，由盛转衰，自己则以簪缨世胄，颠沛流离，其间物是人非，聚散离合，如同一梦，无不让楚材徒增感慨。

和李德修韵

明明圣主万邦君，神武雕弓挽六钧[1]。
时有逸人游阙下[2]，更无骚客吊江滨[3]。
衣冠师古乘殷辂[4]，历日随时建夏寅[5]。
厚德深仁施万世，巍然一代典谟新[6]。

"更无骚客吊江滨"，语出《史记·屈原列传》："屈原至于江滨，被发行吟泽畔，颜色憔悴，形容枯槁。"

"衣冠师古乘殷辂，历日随时建夏寅"，这两句诗源出《论语·卫灵公》："颜渊问为邦，子曰：'行夏之时，乘殷之辂，服周之冕……'"

[注释]

[1]雕弓：刻绘花纹的弓；精美的弓。 [2]逸人：指遁世隐居的人。阙下：宫阙之下。借指帝王所居的宫廷。 [3]骚客：这里应指《离骚》的作者屈原。 [4]殷辂：辂亦作路，即大车，多指帝王所乘的车子。古代帝王所乘路分五种，即玉路、金路、象路、革路、木路，其中木路装饰最质朴，殷路即木路。 [5]夏寅：夏历以正月为建寅之月。 [6]典谟：《尚书》中《尧典》《舜典》《大禹谟》《皋陶谟》等篇的并称，这里指典章。

[点评]

楚材此诗重点赞美了窝阔台汗及蒙古政权。认为窝

阔台是一代圣主明君，在蒙古治下，经常会有前朝逸民受到汗廷重用，而不会出现像屈原那样遭受迫害的文臣。在治国之道方面，蒙古政权会像孔子所说得那样，行夏商周三代之法，对百姓施以厚泽，推行仁政，创设一代新的典章制度。当然，这只是楚材的一种不切实际的幻想，或者说一厢情愿的美好理想而已。

卷 四

再用韵纪西游事

河中花木蔽春山[1]，烂赏东风纵宝鞍[2]。

留得晚瓜过腊半[3]，藏来秋果到春残[4]。

亲尝芭榄宁论价[5]，自酿蒲萄不纳官。

常叹不才还有幸，滞留遐域得佳餐[6]。

"河中"，原注："西域寻思干城，西辽目为河中府。"

[注释]

[1]河中：即河中府。 [2]烂赏：随意欣赏；纵情玩赏。 [3]腊半：腊月过半。 [4]春残：春末，春将尽。 [5]芭榄：又作杷榄，植物名。其仁甘香如杏仁，花如杏花而色微淡，冬季开花。论价：议定价格。 [6]遐域：边远之地。

［点评］

此诗为楚材用《谢飞卿饭》韵所作，回忆了自己在河中府的生活。河中府即寻思干，即今乌兹别克斯坦撒马尔罕，因位于阿姆河与锡尔河之间，西辽称为河中府。这座中亚大城后为花剌子模沙摩诃末夺取，成为花剌子模新都。蒙古西征后，于1220年夺取河中府，以太师移剌国公阿海镇守该城。楚材在西域期间，大部分时间滞留河中府，对当地风土人情非常了解，留下了大量名篇佳作。此诗主要描写的是河中府丰富的瓜果："晚瓜""秋果""芭榄""蒲萄"。

和抟霄韵代水陆疏文因其韵为十诗[1]

其　二

新朝威德感人深，渴望云霓四海心[2]。

东夏再降烽火灭[3]，西门一战塞烟沉[4]。

颙观颁朔施仁政[5]，竚待更元布德音[6]。

好放湛然云水去[7]，庙堂英俊正如林[8]。

［注释］

[1] 水陆：即水陆道场，佛教法会的一种。僧尼设坛诵经，礼佛拜忏，遍施饮食，以超度水陆一切亡灵，普济六道四生，故称。 [2] 云霓：借指高空。此处喻指朗朗乾坤、太平盛世。 [3] 东

夏：指金末蒲鲜万奴在中国东北建立的割据政权（1215—1233），起初称大真，后改称东夏。再降：第二次归降。　[4]西门一战：应指西征讨灭花剌子模。　[5]颙观：仰望。颁朔：古代帝王于每年季冬把来年的历日布告天下诸侯，谓之"颁朔"。　[6]更元：更改年号；德音：用以指帝王的诏书。至唐宋，诏敕之外，别有德音一体，用于施惠宽恤之事，犹言恩诏。　[7]云水：谓漫游。漫游如行云流水的飘泊无定，故称。　[8]庙堂：朝廷。指人君接受朝见、议论政事的殿堂。

[点评]

此诗为楚材和贾抟霄诗而作。诗歌赞颂了蒙古政权的文治武功，表明了渴望蒙古政权尽快颁布新政、安定社会和自己功成身退的意愿。

寄贾抟霄乞马乳

天马西来酿玉浆，革囊倾处酒微香[1]。

长沙莫吝西江水，文举休空北海觞[2]。

浅白痛思琼液冷[3]，微甘酷爱蔗浆凉[4]。

茂陵要洒尘心渴[5]，愿得朝朝赐我尝[6]。

[注释]

[1]革囊：皮口袋。　[2]长沙：指贾谊，西汉文学家，因任

"长沙莫吝西江水，文举休空北海觞"，化用张南史《早春书事奉寄中书李舍人》："北海樽留客，西江水救鱼。"其中北海樽留客，语出《后汉书·孔融传》："坐上客恒满，尊中酒不空，吾无忧矣。""西江水救鱼"，语出《庄子·杂篇·外物》。

"茂陵要洒尘心渴"，《汉书·百官公卿表》："武帝太初元年更名家马为挏马。"应劭曰："主乳马，取其汁挏治之，味酢可饮，因以名官也。"如淳曰："主乳马，以韦革为夹兜，受数斗，盛马乳，挏取其上肥，因名曰挏马。"

长沙王傅，被后世称为贾长沙。文举：即孔融，文举为其表字。北海：北海郡，孔融曾任北海太守。觞：盛满酒的杯。亦泛指酒器。　[3]琼液：嘉美液汁。　[4]蔗浆：甘蔗汁。　[5]茂陵：西汉武帝陵，这里借指西汉武帝。汉武帝为饮用马乳，特地下令将太仆属官家马令更名挏马令。　[6]朝朝：天天；每天。

[点评]

马乳俗称马奶酒（蒙古人称忽迷思），是草原游牧民族经常饮用的佳酿，一般是在夏季将马奶收贮于皮囊中，加以搅拌，数日后乳脂分离，发酵而成。楚材酷爱饮用马奶酒，此诗用"浅白"形容马奶酒的乳白光泽，"微香"与"微甘"形容马奶酒的嗅觉与口感，"冷"与"凉"形容马奶酒的解暑功效。让人有垂涎欲滴、欲罢不能的感觉。

爱子金柱索诗[1]

文献阴功绝比伦[2]，昆虫草木尽承恩[3]。

我为北阙十年客[4]，汝是东丹九世孙。

致主泽民宜务本[5]，读书学道好穷源[6]。

他时辅翼英雄主[7]，珥笔承明策万言[8]。

[注释]

[1]金柱：指楚材子耶律铸，金柱应为其乳名。　[2]文献：

指楚材父耶律履，文献为其谥号。阴功：迷信的人指在人世间
所做而在阴间可以记功的好事。比伦：比并；匹敌。　[3]承恩：
蒙受恩泽。　[4]北阙：指蒙古汗廷。　[5]致主：谓辅佐君主，
使其成为圣明之主。泽民：施恩惠于民。　[6]穷源：探寻事物
的本原。　[7]辅翼：辅佐，辅助。英雄主：才能勇武过人的君
主。　[8]珥笔：古代史官、谏官上朝，常插笔冠侧，以便记录，
谓之"珥笔"。

[点评]

这是楚材教育儿子金柱（耶律铸）的示儿诗。在诗
中，楚材教导儿子要以祖先为榜样，以致主泽民为理想，
努力读书学习，将来辅佐英主，要不负皇恩，多建言献
策。楚材另有《为子铸作诗三十韵》《子铸生朝润之以诗
为寿予因继其韵以遗之》，均是教育儿子的重要诗篇，可
参看。

还燕和吴德明一首 [1]

纷纷世态眩荣华 [2]，静里乾坤本不哗。

琴阮生涯聊自适 [3]，诗书事业更何加。

但期圣德泽天下，敢惜余生寄海涯 [4]。

可笑燕然旧游客，倚楼悲我客程赊 [5]。

［注释］

[1]吴德明：即吴章（？—1246），字德明，号定庵。石州（今山西吕梁）人。承安二年（1197）进士，崇庆末（1212）始应召入朝，官大理卿。　[2]世态：世俗的情态。多指人情淡薄而言。　[3]琴阮：即阮琴。相传阮咸所制。形似月琴。　[4]海涯：海边。　[5]客程：旅程。赊：距离远。

［点评］

1228年，楚材回到阔别已久的燕京，与好友吴章相见，二人互有诗歌赠答。楚材和诗首先表达了自己与世无争、甘于寂寞的恬淡性格，接下来话锋一转："但期圣德泽天下，敢惜余生寄海涯。"表明为实现致主泽民的理想，自己甘愿栖身天涯海角。从中我们不难看出楚材远大的志向与抱负。

和宋子玉韵[1]

勇将谋臣满玉京[2]，吾侪袖手待升平[3]。

荆榛至道常嗟我[4]，柱石中原岂舍卿[5]。

日下有人叨肉食[6]，云中高士振诗鸣[7]。

思君兴味如梅渴[8]，海印那能识此情。

指国家初创，百废待兴，常使楚材忧虑万分。

"海印"，原注："子玉道号也。"

［注释］

[1]宋子玉：即宋珍（1193—1269），字子玉，号南塘处

士。吉州吉乡（今山西吉县）人。早居云中，后徙燕京。　[2]玉
京：指帝都。　[3]升平：太平。　[4]荆榛：比喻艰危，困难。至
道：这里指好的制度。　[5]柱石：比喻担当重任的人。　[6]日
下：指京都。古代以帝王比日，因以皇帝所在地为"日下"。叨
肉食：叨肉食即肉食者，引申为有权位的人，这里喻指楚材自
己。　[7]云中高士：指宋珍，当时他正居云中。　[8]梅渴：即
望梅止渴。语出《世说新语·假谲》。比喻愿望无法实现，用空
想安慰自己。

[点评]

宋珍，王恽《故南塘处士宋公墓志铭》称其姿貌秀
伟，早能诗，善谈玄。"故中书令耶律公一见，伟其貌，
奇其才，至赠诗称与，有'柱石中原'之目。"此诗"柱
石中原岂舍卿"句，恰好印证了王恽的记载。楚材曾推
荐宋珍为侍从，但宋珍不乐入朝为官，却喜林泉之乐，
很快辞官归隐。在诗中，楚材高度评价了宋珍的治世之
才与诗名，以及自己求贤若渴的仰慕心情。

和李邦瑞韵二首[1]

其　一

陇右奇才冠士林[2]，万言良策起予深[3]。
泽民致主倾丹恳[4]，邀利沽名匪素心。

我伴簿书无好思[5]，君陪风月有闲吟。

他年共纳林泉下，茅屋松窗品正音。

其　二

谢君千里远相寻，倾盖交欢气义深。

笔砚生涯无异志，金兰气味本同心[6]。

挥毫解赋登高句[7]，缓轸能弹对竹琴[8]。

此去鳞鸿知有便[9]，临风无吝寄芳音[10]。

"笔砚生涯"，原注："一作书剑因缘，又作铁石肝肠。"

[注释]

[1]李邦瑞（？—1235）：字昌国，以字行，京兆临潼人。为金小史，降蒙后，奉旨出使南宋，授金符、宣差军储使。　[2]陇右：古地区名。泛指陇山以西地区。古代以西为右，故名。约当今甘肃六盘山以西、黄河以东一带。　[3]起予深：对我启发很大。　[4]丹恳：赤诚的心。　[5]簿书：官署中的文书簿册。　[6]金兰：指契合的友情；深交。　[7]解：解释；讲解。　[8]缓轸：轸指弦乐器上系弦线的小柱。缓轸原指转动小柱以调节弦的松紧，这里指弹琴。　[9]鳞鸿：鱼雁。指书信。　[10]芳音：犹佳音，好消息。

[点评]

李邦瑞《元史》有传，虽出身农家，但自幼即好学，读书通大义。投降蒙古后，李邦瑞被送到窝阔台汗处，上万言策，"中书以其名闻"，看来应受到楚材推荐。在和诗中，楚材对李邦瑞的才能人品均赞赏有加，对二人

志趣相投、一见如故的深厚友情也多所倾诉。

和邦瑞韵送奉使之江表[1]

驲骑翩翩出玉京[2]，金符一插照人明[3]。

莫忘北阙龙飞志[4]，要识南陬鴂舌情[5]。

布袖来朝无骑乘[6]，锦衣归去不徒行[7]。

升仙桥畔增春色[8]，郡守传呼接长卿[9]。

［注释］

[1]江表：江外。长江以南地区。这里指南宋。 [2]驲（rì）骑：即驿骑。 [3]金符：即金牌，蒙元政权官员所佩牌符的一种，规格低于虎符牌，高于银牌。 [4]龙飞志：积极进取的志向。 [5]鴂（jué）舌：伯劳弄舌啼聒。比喻语言难懂。 [6]布袖：犹布衣，借指平民。古代平民不能衣锦绣，故称。 [7]锦衣：精美华丽的衣服。旧指显贵者的服装。 [8]升仙桥：在今四川省成都市北，因司马相如过此题字励志而著名。晋常璩《华阳国志·蜀志》："城北十里有升仙桥，有送客观。司马相如初入长安，题市门曰：'不乘赤车驷马，不过汝下也。'" [9]长卿：指司马相如，长卿为其表字。曾出使西南夷。

［点评］

这是楚材送别李邦瑞出使南宋的和诗。李邦瑞降蒙

后，向蒙古进言假道南宋灭金之策，受到窝阔台汗重视，因此派其出使南宋，商谈联合灭金事宜。李邦瑞奉命出使南宋是在 1230 年，起初波折很多，并不顺利。第一次至楚州宝应，被南宋守臣拒绝入境。第二次窝阔台汗下旨由益都世侯李全护送入境，仍然遭拒。第三次不得不改由蕲、黄入境，又被南宋边臣怠慢，以下人接待。李邦瑞据理力争，才获得外交礼遇，最后不辱使命，凯旋。

祝忘忧居士寿 [1]

酷似燕山窦十郎 [2]，灵椿初老桂枝芳 [3]。
两朝厚遇垂千稔 [4]，一日清名满四方。
玉珮丁东照兰省 [5]，斑衣摇曳悦萱堂 [6]。
他年参到平常处，便是长生不老乡。

这两句化用冯道《赠窦十》诗："燕山窦十郎，教子有义方。灵椿一株老，丹桂五枝芳。"

[注释]

[1]忘忧居士：即粘合重山（又作中山、崇山），汉名钧。早年以质子为成吉思汗必阇赤，窝阔台汗立中书省，与镇海、耶律楚材同领中书省事。　[2]燕山窦十郎：即窦禹钧，蓟州渔阳县（今天津蓟州区）人，五代后周官员，显德中，迁户部郎中、太常少卿，以右谏议大夫致仕。窦禹钧是中国古代教子有方的典范。五子窦仪、窦俨、窦侃、窦偁、窦僖均登进士第，历仕显宦，被称为"窦氏五龙"。　[3]灵椿：比喻父亲。桂枝：桂指丹桂，比喻子息。旧称人子曰桂子。　[4]两朝：指成吉思汗与窝阔台汗两任蒙古大汗。

稔（音 rěn）：意为年。　　[5]丁东：象声词。兰省：即兰台。指秘
书省。这里指蒙古政权必阇赤的专设机构——中书省。　　[6]斑衣：
彩衣。萱堂：《诗·卫风·伯兮》："焉得谖草，言树之背。"《毛传》：
"背，北堂也。"陆德明《释文》："谖，本又作萱。"古制，北堂为
主妇之居室。后因以"萱堂"指母亲的居室，并借以指母亲。

[点评]

　　这是楚材写给中书省同僚粘合重山的祝寿诗。粘合
重山出身金源贵族，被祖父合达献给成吉思汗为质子，
后来他成为成吉思汗宿卫官，担任相当于秘书的必阇赤。
窝阔台汗即位后，在 1231 年设立中书省，重山与楚材
同入中书省，成为工作搭档，两人关系日渐亲密。后来
重山还将女儿嫁给楚材子耶律铸，二人结成儿女亲家。
祝寿诗首句将重山喻为"燕山窦十郎"，这是夸其教子有
方（大概指重山的儿子南合）。接下来盛赞重山受蒙古两
代大汗礼遇，执掌中书省大权，声势烜赫，又承欢慈母
膝下，极尽孝顺。最后希望重山能勤于参禅，以达到出
脱生死的境界，这与楚材另外写给他的《元日劝忘忧进
道》《琴道喻五十韵以勉忘忧进道》的出发点是一致的。

和琴士苗兰韵 [1]

徒步南来爱陆机 [2]，公余邂逅似相期。
《高山》韵吼千岩木，《流水》声号半夜陂。

"《高山》韵吼千岩木，《流水》声号半夜陂"，《高山》《流水》均为琴曲名。内容据《列子·汤问》所载伯牙与钟子期的故事谱写。原为一曲，唐时始分为二曲，至宋时又分《高山》为四段，《流水》为八段。一说《高山流水》本属一曲，元人始分为二。现存传谱初见于《神奇秘谱》。

圣德宛如歌治化^[3]，南风犹似抚疮痍。

曲终声散无人会，撩我高吟一首诗。

[**注释**]

[1]苗兰：字君瑞，平阳（今山西临汾）人，著名琴师。　[2]陆机：西晋著名文学家、书法家。这里借指苗兰。　[3]治化：谓治理国家、教化人民。

[**点评**]

苗兰出身古琴世家，曾为金朝皇家乐师。父亲苗秀实死后，苗兰携其遗谱四十余曲北上晋见楚材，楚材将这些遗曲抄录为一书，并亲为作序。受楚材庇护，苗兰后来被举为大乐令，前往东平，掌管造琴事宜。这首诗，应是楚材首次邂逅苗兰，听其鼓琴后，与其唱和而作。

和武川严亚之见寄

其　四

误乔纶恩斗印悬^[1]，乏才羞到玉墀前^[2]。

劾奸封事梦犹诤^[3]，许国忠诚老益坚^[4]。

仁政发从天北畔，捷音来自海西边。

从今率土沾王化^[5]，礼乐车书共一天^[6]。

［注释］

[1]纶恩：皇帝的恩典。指诏书。　[2]玉墀：宫殿前的石阶。亦借指朝廷。　[3]封事：密封的奏章。古时臣下上书奏事，防有泄漏，用皂囊封缄，故称。　[4]许国：谓将一身奉献给国家，报效国家。　[5]王化：天子的教化。　[6]车书：《礼记·中庸》："今天下车同轨，书同文。"谓车乘的轨辙相同，书牍的文字相同，表示文物制度划一，天下一统。后因以"车书"泛指国家的文物制度。

［点评］

严亚之生平不详，当为宣德州（武川）儒士。楚材与其和诗五首，此为第四首。在诗中，楚材以谦虚的口吻谈到自己误受国恩，被委以重任，虽自己才能有限，可梦中依然不忘弹劾奸佞，报国忠心丝毫没有动摇。接下来，楚材歌颂了蒙古政权的文治武功，并对其混一南北、一统天下充满了期待。

己丑过鸡鸣山 [1]

三年四度过鸡鸣，我仆徘徊马倦登。

寂寞柴门空有舍 [2]，萧条山寺静无僧。

残花溅泪千程别，啼鸟伤心百感生。

今古兴亡都莫问，穹庐高卧醉腾腾。

［注释］

[1]己丑：1229年。鸡鸣山：山名，位于河北张家口。 [2]柴门：用柴木做的门。言其简陋。

［点评］

鸡鸣山位于河北张家口。唐贞观间，太宗李世民亲征东突厥，驻跸此山，夜闻山上有鸡鸣声，因以名之。蒙古南下后，于鸡鸣山脚设驿，由此这里成为南北重要交通孔道。元人张德辉、郝经、王恽等均曾途经此地并留下记载。1227年，楚材始自漠北南下燕京，到1229年，三年间，已四度路过此山。揆之以情，他应是两次南下燕京，这次作诗应是自燕北返途中。

卷　五

赠蒲察元帅七首 [1]

其　一

闲骑白马思无穷，来访西城绿发翁 [2]。

元老规模妙天下，锦城风景压河中 [3]。

花开杷榄芙蕖淡 [4]，酒泛葡萄琥珀浓。

痛饮且图容易醉，欲凭春梦到卢龙 [5]。

其　二

积年飘泊困边尘 [6]，闲过西隅谒故人。

忙唤贤姬寻器皿，便呼辽客奏筝篥 [7]。

葡萄架底葡萄酒，杷榄花前杷榄仁。

酒酽花繁正如许[8]，莫教辜负锦城春。

其　三

主人知我怯金觞[9]，特为先生一改堂。

细切黄橙调蜜煎[10]，重罗白饼糁糖霜[11]。

几盘绿橘分金缕[12]，一碗清茶点玉香。

明日辞君向东去，这些风味几时忘。

蒲察元帅考虑到楚材不擅饮酒，在饮食接待方面做了精心准备，可谓细心周到。

其　四

使君排饭宴南溪，不枉从君鸟鼠西。

春薤旋浇浓鹿尾[13]，腊糟微浸软驼蹄[14]。

丝丝鱼脍明如玉[15]，屑屑鸡生烂似泥[16]。

白面书生知此味，从今更不嗜黄虀[17]。

其　五

筵前且尽主人心，明烛厌厌饮夜深。

素袖佳人学汉舞，碧鬌官妓拨胡琴[18]。

轻分茶浪飞香雪[19]，旋擘橙杯破软金[20]。

五夜欢心犹未已[21]，从教斜月下疏林。

其　六

主人开宴醉华胥[22]，一派丝篁沸九衢[23]。

黯紫葡萄垂马乳[24]，轻黄杷榄灿牛酥[25]。

金波泛蚁斟欢伯[26]，雪浪浮花点酪奴[27]。

忙里偷闲谁若此，西行万里亦良图。

其　七

闲乘羸马过蒲华[28]，又到西阳太守家。

玛瑙瓶中簪乱锦，琉璃钟里泛流霞。

品尝春色批金橘[29]，受用秋香割木瓜[30]。

此日幽欢非易得[31]，何妨终老住流沙。

蒲华位于寻思干之西，所以楚材称蒲察元帅为西阳太守。

[注释]

[1]蒲察元帅：蒲察七斤。　[2]绿发翁：绿发指乌黑而有光泽的鬓发。形容年轻美貌。绿发翁则指容貌年轻的长者。　[3]锦城：繁花似锦之城，这里特指蒲华。河中：即河中府。　[4]芙蕖：荷花的别名。　[5]卢龙：今属河北。因卢龙节度使驻节幽州，这里指代燕京。　[6]边尘：边地的尘土。　[7]筝篆：两种性质类似的拨弦乐器。　[8]酒酽（yàn）：酒味浓厚。　[9]金觞（shāng）：金制的酒杯；精美珍贵的酒杯。此处借指饮酒。　[10]黄橙：橙子色黄，故称。蜜煎：即蜜饯，用蜂蜜浸渍。　[11]糖霜：白糖。　[12]绿橘：橘的一种。皮色青绿，比一般柑橘小，早熟。　[13]薤（xiè）：野蒜。　[14]腊糟：冬日酿酒的酒糟。用于腌制食物。　[15]鱼脍（kuài）：亦作"鱼鲙"。生吃的鱼片。[16]鸡生：鸡的生肉。　[17]黄齑（jī）：亦作"黄齑"。咸腌菜。[18]胡琴：古乐器名。古代泛称来自北方和西北各族的拨弦乐器，有时指琵

琶，有时指忽雷等。　[19] 轻分茶浪：指分茶，为宋元时煎茶之法。注汤后用箸搅茶乳，使汤水波纹幻变成种种形状。香雪：指白色的花。　[20] 擘（bò）：分开。软金：这里指黄橙皮。　[21] 五夜：指戊夜，即第五更。　[22] 华胥：语出《列子·黄帝》华胥氏之国，用以指理想的安乐和平之境。　[23] 丝篁：弦管乐器。借指音乐。九衢：纵横交叉的大道；繁华的街市。　[24] 马乳：葡萄之一种。　[25] 牛酥：从牛奶中提炼出来的酥油。　[26] 欢伯：酒的别名。　[27] 酪奴：茶的别名。　[28] 蒲华：即不花剌，今乌兹别克斯坦布哈拉。　[29] 金橘：又名金柑。橘之一种。常绿灌木，叶披针形或长圆形，秋冬实熟，色黄味酸而皮甘香。　[30] 木瓜：长椭圆形，色黄而香，味酸涩，经蒸煮或蜜渍后供食用，可入药。　[31] 幽欢：幽会的欢乐。

[点评]

蒲察元帅即女真人蒲察七斤，此人原是金朝右副元帅，镇守通州，蒙古围困中都期间，于 1215 春降蒙古将领石抹明安，升元帅，后随成吉思汗西征，镇守蒲华。楚材在西域期间主要滞留河中府——寻思干城，但也常四处走动，其中蒲华城是他访问较多的地方。《西游录》提到："寻思干之西六七百里有蒲华城，土产更饶，城邑稍多。"上述组诗，即系楚材访问蒲华城所作。楚材把蒲华城称作"锦城"，如"锦城风景压河中"，"莫教辜负锦城春"，看来他认为蒲华城风景已压倒他所在的河中府。诗中大量铺叙的是主人蒲察七斤的体贴入微与殷勤款待，既有葡萄美酒、点玉清茶、鹿尾驼蹄、黄橙蜜煎、白饼糖霜等各种美味佳肴，又有擅长音乐歌舞的佳人官妓陪伴助兴，使得楚材流连忘返，甚至生出终老于此的想法。

庚辰西域清明[1]

清明时节过边城[2]，远客临风几许情。

野鸟间关难解语[3]，山花烂漫不知名[4]。

葡萄酒熟愁肠乱，玛瑙杯寒醉眼明。

遥想故园今好在，梨花深院鹧鸪声。

[注释]

[1]庚辰：1220年。　[2]边城：边远地区的城市。　[3]间关：形容鸟鸣宛转。　[4]烂漫：形容花草茂盛，绚丽多姿。

[点评]

1220年清明节，楚材是在西域边城度过的。中原地区的清明节，历来有踏青、扫墓等习俗，可这些在遥远的西域并不存在，也无法落实。这里虽有葡萄美酒夜光杯，可平添的却是浓浓的思乡愁绪，使楚材久久无法释怀。

用盐政姚德宽韵[1]

乃祖开元柱石臣[2]，云孙髯髯玉麒麟[3]。

从来德炙舆人口[4]，此日恩沾圣世春。

欲草荐书学北海[5]，未开东阁愧平津[6]。

而今且试调羹手[7]，竚看沙堤继旧尘[8]。

[注释]

[1]盐政：管理盐务的官员。姚德宽：即姚行简，德宽为其表字。　[2]开元柱石臣：指唐玄宗名相姚崇。　[3]云孙：从本身算起的第九代孙。亦泛指远孙。麒麟：比喻才能杰出的人。　[4]舆人：众人。　[5]北海：指孔融。孔融为北海太守。　[6]平津：指公孙弘。丞相公孙弘封平津侯，开东阁待士。　[7]调羹手：原指调和羹汤之人，这里指盐务官员。　[8]沙堤：唐代专为宰相通行车马所铺筑的沙面大路。后喻指枢臣所行之路。

[点评]

这是楚材和解州盐运使姚行简的一首诗。解州（今山西运城）境内有盐池，以出产解盐闻名。大概在1230年设立十路征收课税所后不久，姚行简就受楚材举荐，任当地盐使，隶平阳路课税所。1236年，蒙古政权于解州正式设盐使司，姚行简受赐宣命金符，任盐运使。盐司草创初期，姚行简曾积极参与筹划，向窝阔台进呈立地计划图。因为人谨慎小心，姚行简在任时间很长，李庭《送姚德宽大使还解》诗称他："一心了无诤，万事但称好。著身豺虎群，竟以明哲保。"楚材此诗开首即赞美姚行简为玉麒麟，并将他与祖先——开元名臣姚崇相比。接下来，谦虚地表示自己未能像孔融、公孙弘那样招贤纳士，希望姚行简暂且屈尊盐务，将来一定会像祖先姚崇一样飞黄腾达、晋升高位。

和薛正之见寄

贤臣圣主正时遭[1]，建策龙庭莫惮劳[2]。

大壑波深翻巨鲤[3]，高空风顺遇鸿毛[4]。

一番制度新才术，百代文章旧雅骚[5]。

勉力自强宜不息，功名何啻泰山高[6]。

[注释]

[1]时遭：即遭时，谓生逢其时，遇到好时机。 [2]惮劳：怕苦怕累。 [3]大壑：大海。 [4]鸿毛：鸿雁之毛。 [5]雅骚：《诗经》与《楚辞》篇章，形容其有诗文之才，风流儒雅。 [6]何啻：犹何止，岂止。

[点评]

薛正之生平不详，曾任中书省掾。楚材此诗系勉励其自强不息、为国效力而作。其中"功名何啻泰山高"句，亦参见楚材《赠刘满诗》："已预天朝能吏数，清名何啻泰山高。"

壬午西域河中游春十首[1]

其 一

幽人呼我出东城[2]，信马寻芳莫问程[3]。

春色未如华藏富[4]，湖光不似道心明[5]。

土床设馔谈玄旨[6]，石鼎烹茶唱道情[7]。

世路崎岖太尖险[8]，随高逐下坦然平。

其　二

三年春色过边城，萍迹东归未有程[9]。

细细和风红杏落，涓涓流水碧湖明。

花林啜茗添幽兴[10]，绿亩观耕称野情[11]。

何日要荒同入贡[12]，普天钟鼓乐清平[13]。

其　三

春雁楼边三两声，东天回首望归程。

山青水碧伤心切，李白桃红照眼明。

几树绿杨摇客恨，一川芳草惹羁情[14]。

天兵几日归东阙，万国欢声贺太平。

其　四

河中二月好踏青[15]，且莫临风叹客程[16]。

溪畔数枝红杏浅，墙头半点小桃明。

谁知西域逢佳景，始信东君不世情[17]。

圆沼方池三百所，澄澄春水一时平。

其　五

二月河中草木青，芳菲次第有期程[18]。

花藏径畔春泉碧，云散林梢晚照明。

含笑山桃还似识，相亲水鸟自忘情。

遐方且喜丰年兆[19]，万顷青青麦浪平。

其　六

异域春郊草又青，故园东望远千程。

临池嫩柳千丝碧，倚槛妖桃几点明。

丹杏笑风真有意[20]，白云送雨大无情。

归来不识河中道，春水潺潺满路平。

其　七

四海从来皆弟兄，西行谁复叹行程。

既蒙倾盖心相许，得遇知音眼便明。

金玉满堂违素志[21]，云霞千顷适高情[22]。

庙堂自有夔龙在[23]，安用微生措治平[24]。

其　八

寓迹尘埃且乐生，垂天六翮敛鹏程。

无缘未得风云会[25]，有幸能瞻日月明。

出处随时全道用，穷通逐势叹人情。

凭谁为发丰城剑[26]，一扫妖氛四海平。

其　九

不如归去乐余龄，百岁光阴有几程。

文史三冬输曼倩[27]，田园二顷忆渊明。

宾朋冷落绝交分，亲戚团栾说话情[28]。

植杖耘耔聊自适[29]，笑观南亩绿云平[30]。

其　十

衰翁老矣倦功名，繁简行军笑李程[31]。

牛粪火熟石炕暖，蛾连纸破瓦窗明。

水中漉月消三毒，火里生莲屏六情。

野老不知天子力[32]，讴歌鼓腹庆升平[33]。

[注释]

[1]壬午：1222年。 [2]幽人：幽隐之人；隐士。东城：指寻思干城。 [3]信马：任马行走而不加制约。寻芳：游赏美景。[4]华藏：佛教语。莲华藏世界（或华藏世界）的略称。 [5]道心：佛教语。菩提心；悟道之心。 [6]土床：这里喻草坪。设馔：设宴。玄旨：深奥的义理。 [7]道情：指修道者的情谊。 [8]尖险：犹艰险。 [9]萍迹：喻人四处漂流，行踪无定。 [10]啜茗：饮茶。幽兴：幽雅的兴味。 [11]野情：天然情趣。 [12]要荒：要，要

服；荒，荒服。古称王畿外极远之地。亦泛指远方之国。 [13]清平：太平。 [14]羁情：旅居的情怀。 [15]踏青：清明节前后郊野游览的习俗。旧时并以清明节为踏青节。 [16]客程：借指旅途生涯。 [17]东君：司春之神。世情：世态人情。 [18]芳菲：香花芳草。期程：时候。 [19]遐方：犹远方。 [20]丹杏：即杷榄。 [21]金玉满堂：极言财富之多。素志：平素的志愿。 [22]高情：敬词。深厚的情意。 [23]夔龙：相传舜的二臣名。夔为乐官，龙为谏官。后用以喻指辅弼良臣。 [24]治平：谓政治清明，社会安定。 [25]风云：《易·乾》："云从龙，风从虎，圣人作而万物睹。"意谓同类相感应。后因以"风云"比喻遇合、相从。 [26]丰城剑：《晋书·张华传》谓吴灭晋兴之际，天空斗牛之间常有紫气。张华闻雷焕妙达纬象，乃邀与共观天文。焕曰"斗牛之间颇有异气"，是"宝剑之精，上彻于天耳"，并谓剑在豫章丰城。华即补焕为丰城令，"焕到县，掘狱屋基，入地四丈余，得一石函，光气非常，中有双剑，并刻题，一曰龙泉，一曰太阿。其夕斗牛间气不复见焉"。后世诗文用"丰城剑"赞美杰出人才，或谓杰出人才有待识者发现。 [27]曼倩：即东方朔。 [28]团栾：团聚。 [29]耘耔：语本《诗·小雅·甫田》："今适南亩，或耘或耔。"谓除草培土。后因以"耘耔"泛指从事田间劳动。 [30]绿云：喻绿叶。 [31]李程：汉名将李广、程不识的并称。 [32]野老：村野老人。 [33]鼓腹：拍击腹部，以应歌节。升平：太平。

[点评]

　　这组诗是楚材 1222 年二月在河中府与友人踏青游园之作。楚材一行踏着青青嫩草，在园林中一路畅快前行，寻找园林别样春意，而河中春天美景，让诗人流连忘返，

陶醉不已。其中第一首点出踏青缘由，第二至六首描绘园林景色，第七至十首抒发个人情怀。有意思的是，据《长春真人西游记》，也正是在这一年，"二月二日春分，杏花已落。司天台判李公辈请师（丘处机）游郭西，宣使泊诸官载蒲萄酒以从。是日，天气晴霁，花木鲜明，随处有台池楼阁，间以蔬圃。憩则藉草，人皆乐之，谈玄论道，时复引觞。日昃方归"。其中"憩则藉草，人皆乐之，谈玄论道，时复引觞"，与组诗第一首"土床设馔谈玄旨，石鼎烹茶唱道情"，无疑场景情节均相吻合。丘处机原诗："阴山西下五千里，大石东过二十程。雨霁雪山遥惨淡，春分河府近清明。园林寂寂鸟无语，风日迟迟花有情。同志暂来闲睥睨，高吟归去待升平。"与楚材组诗韵脚也完全相同。看来，楚材不仅与丘处机诗歌赠答，而且应该是在二月初二与丘处机等人结伴而行，一起到城西踏青、赋诗。这应该是汉人文化交游圈所能达到的极西地。

游河中西园和王君玉韵四首

其　一

万里东皇不失期[1]，园林春老我来迟。

漫天柳絮将飞日，遍地梨花半谢时。

异域风光特秀丽，幽人佳句自清奇。

临风畅饮题玄语，方信无为无不为。

其 二

清明出郭赴幽期[2]，千里江山丽日迟[3]。

花叶不飞风定后，香尘微敛雨余时。

雕镌冰玉诗尤健[4]，挥扫龙蛇字愈奇[5]。

好字好诗独我得，不来赓和拟胡为[6]。

其 三

异域逢君本不期[7]，湛然深恨识君迟。

清诗厌世光千古[8]，逸笔惊人自一时[9]。

字老本来遵雅淡[10]，吟成元不尚新奇。

出伦诗笔服君妙[11]，笑我区区亦强为。

其 四

风云佳遇未能期，自是鱼龙上钓迟[12]。

岩穴潜藏难遁世，尘嚣俯仰且随时[13]。

百年富贵真堪叹，半纸功名未足奇。

伴我琴书聊自适，生涯此外更何为。

[注释]

[1]东皇：指司春之神。 [2]幽期：幽雅的约会。 [3]丽日：明媚的太阳。 [4]雕镌（juān）：犹雕琢。比喻修饰文辞；刻意使文辞美妙。 [5]挥扫：运笔挥写。谓作诗文或书画。龙蛇：泛指

书法、文字。　[6]赓和：续用他人原韵或题意唱和。　[7]不期：不意，不料。　[8]清诗：清新的诗篇。　[9]逸笔：放纵自如的笔致。[10]雅淡：高雅恬静。[11]出伦：出众；超出同类。[12]鱼龙：鱼和龙。泛指鳞介水族。　[13]尘嚣：世间的纷扰、喧嚣。

[点评]

这组诗是楚材又一次与友人到河中府西园踏青之作。据《长春真人西游记》，在1222年二月十五日这天，"时僚属请师（丘处机）复游郭西，园林相接百余里，虽中原莫能过，但寂无鸟声耳"。此次西游，丘处机赋诗二首："其一云：二月中分百五期，玄元下降日迟迟。正当月白风清夜，更好云收雨霁时。匝地园林行不尽，照天花木坐观奇。未能绝粒成嘉遁，且向无为乐有为。"楚材本诗题和王君玉，看来，此次踏青丘处机、王君玉与楚材都参加了。

河中游西园四首

其　一

河中春晚我邀宾，诗满云笺酒满巡[1]。

对景怕看红日暮，临池羞照白头新。

柳添翠色侵凌草，花落余香着莫人[2]。

且著新诗与芳酒，西园佳处送残春[3]。

其　二

河中风物出乎伦，闲命金兰玉斝巡 [4]。

半笑梨花琼脸嫩 [5]，轻鬟杨柳翠眉新 [6]。

衔泥紫燕先迎客 [7]，偷蕊黄蜂远趁人。

日日西园寻胜概 [8]，莫教辜负客城春。

其　三

几年萍梗困边城 [9]，闲步西园试一巡。

圆沼印空明镜莹，芳莎藉地翠茵新 [10]。

幽禽有意如留客 [11]，野卉多情解笑人 [12]。

屈指知音今有几，与谁同享瓮头春 [13]。

其　四

金鼓銮舆出陇秦 [14]，驱驰八骏又西巡 [15]。

千年际会风云异，一代规模宇宙新。

西域兵来擒伪主，东山诏下起幽人。

股肱元首明良世，高拱垂衣寿万春 [16]。

[注释]

[1] 云笺：有云状花纹的纸。巡：轮。　[2] 莫人：即暮人，犹老人。　[3] 残春：指春天将尽的时节。　[4] 金兰玉斝（jiǎ）：均为精美的酒器，这里借指美酒。　[5] 梨花：梨树的花，一般为纯白

色。此处形容女子的娇美。琼脸：美丽的脸。　[6]轻颦（pín）：微微皱眉。杨柳：借指侍妾、歌姬。翠眉：古代女子用青黛画眉，故称。　[7]紫燕：燕名。也称越燕。体形小而多声，颔下紫色，营巢于门楣之上，分布于江南。　[8]胜概：美景。　[9]萍梗：浮萍断梗。因漂泊流徙，故以喻人行止无定。　[10]翠茵：谓绿草如茵。亦指茂密的绿草。　[11]幽禽：鸣声幽雅的禽鸟。　[12]野卉：野生花草。　[13]瓮头春：泛指好酒。　[14]陇秦：甘南与陕西。　[15]八骏：相传为周穆王的八匹名马。八骏之名，说法不一。　[16]高拱：两手相抱，高抬于胸前。安坐时的姿势。垂衣：即垂衣裳。谓定衣服之制，示天下以礼。后用以称颂帝王无为而治。

[点评]

这组诗紧接上一组，同是楚材与丘处机、王君玉等到河中府西园踏青之作。《长春真人西游记》记载了丘处机同韵脚的又一首诗："其二云：深蕃古迹尚横陈，大汉良朋欲遍巡。旧日亭台随处列，向年花卉逐时新。风光甚解流连客，夕照那堪断送人。窃念世间酬短景，何如天外饮长春。"

河中春游有感五首

其　一

西胡构室未全终，又见颓垣绕故墉[1]。
绿苑连延花万树[2]，碧堤回曲水千重[3]。

"西胡构室未全终"，原注："寻斯干有西戎梭里檀故宫在焉。"按，寻斯干即撒马尔罕，梭里檀即素丹，伊斯兰教君主称谓。

不图舌鼓谈非马[4]，甘分躬耕学卧龙[5]。

粝食粗衣聊自足[6]，登高舒啸乐吾慵[7]。

其　二

异域河中春欲终，园林深密锁颓墉。

东山雨过空青叠[8]，西苑花残乱翠重。

杷榄碧枝初着子，葡萄绿架已缠龙。

等闲春晚芳菲歇[9]，叶底翩翩困蜻慵[10]。

其　三

坎止流行以待终[11]，幽人射隼上高墉。

穷通世路元多事[12]，艰险机关有几重。

百尺苍枝藏病鹤，三冬蛰窟闭潜龙[13]。

琴书便结忘言友[14]，治圃耘蔬自养慵[15]。

其　四

西域渠魁运已终[16]，天兵所指破金墉[17]。

崇朝驲骑驰千里[18]，一夜捷书奏九重[19]。

鞭策不须施犬马，庙堂良算足夔龙。

北窗高卧薰风里[20]，尽任他人笑我慵。

其　五

重玄叩击数年终[21]，大道难窥万仞墉。

旧信不来青鸟远，故山犹忆白云重。

自知勋业输雏凤[22]，且学心神似老龙。

忙里偷闲谁似我，兵戈横荡得疏慵。

［注释］

[1]墉：城墙。　[2]连延：连续；绵延。　[3]回曲：曲折。　[4]非马：指战国名家公孙龙的诡辩术白马非马说。　[5]卧龙：指诸葛亮，卧龙为其号。　[6]粝食粗衣：粗布衣服，粗劣的食品。比喻生活清苦。粝，粗米。　[7]舒啸：犹长啸。放声歌啸。　[8]空青：指青色的天空。　[9]芳菲：香花芳草。　[10]蜨（dié）：同"蝶"，蝴蝶。　[11]坎止流行：遇坎而止，乘流则行。比喻依据环境的顺逆确定进退行止。　[12]穷通：困厄与显达。世路：人世间的道路。指人们一生处世行事的历程。　[13]三冬：冬季三月，即冬季。　[14]忘言友：指不借语言为媒介而相知于心的友人。　[15]治圃耘蔬：整修菜园，除草种菜。　[16]渠魁：大头目；首领。这里指花剌子模沙摩诃末。　[17]金墉：犹金城。坚固的城墙。　[18]崇朝：终朝。从天亮到早饭时。有时喻时间短暂，犹言一个早晨。亦指整天。崇，通"终"。　[19]九重：指帝王。　[20]薰风：和暖的风。指初夏时的东南风。　[21]重玄：指很深的哲理。叩击：《礼记·学记》："善待问者如撞钟，叩之以小者则小鸣，叩之以大者则大鸣。"后以"叩击"比喻向有学识者发问。　[22]雏凤：幼凤。比喻有才华的子弟。

[点评]

这组诗也是楚材和丘处机的诗作。丘处机原诗见《长春真人西游记》："二月经行十月终，西临回纥大城墉。塔高不见十三级，山厚已过千万重。秋日在郊犹放象，夏云无雨不从龙。嘉蔬麦饭蒲萄酒，饱食安眠养素慵。"作于1221年冬天刚抵达河中府不久，楚材和诗则已是次年晚春季节。

过间居河四首 [1]

其　一

河冰春尽水无声，靠岸钩鱼羡击冰。

乍远南州如梦蝶，暂游北海若飞鹏。

隋堤柳絮风何处 [2]，越岭梅花信莫凭。

试暂停鞭望西北，迎风羸马不堪乘。

其　二

北方寒凛古来称，亲见阴山冻鼠冰。

战斗檐楹翻铁马 [3]，穷通棋势变金鹏。

五车经史都无用，一鹗书章谁可凭 [4]。

安得冲天畅予志 [5]，云舆六驭信风乘 [6]。

"冻鼠冰"，《神异经·北荒经》："北方层冰万里，厚百丈，有磎鼠在冰下土中焉。"

“喷浪溟鲲未化鹏”，鲲鹏指古代传说中能变化的大鱼和大鸟。语本《庄子·逍遥游》：“北冥有鱼，其名为鲲；鲲之大，不知其几千里也！化而为鸟，其名为鹏；鹏之背，不知其几千里也！怒而飞，其翼若垂天之云。”

“卖剑学耕”，语出《汉书·龚遂传》：“民有带持刀剑者，使卖剑买牛，卖刀买犊。”后人因以“卖剑买牛”喻指放下武器，从事耕种。

“买山归老”，语出《世说新语·排调》：“支道林因人就深公买印山，深公答曰：‘未闻巢、由买山而隐。’”后人因以“买山而隐”喻指归隐山林。

其　三

一圣龙飞德足称[7]，其亡凛凛涉春冰。
千山风烈来从虎，万里云垂看举鹏。
尧舜徽猷无阙失[8]，良平妙算足依凭[9]。
华夷混一非多日[10]，浮海长桴未可乘[11]。

其　四

自愧声名无可称，贤愚混世炭和冰。
窃盐仓鼠初成蝠，喷浪溟鲲未化鹏。
卖剑学耕食粗遣，买山归老价难凭。
秋江月满西风软，何日扁舟独自乘[12]。

[注释]

[1] 闾居河：今蒙古国克鲁伦河。　[2] 隋堤：隋炀帝时沿通济渠、邗沟河岸修筑的御道，道旁植杨柳，后人谓之隋堤。　[3] 檐楹：屋檐下厅堂前部的梁柱。　[4] 一鹗：《汉书·邹阳传》：“臣闻鸷鸟累百，不如一鹗。”颜师古注：“孟康曰：‘鹗，大鵰也。’如淳曰：‘鸷鸟比诸侯，鹗比天子。’鸷击之鸟，鹰鹯之属也。鹗自大鸟而鸷者耳，非鵰也。”后用以比喻出类拔萃的鲠直之臣。　[5] 冲天：比喻志气超迈或情绪高涨而猛烈。　[6] 云舆：泛指华美的车子。六驭：指天子的车驾。信风：任随风力。犹言随风。　[7] 龙飞：《易·乾》：“飞龙在天，利见大人。”孔颖达疏：“若圣人有龙德，飞腾而居天位。”遂以“龙飞”为帝王的兴起或即位。　[8] 徽

猷：美善之道。猷，道。指修养、方法、学说等，此处指治国之道。　[9]良平：汉张良、陈平的并称。二人皆刘邦谋臣。后世常用于比喻足智多谋之人。　[10]混一：统一。　[11]桴（fú）：小的竹、木筏子。　[12]扁舟：小船。

[点评]

　　楚材上述组诗系和丘处机诗韵而作，丘处机原诗见《长春真人西游记》："北陆祁寒自古称，沙陀三月尚凝冰。更寻若士为黄鹄，要识修鲲化大鹏。苏武北迁愁欲死，李陵南望去无凭。我今返学卢敖志，六合穷观最上乘。"丘处机诗是从描写鱼儿泊入手的，楚材和诗则从冬天寒冷的间居河谈起，提到了间居河面凿冰钓鱼与阴山厚厚的冰层，接下来则是对蒙古政权的歌颂与人生出处进退的感慨。

感事四首

其　一

富贵荣华若聚沤[1]，浮生浑似水东流[2]。

仁人短命嗟颜氏[3]，君子怀疾叹伯牛[4]。

未得鸣珂游帝阙[5]，何能骑鹤上扬州。

几时摆脱闲缰锁[6]，笑傲烟霞永自由[7]。

"骑鹤上扬州"，语出南朝梁殷芸《小说》卷六："有客相从，各言所志，或愿为扬州刺史，或愿多赀财，或愿骑鹤上升，其一人曰：'腰缠十万贯，骑鹤上扬州。'欲兼三者。"

其 二

当年元拟得封侯[8]，一误儒冠入士流[9]。

赫赫凤鸾捐腐鼠[10]，区区蛮触战蜗牛[11]。

未能离欲超三界[12]，必用麾旌混九州。

致主泽民元素志，陈书自荐我无由。

喻指为尘世名利所累。

其 三

得不欣欣失不忧，依然不改旧风流。

深藏凤璧无投鼠，好蓄龙泉候买牛[13]。

山寺幽居思少室[14]，梅花归梦绕扬州。

萱堂温清十年阙，负米供亲愧仲由[15]。

"负米供亲"，又作"负米养亲"，典自《说苑·建本》与《孔子家语·致思》。

其 四

人不知予我不尤[16]，濯缨何必拣清流[17]。

良材未试聊耽酒，利器深藏俟割牛。

旧政欲传新令尹[18]，新朝不识旧荆州。

眉山云迈归商路[19]，痛恪新诗寄子由[20]。

语出《论语·公冶长》：子张问曰："令尹子文三仕为令尹，无喜色；三已之，无愠色。旧令尹之政，必以告新令尹。何如？"子曰："忠矣！"

［注释］

[1]沤：喻虚空无常的世事。参见《楞严经》卷六："空生大觉中，如海一沤发。" [2]浮生：语本《庄子·刻意》："其生若浮，其死若休。"以人生在世，虚浮不定，因称人生为"浮

生"。　[3]颜氏：孔子弟子颜回，四十而亡。　[4]伯牛：孔子弟子冉耕的字。《论语·雍也》："伯牛有疾，子问之，自牖执其手，曰：'亡之，命矣夫！斯人也而有斯疾也！斯人也而有斯疾也！'"朱熹集注："'有疾'，先儒以为癞也……'自牖执其手'，盖与之永诀也。"后诗文中以"伯牛之疾"指不治的恶疾。　[5]鸣珂：指居高位。帝阙：指京城。　[6]缰锁：缰绳和锁链。比喻束缚，拘束。　[7]烟霞：泛指山水、山林。　[8]封侯：封拜侯爵。泛指显赫功名。　[9]儒冠：借指儒生。士流：泛指读书人、文士。　[10]凤鸾：泛指凤凰之类的神鸟。此处喻指高洁之士。腐鼠：腐烂的死鼠。此处喻功名利禄。　[11]蛮触：《庄子·则阳》："有国于蜗之左角者，曰触氏；有国于蜗之右角者，曰蛮氏。时相与争地而战，伏尸数万，逐北，旬有五日而后反。"后以"蛮触"为典，常以喻指为小事而争斗者。　[12]三界：佛教指众生轮回的欲界、色界和无色界。　[13]龙泉：宝剑名。即龙渊，此处泛指剑。　[14]幽居：深居。少室：山名，位于今河南登封市西北。少林寺位于其中。　[15]仲由：字子路，一字季路。孔子学生。　[16]尤：责备，怪罪。　[17]濯缨：洗濯冠缨。语本《孟子·离娄上》："沧浪之水清兮，可以濯我缨。"后以"濯缨"比喻超脱世俗，操守高洁。　[18]令尹：春秋战国时楚国执政官名，相当于宰相。　[19]眉山：宋代大文学家苏轼的代称。苏轼为四川眉山人，故称。　[20]子由：苏轼之弟苏辙表字。

[点评]

　　楚材上述组诗系和丘处机诗韵而作，丘处机原诗见《长春真人西游记》："极目山川无尽头，风烟不断水长流。如何造物开天地，到此令人放马牛。饮血茹毛同上古，峨冠结发异中州。圣贤不得垂文化，历代纵横只自由。"

在诗中，楚材一方面因自己壮志难酬，无法施展政治抱负，而心有不甘；另一方面又试图参透玄机，超脱生死，远离尘世，以求得自我解脱。这种进退两难的矛盾心境，时常让楚材倍感煎熬，无法释怀。

壬午元日二首[1]

其　一

西域风光换，东方音问疏。

屠苏聊复饮[2]，郁垒不须书[3]。

旧岁昨宵尽[4]，新年此日初。

客中今十载，孀母信何如[5]。

其　二

万里西征出玉关[6]，诗无佳思酒瓶干[7]。

萧条异域年初换[8]，坎轲穷途腊已残[9]。

身过碧云游极乐[10]，手遮东日望长安。

年光迅速如流水，不管诗人两鬓斑。

[注释]

[1]壬午：1222 年。　[2]屠苏：药酒名。古代风俗，于农历正月初一饮屠苏酒。　[3]郁垒：桃符、春联的代称。　[4]旧岁

昨宵：指大年三十晚上。　[5]孀母：守寡的母亲。　[6]玉关：即
玉门关。　[7]佳思：好的构思。　[8]萧条：寂寞冷落。　[9]穷
途：绝路。比喻处于极为困苦的境地。腊：腊月。　[10]碧云：喻
远方或天边。多用以表达离情别绪。极乐：即极乐世界，因极乐
世界在西方，此处借指西方。

[点评]

　　壬午（1222）正月初一是楚材离开燕京后在外过的
第四个春节。西域与中原，路途殊远，风俗各异，当地
没有过春节的习惯，家家自然也不会张贴桃符、春联。
每逢佳节倍思亲。远在异域的楚材，身边纵有娇妻幼子
陪伴，也无法抑制内心对家乡、对母亲的思念之情。

西域家人辈酿酒戏书屋壁

西来万里尚骑驴，旋借葡萄酿绿醑[1]。
司马卷衣亲涤器，文君挽袖自当炉。
元知沽酒业缘重[2]，何奈调羹手段无[3]。
古昔英雄初未遇[4]，生涯或亦隐屠沽[5]。

[注释]

　　[1]绿醑（xǔ）：绿色美酒。　[2]沽酒：卖酒。业缘：佛教语。
谓苦乐皆为业力而起，故称为"业缘"。　[3]何奈：奈何。表示
对人或事没有办法，不能把……怎么样。调羹：借指酿酒。　[4]未

　　据《史记·司
马相如列传》，司
马相如、卓文君私
奔后，"尽卖其车
骑，买一酒舍酤酒，
而令文君当炉。相
如身自著犊鼻裈，
与保庸杂作，涤器
于市中"。

遇：未得到赏识和重用；未发迹。　[5]屠沽：宰牲和卖酒。亦泛指职业微贱的人。

[点评]

楚材在西域期间，曾借葡萄自家酿酒，因由酿酒而生慨叹，指出古往英雄未发迹时，或亦曾隐身宰牲卖酒等微贱行当，所谓英雄不问出处，正是如此。

用薛正之韵

无德惭为天下先，湖山归计好加鞭[1]。

霜深尚有篱边菊，风劲全无叶底蝉。

三弄瑶琴歌素月[2]，一樽浊酒醉苍烟[3]。

凤池分付夔龙去，万顷潇湘属湛然[4]。

[注释]

[1]湖山：湖水与山峦。此处喻指归隐之所。　[2]素月：皓月，明月。　[3]苍烟：苍茫的云雾。　[4]潇湘：指湘江。因湘江水清深故名。此处喻指归隐之所。

[点评]

这是一首体现楚材隐逸情调的诗篇。随政治环境的变化，楚材一生常处于出世与入世的摇摆中，这种矛盾心境在其诗篇中常有所表露。

卷 六

西域河中十咏

其 一

寂寞河中府，连甍及万家[1]。

葡萄亲酿酒，杷榄看开花。

饱噉鸡舌肉[2]，分餐马首瓜。

人生唯口腹，何碍过流沙。

"马首瓜"，原注："土产瓜大如马首。"

其 二

寂寞河中府，临流结草庐[3]。

开樽倾美酒[4]，掷网得新鱼。

有客同联句[5]，无人独看书。

天涯获此乐，终老又何如。

其　三

寂寞河中府，遐荒僻一隅。
葡萄垂马乳[6]，杷榄灿牛酥[7]。
酿春无输课[8]，耕田不纳租。
西行万余里，谁谓乃良图。

其　四

寂寞河中府，生民屡有灾。
避兵开邃穴[9]，防水筑高台。
六月常无雨，三冬却有雷[10]。
偶思禅伯语[11]，不觉笑颜开。

其　五

寂寞河中府，颓垣绕故城[12]。
园林无尽处，花木不知名。
南岸独垂钓，西畴自省耕[13]。
为人但知足，何处不安生。

其　六

寂寞河中府，西流绿水倾。

冲风磨旧麦，悬碓杵新粳。

春月花浑谢，冬天草再生。

优游聊卒岁，更不望归程。

其　七

寂寞河中府，清欢且自寻[14]。

麻笺聊写字[15]，苇笔亦供吟[16]。

伞柄学钻笛，宫门自斲琴。

临风时适意，不负昔年心。

其　八

寂寞河中府，西来亦偶然。

每春忘旧闰，随月出新年。

强策浑心竹[17]，难穿无眼钱。

异同无定据，俯仰且随缘。

其　九

寂寞河中府，声名昔日闻。

城隍连畎亩[18]，市井半丘坟[19]。

食饭秤斤卖，金银用麦分。

生民怨来后，箪食谒吾君。

"冲风磨旧麦"，原注："西人作磨，风动机轴以磨麦。"

"悬碓杵新粳"，原注："西人皆悬杵以舂。"

"宫门自斲琴"，原注："得故宫门坚木三尺许，斲为琴，有清声。"

"每春忘旧闰，随月出新年。强策浑心竹，难穿无眼钱"，原注："西人不计闰，以十二月为岁。有浑心竹。其金铜牙钱无孔郭。"

"食饭秤斤卖"，《赠高善长一百韵》："卖饭称斤量。"

其　十

寂寞河中府，遗民自足粮。

黄橙调蜜煎^[20]，白饼糁糖霜。

漱旱河为雨，无衣坽种羊。

一从西到此，更不忆吾乡。

《西游录》："盛夏无雨，引河以激。"《长春真人西游记》："其地出帛，目曰'秃鹿麻'，盖俗所谓种羊毛织成者。……其毛类中国柳花，鲜洁细软，可为线、为绳、为帛、为绵。"

[**注释**]

[1]连甍：形容房屋连延成片。甍，屋脊。　[2]噉（dàn）：食，吃。　[3]临流：面对水流。　[4]开樽：举杯（饮酒）。　[5]联句：作诗方式之一。由两人或多人各成一句或几句，合而成篇。　[6]马乳：葡萄的一种。　[7]牛酥：从牛奶中提炼出来的酥油。　[8]输课：缴纳赋税。　[9]邃穴：深穴。　[10]三冬：冬季三月，即冬季。　[11]禅伯：对有道僧人的尊称。　[12]颓垣：残垣断壁。　[13]西畴：西面的田畴。泛指田地。省耕：视察春耕。　[14]清欢：清雅恬适之乐。　[15]麻笺：即麻纸，也即用麻的纤维做成的纸。　[16]苇笔：即芦苇笔，通过切割和塑造一根芦苇杆或一段竹子制成。[17]浑心竹：实心竹。[18]城隍：泛指城池。　[19]丘坟：山陵之地。　[20]蜜煎：即蜜饯，蜜渍的果品。

[**点评**]

河中府因位于阿姆河与锡尔河之间而得名，花剌子模从西辽夺取河中地区后，把这里建成新都。蒙古第一次西征，于1220年4月占领该城，城内军民惨遭屠戮，

城市遭到严重破坏。楚材随军参加西征期间，大部分时间滞留河中府，在这期间留下大量诗篇，《西域河中十咏》是其中最有名的组诗，对当地风土人情有非常生动细致的描写，是他在河中府几年生活的总结。诗中描写的很多景象，是中原地区没有的，为了便于中原士人理解，他还加了不少自注。《西域河中十咏》每首均以"寂寞河中府"起句，这既可理解为战后河中府的荒凉景象，也可理解为楚材自我内心的独白。此外，楚材《西游录》笔下的河中府，不少内容可与《西域河中十咏》参看："寻思干者西人云肥也，以地土肥饶故名之。西辽名是城曰河中府，以濒河故也。寻思干甚富庶。用金铜钱，无孔郭。百物皆以权平之。环郭数十里皆园林也。家必有园，园必成趣，率飞渠走泉，方池圆沼，柏柳相接，桃李连延亦一时之胜概也。瓜大者如马首许，长可以容狐。八谷中无黍糯大豆，余皆有之。盛夏无雨，引河以激。率二亩收钟许。酿以蒲桃，味如中山九酝。颇有桑，鲜能蚕者，故丝茧绝难，皆服屈眴。土人以白衣为吉色，以青衣为丧服，故皆衣白。"

寄巨川宣抚 [1]

巨川宣抚文武兼资，词翰俱妙，阴阳历数无所不通。尝举《法界观序》云 [2]："此宗门之捷径也。"今观《瑞应鹤诗》，巨川首唱焉，叹其多

能，作是诗以美之。

> 历数兴亡掌上看，提兵一战领清官[3]。
> 马前草诏珠玑润[4]，纸上挥毫风雨寒。
> 昔日谈禅明法界[5]，而今崇道倡香坛[6]。
> 诸行百辅君都占，潦倒鲰生何处安[7]。

[注释]

[1]巨川宣抚：即王檝，巨川为其表字。宣抚即宣抚使。
[2]《法界观序》：应指裴休《注华严法界观门序》。法界观即法界三观，为佛学术语，华严宗所立，可分真空观、理事无碍观、周遍含容观等三观。 [3]清官：清要官职。这里指王檝兼衔之一御史大夫，据《元史》本传，这是他在中都陷落、入觐成吉思汗后获封的。 [4]珠玑：比喻美好的诗文绘画等。 [5]法界：佛教语。梵语意译。通常泛称各种事物的现象及其本质。 [6]香坛：礼拜神佛的台。 [7]鲰（zōu）生：犹小生。多作自称的谦词。

[点评]

王檝前面卷三《和王巨川韵》已介绍过。1220年丘处机西行滞留燕京期间，受到宣抚使王檝的热情款待，且有诗歌赠答。当年四月十五日，丘处机受邀在天长观设醮，据《长春真人西游记》，"时有数鹤自西北来，人皆仰之。焚简之际，一简飞空而灭，且有五鹤翔舞其上。士大夫咸谓师之至诚动天地。"在王檝的提议下，在场众

人纷纷挥毫写诗作赋赞美其事。楚材应是从丘处机那里
见到的《瑞应鹤诗》。笃信佛教的楚材，见王檝如此卖力
讨好丘处机，内心当然十分不快。他寄给王檝的这首诗，
貌似夸赞王檝无所不能，其实通篇文字都在挖苦他，揶
揄嘲讽之态，跃然纸上。

寄南塘老人张子真[1]

张侯风味讵能忘，黄米曾令我一尝[2]。

抵死解官违北阙[3]，达生遁世钓南塘[4]。

知来何假灵龟兆[5]，作赋能陈瑞鹤祥。

岂是西边无土物[6]，不知诗句寄东阳[7]。

"黄米曾令我
一尝"，原注："昔
予驰驿至渔阳，道
过南塘，子真召
余，一设黄饭。"

"知来何假灵
龟兆"，原注："昔
论运气，颇知未来
事。"

[注释]

[1]南塘老人张子真：张天度，字子真，号南塘老人。　[2]黄
米：秫米。也称黄糯。　[3]北阙：朝廷的别称。　[4]达生遁世：
指参透人生、不受世事牵累。　[5]灵龟兆：龟兆指占卜时龟甲受
灸灼所呈现的坼裂之纹。　[6]土物：本地的物产；某地特有的著
名物产。　[7]东阳：原指南朝沈约，因其曾为东阳守，故称。这
里耶律楚材以沈约自况。

[点评]

张天度，字子真，曾仕金，因罪解官，隐居南塘，

号南塘（塘一作溏）老人。南塘，据《（民国）三河县新志》引韩琛《游南塘记》："南塘者，城南五里许不老淀也。旧志，南塘落雁系三河八景之一。"楚材早年因公出差到蓟州渔阳，路过南塘，曾受张天度糯米饭款待，由此二人结下情谊。张天度与丘处机及全真道关系密切。据《长春真人西游记》，丘处机作醮时瑞鹤呈祥，"南溏老人张天度子真作赋美其事"。又据1231年立碑的《玄宝观活死柏之记》，丘处机从西域回到燕京后，受邀至蓟州盘山栖云观设醮，路过独乐村玄宝观时，看到观中一株"枯瘁已久、了无生态"的柏树，双手抚摸道："可惜！可惜！"来年春夏，柏树突然焕发生机，茂盛如故。张天度作诗赞誉，有"君不见，田家荆树中道枯，孝友一感复还苏。又不见，莱公折竹表忠义，插地乃活元非诬。况乎得道不可测，招乎元气薰朽株，坐令此柏成郁茂，遭遇还胜愚夫愚。长春今已归蓬壶，柏尔善保千金躯"等句。楚材此诗暗讽张天度为丘处机作瑞鹤赋之事，同时也以戏谑口吻嗔怪其不主动与自己互通音讯。

观瑞鹤诗卷独子进治书无诗 [1]

丁年兰省识君初 [2]，缓步鸣珂游帝都 [3]。

象简尝陪天仗立 [4]，玉骢曾使禁臣趋 [5]。

只贪殢酒长安市 [6]，不肯题诗瑞应图。

我念李侯端的意 [7]，大都好事不如无。

[注释]

[1] 子进治书：即李士谦，子进为其表字。治书，指御史台治书侍御史。　[2] 丁年：男子成丁之年。历代之制不一。汉以男子二十岁为丁，明清以十六岁为丁。亦泛指壮年。兰省：即兰台。这里指秘书监。　[3] 鸣珂：显贵者所乘的马以玉为饰，行则作响，因名。　[4] 象简：即象笏。天仗：天子的仪卫。借指天子。　[5] 玉骢（cōng）：即玉花骢。泛指骏马。　[6] 殢（tì）酒：沉湎于酒；醉酒。　[7] 端的：真的；确实。

[点评]

李士谦，字子进，解州闻喜人，金进士，传世作品仅存《寿圣院古柏诗跋》，末题"泰和丙寅（1206）春上巳日古源李士谦跋"。楚材青年时代就与李士谦相识，当时他大概在秘书监担任低级文官，故楚材有"丁年兰省识君初"句，后累官治书侍御史，故楚材称其为"子进治书"。贞祐南迁后，李士谦滞留中都，终日与酒为伴。据《长春真人西游记》，丘处机西行路过燕京寓居玉虚观期间，李士谦属"所与唱和者"之一。不过，丘处机作醮出现瑞鹤呈祥后，李士谦并未题诗称颂，由此深得楚材赞赏。王国维提到此事，称："文正素不喜全真，目为老氏之邪，故于王巨川首唱则讥之，于李子进无诗则美之。"

寄德明

德明寓燕，作诗欲自绝，且云"但得为一饱死鬼足矣"。士大夫怜之。其诗末句有云："功名拍手笑杀人，四十八年如一梦。"予每爱此两句。近观《弥勒下生赋》[1]，德明所作也，因作诗以寄之。

英侯志节本凌云[2]，尚自飘零故国尘。

有道且同麋鹿友[3]，谈玄能说虎狼仁[4]。

幸然不作饱死鬼，可惜空吟笑杀人。

弥勒下生何太早，莫随邪见说无因。

原注："《楞迦经》第十卷云：'未来世有人噉糠愚痴种，无因而非见，破坏世间人。'故有是句。"

[**注释**]

[1]弥勒下生：弥勒，意译"慈氏"，著名的未来佛。弥勒下生源自《佛说弥勒下生经》，指弥勒自兜率天下生、劝化众生之事。　[2]凌云：直上云霄。　[3]麋鹿：麋与鹿。　[4]虎狼仁：语出《庄子·天运》：商太宰荡问仁于庄子，庄子曰："虎狼，仁也。"曰："何谓也？"庄子曰："父子相亲，何为不仁？"

[**点评**]

这是楚材寄给友人吴章的诗。吴章前面已经介绍，

贞祐南迁后，吴章滞留中都，生活穷困潦倒，甚至连温饱都成问题，一度有过轻生念头。丘处机西行路过燕京期间，吴章与丘处机结识，后来更是登堂入室，成为全真道的座上宾。除全真外，吴章与当时燕京一带盛行的头陀教也有瓜葛。头陀教崇尚弥勒，以为："如来以法心付弥勒，弥勒以正法华垂世立教而修头陀行。"（李鉴《寂照禅师道行碑》）吴章《弥勒下生赋》当为其所作。楚材非常厌恶头陀教，为此寄诗给吴章，希望他能幡然悔悟，不再沉迷释教外道。

才卿外郎五年止惠一书 [1]

五年只得一书题，路远山长梦亦迷。
睡老黑甜酣顺北 [2]，冷官清淡泊辽西 [3]。
羡人得志能如虎，笑我乏材粗效鸡。
伫看天兵旋北阙 [4]，从今不用玉关泥 [5]。

"睡老黑甜酣顺北"，原注："公诗中自云'耽睡老'，有'燕南顺北'之句。"

"辽西"，原注："西辽故都之西也。"

[注释]

[1]才卿外郎：即师谞，才卿为其表字。外郎即员外郎。　[2]黑甜：酣睡。　[3]冷官：地位不重要、事务不繁忙的官职。清淡：平淡。　[4]北阙：用为宫禁或朝廷的别称。　[5]玉关泥：语出唐李贺《送秦光禄北征》："风吹云路火，雪污玉关泥。"

[点评]

师谞，字才卿，在金朝官至员外郎，贞祐南迁后，滞留燕京。丘处机西行路过燕京时，师谞与其结识，大概托其带信给楚材。楚材此诗除嗔怨师谞五年时间（1218—1222）只寄信一次问候外，更多的是感叹二人彼此境遇的不同。

寄用之侍郎 [1]

用之侍郎遗书，诚以无忘孔子之教。予谓穷理尽性莫尚佛法 [2]，济世安民无如孔教 [3]。用我则行宣尼之常道 [4]，舍我则乐释氏之真如 [5]，何为不可也！因作诗以见意云。

蓬莱怜我寄芳笺 [6]，劝我无忘仁义先。

几句良言甜似蜜，数行温语煖于绵 [7]。

从来谁识龟毛拂 [8]，到底难调胶柱弦 [9]。

用我必行周孔教，舍予不负万松轩 [10]。

[注释]

[1] 用之侍郎：即刘中，用之为其表字。侍郎为六部副职。

[2] 穷理尽性：穷究天地万物之理与性。 [3] 济世安民：使国

家得到治理，百姓安居乐业。　　[4]宣尼：汉平帝元始元年追谥孔子为褒成宣尼公，后因称孔子为宣尼。常道：通常的方法。　　[5]真如：佛教语。谓永恒存在的实体、实性，亦即宇宙万有的本体。与实相、法界等同义。　　[6]蓬莱：有可能指刘中的籍贯登州。芳笺：对他人来信的敬称。　　[7]煖（nuǎn）：同"暖"。温暖，暖和。　　[8]龟毛拂：即龟毛拂子。语出宋道颜《自赞》："龟毛拂子，兔角拄杖。"龟生毛，兔长角。本指战争的征兆。后比喻不可能存在或有名无实的东西。　　[9]胶柱弦：胶柱指胶住瑟上的弦柱，以致不能调节音的高低。比喻固执拘泥，不知变通。　　[10]万松轩：万松行秀早年于邢州净土寺所建，这里借指行秀本人。

[点评]

刘中，字用之，在金朝官居侍郎，贞祐南迁后，滞留中都。丘处机西行路过燕京时，刘中与其相识，大概托其捎带书信给楚材。在信中，刘中告诫楚材不要忘记孔子仁义之教。楚材遂以此诗回复。在诗序中，楚材强调佛教治心与儒教治世的不同功用，认为二者并行不悖，一言以蔽之，就是他常说的"以儒治国，以佛治心"。此外，楚材还将儒教入世精神与佛教出世情怀很好地结合起来，孔子曾说："用之则行，舍之则藏"，"邦有道则仕，邦无道则可卷而怀之。"楚材则进一步提出用之则行孔孟仁义之道，舍之则参禅悟道，以体悟人生宇宙的实相。楚材回到中原后，在窝阔台汗支持下，开始施展政治抱负，刘中得到重用。1230年设十路征收课税所，以中原士人任正副长官，其中刘中出掌宣德路。1237年，

刘中又受命担任考试官，与术虎乃共同主持次年甄拔儒士的考试，这就是有名的"戊戌试"，此次考试凡得儒士4030人，其中四分之一原来是驱口。"戊戌试"催生了儒户的诞生，极大改善了儒士的境遇。

寄仲文尚书[1]

知仲文尚书投老而归[2]，叹其清高，作诗以寄。

仲文曾作黑头公[3]，辅弼明时播美风[4]。
治粟货泉流冀北[5]，提刑奸迹屏胶东[6]。
笑观桃李新恩遍[7]，拜扫松楸老计终[8]。
西域故人增喜色，万全良策不谋同[9]。

[注释]

[1]仲文尚书：即杨彪，仲文为其表字。尚书为六部正职。杨彪时任吏部尚书。　[2]投老：告老。　[3]黑头公：指少年而居高位者。　[4]辅弼：辅佐；辅助。明时：指政治清明的时代。古时常用以称颂本朝。美风：良好的风化。　[5]货泉：货币的通称。冀北：这里应指河北东路。　[6]胶东：这里应指山东东路。　[7]桃李：比喻栽培的后辈和所教的门生。　[8]松楸（qiū）：松树与楸树。墓地多植，因以代称坟墓，这里特指父母坟茔。　[9]万全良策：极其周到的计谋、办法。策，计策、办法。

[点评]

　　杨彪，字仲文，贞祐南迁后，滞留中都。蒙古人占领中都，杨彪入仕蒙古政权，在燕京行省任职。南宋赵珙《蒙鞑备录》记载蒙古政权燕京官员，提到"又有杨彪者为吏部尚书"，当即此人。丘处机西行路过燕京时，与杨彪相识，楚材大概从丘处机处获知杨彪近况，听到他已告老还乡的消息。诗的前两句指出杨彪年轻时即以能吏著称，其中特别提到他在河北东路转运司与山东东路提刑司任上的不俗政绩。后两句则是对杨彪急流勇退、不恋栈官位的赞美之辞，认为这种做法与自己归老田亩的打算可谓不谋而合。

谢王清甫惠书 [1]

西征万里扈銮舆 [2]，高阁文章束石渠 [3]。

只道昔年周梦蝶 [4]，却疑今日我为鱼 [5]。

一簪华发垂垂老 [6]，两眼黄尘事事疏 [7]。

多谢贵人怜远客，东风时有寄来书。

[注释]

　　[1] 王清甫：即王直哉，清甫为其表字。　[2] 銮舆：即銮驾，天子车驾。这里指成吉思汗。　[3] 石渠：阁名。西汉皇室藏书之处，在长安未央宫殿北。　[4] 周梦蝶：指庄周梦蝶，典出《庄子·齐物论》。　[5] 我为鱼：此处化用《庄子·大宗师》孔子与

颜回的对话："且汝梦为鸟而厉乎天，梦为鱼而没于渊。"[6]垂垂：渐渐。[7]黄尘：比喻俗世；尘世。

[点评]

王直哉，字清甫。丘处机西行路过燕京时，与王直哉结识，大概受其所托捎来书信。楚材在信中感叹命运多舛，世事无常，对王直哉不忘故人，远寄问候，表达了感激之意。

思亲二首

其　一

老母琴书老自娱，吾山侧近结蓬庐[1]。

鬓边尚结辟兵发[2]，箧内犹存教子书[3]。

幼稚已能学土梗[4]，老兄犹未忆鲈鱼。

谁知万里思归梦，夜夜随风到故居。

原注："昔予从征，太夫人以发少许赐予云：'俗传父母之发戴之，可辟五兵。'今尚存焉。"

其　二

昔年不肯卧茅庐[5]，赢得飘萧两鬓疏[6]。

醉里莫知身似蝶，梦中不觉我为鱼。

故园屈指八千里，老母行年六十余。

何日挂冠辞富贵[7]，少林佳处卜新居[8]。

参楚材《谢王清甫惠书》："只道昔年周梦蝶，却疑今日我为鱼。"

［注释］

[1]吾山：即鱼山，位于今山东东平。蘧庐：古代驿传中供人休息的房子。这里泛指房屋。 [2]辟兵：躲避兵器伤害。 [3]箧（qiè）：小箱子，藏物之具。大曰箱，小曰箧。 [4]土梗：泥塑偶像。 [5]茅庐：草屋。 [6]飘萧：鬓发稀疏貌。 [7]挂冠：指辞官、弃官。 [8]少林：即少林寺，这里泛指佛寺。

［点评］

楚材生母杨氏，为名士杨昊女，汉文化造诣很高，金章宗泰和末年，曾教授禁中。楚材父亲早亡，自小在母亲呵护下长大，母子感情至深。据楚材自注，楚材从征时，杨氏曾将少许头发交给儿子，以最淳朴的方式祝愿儿子能逢凶化吉，免除兵祸。抚摸鬓角的辟兵发，翻阅箱内的教子书，楚材的思母之情油然而生，无法自抑。可如今远在异域他乡，楚材只能在梦里见到母亲，通过清风捎去对母亲的思念。此外，第二首大概受黄庭坚《杂诗七首（其一）》影响。原诗为："此身天地一蘧庐，世事消磨绿鬓疏。毕竟几人真得鹿，不知终日梦为鱼。"当然，二者意境完全不同。

思亲用旧韵二首

其 一

前年驿骑过西陲[1]，闻道萱堂鬓已丝。

此处化用陶渊明《归去来辞》"三径就荒，松菊犹存"。后以此典指归隐家园；或表示厌倦宦途，向往田园生活。

原注："太夫人昔有诗云：'挑灯教子哦新句，冷淡生涯乐有余。'"

琴断五弦忘旧谱[2]，菊荒三径负疏篱。

筵前戏笑知何日，膝下嬉游看几时[3]。

欲附一书无处寄，愁边空咏满囊诗。

其　二

天涯惟仗梦魂归，破梦春风透客帏[4]。

灯下几时哦丽句，筵前何日舞斑衣[5]。

垂垂塞北行人老，得得江南远信稀。

回首故园千万里，倚楼空望白云飞。

[注释]

[1]西陲：西面边疆。　[2]五弦：古琴的一种。　[3]嬉游：游乐；游玩。　[4]帏：帷，帷帐。　[5]斑衣：彩衣。

[点评]

楚材此诗系西征途中从使者处探听到母亲音讯后有感而发。此时此刻，母亲杨氏陪伴教育儿时楚材的场景，历历在目，宛如昨日。楚材多么想回到故乡，承欢膝下，侍奉母亲啊。可天涯远隔，双方连书信都无法传递，楚材只能苦吟思母之诗，在梦里与母亲相见。

再过西域山城驿

庚辰之冬[1]，驰驿西域，过山城驿中。辛巳暮冬[2]，再过，因题其壁。

去年驰传暮城东[3]，夜宿萧条古驿中。

别后尚存柴户棘[4]，重来犹有瓦窗蓬。

主人欢喜铺毛毯，驿吏苍忙洗瓦钟[5]。

但得微躯且强健[6]，天涯何处不相逢。

[注释]

[1]庚辰：1220 年。　[2]辛巳：1221 年。暮冬：冬末。农历十二月。　[3]驰传：驾驭驿站车马疾行。　[4]柴户：用柴薪作的门。此处喻指驿站简陋。　[5]苍忙：犹仓皇；匆忙。瓦钟：陶制酒器。　[6]微躯：微贱的身躯。常用作谦词。

[点评]

楚材笔下，山城驿是西域一处"萧条古驿"。1220 年，他曾经过该地，第二年有缘故地重游，发现一切景物犹在，倍感亲切。山城驿主人对楚材的再次造访，表现出极大热情，又是铺毛毯，又是洗瓦钟，让楚材在寒冬季节感受到丝丝暖意。

辛巳闰月西域山城值雨[1]

冷云携雨到山城，未敢冲泥傍险行[2]。

夜听窗声初变雪，晓窥檐溜已垂冰[3]。

泪凝孤枕三停湿[4]，花结残灯一片明。

又向茅亭留一宿[5]，行云行雨本无情。

[注释]

[1]辛巳：1221年。　[2]冲泥：谓踏泥而行，不避雨雪。　[3]檐溜：檐沟。亦指檐沟流下的水。　[4]三停：三成。　[5]茅亭：用茅草搭建的凉亭，也称草亭。一般用来供过路人歇息。此处引申为驿馆。

[点评]

这首诗是描写西域阴雨天气的。西域地区雨水较少，难得碰上这样的天气，楚材自然十分留意。诗中写道，寒冷的乌云夹带阴雨来到西域山城，路上变得泥泞不堪，行走起来非常困难，已让楚材望而却步。因夜晚温度下降很快，阴雨很快变成大雪，早上起来，房檐边已垂下一个个冰柱。诗人写法细腻，读来如身临其境。

十七日早行始忆昨日立春[1]

客中为客已浃旬[2]，岁杪西边访故人[3]。

杷榄花前风弄麦，葡萄架底雨沾尘。

山城肠断得穷腊[4]，村馆销魂偶忘春。

今日唤回十载梦，一盘凉饼翠蒿新[5]。

[注释]

[1]立春：二十四节气之一。在阳历二月三、四或五日。
[2]浃旬：一旬，十天。　[3]岁杪（miǎo）：年底。　[4]穷腊：古
代农历十二月腊祭百神之日。后以指农历年底。　[5]凉饼：凉拌
的面食。翠蒿：这里指蒌蒿。

[点评]

因距离中原遥远，二十四节气实际上在西域地区是
无法适用的。1221年闰十二月十六日，恰值二十四节气
中的立春，在西域已数年的楚材早已忘记，十七日早上
才猛然想起，马上按中原习俗，准备一盘凉拌饼饵、蒌
蒿，欢度立春。

是日驿中作穷春盘

昨朝春日偶然忘[1]，试作春盘我一尝[2]。

木案初开银线乱，砂瓶煮熟藕丝长[3]。

匀和豌豆揉葱白，细剪蒌蒿点韭黄[4]。

原注："西人
煮饼必投以豌豆。"

也与何曾同是饱，区区何必待膏粱[5]。

西晋司徒何曾一生奢侈无度，对饮食非常讲究，"食日万钱，犹曰无下箸处"，因而有"何曾食万"的典故。

[注释]

[1]春日：立春之日。 [2]春盘：古代风俗，立春日以韭黄、果品、饼饵等簇盘为食，或馈赠亲友，称春盘。帝王亦于立春前一天，以春盘并酒赐近臣。 [3]砂瓶：陶罐。 [4]蒌蒿：多年生草本植物。生水中，嫩芽叶可食。韭黄：冬季培育的韭菜，颜色浅黄，嫩而味美。 [5]膏粱：肥美的食物。

[点评]

这首诗紧接上首，是楚材按立春习俗准备春盘的描写。"藕""豌豆""葱白""蒌蒿""韭黄"是制作春盘的简单食材，"匀和""揉""细剪""点"是制作春盘的细微手法。整个春盘虽非上品佳肴，却也别有一番滋味。楚材很享受这种感觉，既然同样能吃饱，又何必像何曾那样食不厌精，非精美食物不下箸呢？

西域蒲华城赠蒲察元帅

骚人岁杪到君家，土物萧疏一饼茶[1]。

原注："将军乃元帅子也。"

相国传呼扶下马[2]，将军忙指买来车。

琉璃钟里葡萄酒[3]，琥珀瓶中杷榄花[4]。

万里遐荒获此乐[5]，不妨终老在天涯[6]。

[注释]

[1] 土物: 土产, 本地物产。萧疏: 稀疏; 稀少。饼茶: 茶饼。
[2] 相国: 宰相的尊称。据《蒙鞑备录》"任相"条, "又有女真人七金", 此七金即蒲察七斤。　[3] 琉璃钟: 玻璃制酒杯。　[4] 琥珀瓶: 琥珀制瓶子。　[5] 遐荒: 边远荒僻之地。　[6] 终老: 度尽晚年; 养老。

[点评]

楚材参加蒙古西征后, 大部分时间呆在河中府——寻思干城, 可有时也会造访其他地方, 蒲华城即其一。蒲华城 1220 年 3 月被蒙古人攻克, 由蒲察七斤驻守此地。楚材此次是在 1221 年年底抵达蒲华城的, 只准备了一份简单的礼物（茶饼）, 可却受到蒲察七斤父子热烈欢迎与盛情款待, 这不禁使楚材流连忘返, 甚至生出终老于此的遐想。

乞　车

君家轮扁本多能 [1], 碧轼朱辕照眼明 [2]。
居士此回无马坐, 郎官不可辄徒行 [3]。
陈遵投辖情何重 [4], 灵辄扶轮报敢轻 [5]。
别更不须寻土物, 载将春色去东城 [6]。

原注: "将行又流连数日。"

[注释]

[1] 轮扁: 春秋齐国有名的造车工人。此处指蒲察七斤手下的工

匠。　[2]轼：古代设在车箱前供立乘者凭扶的横木。辕：车前驾牲口用的直木。压在车轴上，伸出车舆的前端。古代大车、柏车、羊车皆用辕，左右各一。　[3]郎官：此处应指蒲察七斤子。　[4]陈遵投辖：语出《汉书·游侠传·陈遵》：“遵耆酒，每大饮，宾客满堂，辄关门，取客车辖投井中，虽有急，终不得去。”后因以“陈遵投辖”作为好客留宾的典故。　[5]灵辄扶轮：据《公羊传·宣公六年》，赵盾以前救过的桑间饿夫灵辄，在赵盾被晋灵公追杀时，“抱赵盾而乘之”。元杂剧《赵氏孤儿》情节更为丰富，当有所本，其中提到赵盾原乘驷马车，“某已使人将驷马摘了二马，双轮去了一轮。上的车来，不能前去。旁边转过一个壮士，一臂扶轮，一手策马，逢山开路，救出赵盾去了”。后因以“灵辄扶轮”作为受恩图报的典故。　[6]东城：指寻思干城。寻思干城位于蒲华城东面，故用此称。

[点评]

楚材此次访问蒲华城，蒲察七斤父子的接待非常周到，可能知楚材患足疾不善骑马的缘故，还专门为他准备了车辆。蒲察七斤父子的真挚情谊，让楚材非常感动，此诗就是他有感而发所作。其中，“陈遵投辖”与“灵辄扶轮”形容蒲察七斤的浓浓情意与楚材涌泉相报的承诺。

戏作二首

其　一

苍颜太守领西阳[1]，招引诗人入醉乡[2]。

屈眴轻衫裁鸭绿[3]，葡萄新酒泛鹅黄[4]。

歌姝窈窕髯遮口[5]，舞妓轻盈眼放光。

野客乍来同见惯[6]，春风不足断人肠。

其　二

太守多才民富强，风光特不让苏杭。

葡萄酒熟红珠滴，杷榄花开紫雪香。

异域丝簧无律吕[7]，吴姬声调自宫商[8]。

人生行乐无如此[9]，何必咨嗟忆故乡[10]。

"葡萄新酒泛鹅黄"，原注："白葡萄酒，色如金波。"

"歌姝窈窕髯遮口"，《西游录》《长春真人西游记》等书都提到，当时西域妇女有以须为美的习俗。

[**注释**]

[1]苍颜：苍老的容颜。西阳：指蒲华城。因蒲华城位于寻思干城西面，故用此称。　[2]醉乡：指醉酒后神志不清的境界。　[3]屈眴：指一种由木棉心织成的细布。传说达摩所传袈裟即以此布裁成。鸭绿：如鸭头浓绿。　[4]鹅黄：淡黄，像小鹅绒毛的颜色。　[5]歌姝：歌女。　[6]野客：村野之人。多借指隐逸者。　[7]丝簧：弦管乐器。借指音乐。律吕：古代校正乐律的器具。用竹管或金属管制成，共十二管，管径相等，以管的长短来确定音的不同高度。从低音管算起，成奇数的六个管叫做"律"；成偶数的六个管叫做"吕"，合称"律吕"。后用以指乐律或音律。　[8]宫商：五音中的宫音与商音。此处泛指音律。　[9]行乐：消遣娱乐；游戏取乐。　[10]咨嗟：叹息。

[**点评**]

这两首诗所记也是楚材此次访问蒲华城的经历。在

接待宴会上，楚材不仅遍尝红白葡萄酒等美味佳肴，还欣赏到带有浓厚异域风情的音乐舞蹈，让其沉迷其中，流连忘返。

过太原南阳镇题紫微观壁三首

其　三

三教根源本自同[1]，愚人迷执强西东[2]。

南阳笑倒知音士，反改莲宫作道宫[3]。

原注:"紫微观旧佛寺也，村人改佛像为道像，故有是句。"

[注释]

[1]三教：儒释道。　[2]迷执：迷惑执著；执迷不悟。　[3]莲宫：指寺庙。

[点评]

丘处机西行觐见成吉思汗后，全真道在中原地区的势力愈发强大，不少佛寺纷纷改为道观，楚材对此非常反感。在1228年刊行的《西游录》中，他对丘处机及全真道进行了猛烈抨击，其中一条罪状就是全真道"毁坼佛像，夺种田圃，改寺院为庵观者甚多"。1231年，蒙古窝阔台汗大举南下伐金，楚材随行，在经过太原南阳镇（一作崞州南阳村）紫微观时，赋诗三首，其中第三首即涉及改寺院为道观之事。当时在场的全真道大宗师尹志平不甘示弱，作《崞州南阳村紫微观和移剌中书陈

秀玉韵》："三教虽同人不同，既言西是必非东。目前便
是分明处，了一真通不二宫。"

和薛正之韵

天涯倚遍塞城楼[1]，凝望冥鸿空自羞[2]。

礼义不张真我恨，干戈未戢是吾忧。

每怜丹凤能择食[3]，常笑黄能误上钩[4]。

何日解荣偿旧约[5]，扁舟蓑笠五湖游[6]。

[注释]

[1] 塞城：犹边城，边塞城市。　[2] 冥鸿：高飞的鸿雁。
[3] 丹凤：头和翅膀上的羽毛为红色的凤鸟。　[4] 黄能：古代传
说中的兽名，鲧的化身，又名黄熊。　[5] 解荣：指摆脱荣华富
贵。　[6] 扁舟：小船。五湖：春秋末范蠡辅佐越王勾践灭吴后，
功成身退，乘轻舟以隐于五湖。见《国语·越语下》。后因以"五
湖"指隐遁之所。

[点评]

同卷五《用薛正之韵》一样，楚材此诗以出世精神
为主，但其中的"礼义不张真我恨，干戈未戢是吾忧"
又道出其强烈的入世情怀，成为楚材至公忘我、积极进
取的动力源泉。

卷 七

和李茂才寄景贤韵

醒时还醉醉还醒[1]，尚忆轮台饮兴清[2]。

瀚海波涛君忍听，天山风雪我难行。

好学慷慨英雄操，毋效辛酸儿女情。

但得胸中空洒洒[3]，天涯何处不安生。

[注释]

[1]还醒：称醉酒后神志恢复正常状态。 [2]轮台：今新疆米泉至昌吉之间。饮兴：酒兴。清：清淡；不浓。 [3]洒洒：四散的样子。

[点评]

此诗主要是楚材对自己身在异域的感情抒发。与其

思念家乡与亲人的诗篇不同，这首边塞诗少有地展现出楚材慷慨激昂、洒脱豪迈的一面。

除戎堂二首

王师西征，贤帅贾公留后于云内[1]，筑除戎堂于城之西阿[2]，以练戎事[3]，御武折冲[4]，高出前古。予道过青冢，公召予宴于是堂。鸿笔大手[5]，题诗洒墨，错落于楹栋间[6]，皆赞扬公之盛德。予因作二诗以陈其梗概云。

其　一

除戎堂主震威名，一扫妖氛消未萌[7]。

不出户庭成庙算[8]，折冲樽俎有奇兵[9]。

何须公瑾长江险[10]，安用蒙恬万里城[11]。

坐镇大河兵偃息[12]，居延不复塞尘惊[13]。

其　二

除戎厅事筑城阿[14]，烽火平安师旅和。

远胜长城欺李勣[15]，徒标铜柱笑伏波[16]。

服心不用七擒策[17]，御侮何劳三箭歌[18]。

高枕幽窗无一事，西人不敢牧长河。

[注释]

[1]留后：留守。云内：州名，治今内蒙古土默特左旗西北。[2]西阿：西隅。 [3]戎事：军事。 [4]御武：统率军人。折冲：使敌人的战车后撤。即制敌取胜。冲，冲车。战车的一种。 [5]鸿笔大手：大手笔。 [6]楹栋：柱与梁。 [7]妖氛：亦作"妖雾"。不祥的云气。多喻指凶灾、祸乱。未萌：指事情发生以前。 [8]庙算：朝廷或帝王对战事进行的谋划。 [9]折冲樽俎：指不用武力而在酒宴谈判中制敌取胜，语出《战国策·齐策五》。 [10]公瑾：即周瑜，公瑾为其表字，东吴都督，率水师御曹操于长江天险，火烧赤壁，大败曹军。 [11]蒙恬：秦朝名将，秦统一六国后，率大军北击匈奴，收复河南之地，修筑长城，戍守当地。 [12]偃息：这里指休兵，停战。 [13]居延：汉唐以来西北军事重镇，故址在今内蒙古额济纳旗东南。塞尘：塞外风尘。代指对外族的战事。 [14]城阿：城角。 [15]李勣（jī）：唐朝名将。原名徐世勣，唐赐姓李，又避太宗李世民讳，改名李勣。曾北征东突厥，为唐朝开疆拓土的主要战将之一。 [16]伏波：即马援，东汉名将，官伏波将军。镇压交趾二征起义后，曾立两根铜柱以表记功。 [17]七擒策：指诸葛亮七擒孟获。 [18]三箭歌：指薛仁贵征讨九姓突厥，连发三矢射杀三人。当时军中歌曰："将军三箭定天山，壮士长歌入汉关。"

[点评]

云内州帅贾氏兄弟，前面已介绍。蒙古第一次西征后，贾帅在云内州城建除戎堂，以为讲武检阅之地。楚

材路过云内州期间，在除戎堂受到贾帅款待。浏览堂内
梁柱间文人墨客的诗篇后，楚材也即兴赋诗二首，盛赞
贾帅的文韬武略与威名远播。

寄武川摩诃院圆明老人[1]

其　四

归与不得效渊明[2]，细碎功名误此生。

客里正如闲气味，病来犹有好心情。

冰弦罢品《昭君曲》[3]，醉墨闲题苏武城[4]。

受用观音法无尽[5]，悲筇风送两三声[6]。

其　五

一扇儒风佛日明[7]，舍生从此乐余生。

高人编简寻长味[8]，衲子林泉称野情[9]。

见道谷绵充廪藏[10]，喜闻流散集京城[11]。

自惭无德毗明主[12]，千里虚名浪播声。

[**注释**]

[1]武川：即宣德州，治今河北宣化。　[2]渊明：即陶渊明。
[3]冰弦：指琴弦。传说中有用冰蚕丝作的琴弦，故有此称。《昭
君曲》：古琴曲名。　[4]醉墨：谓醉中所作的诗画。苏武城：今内

蒙古呼和浩特西北。据说苏武出使匈奴时曾居留于此。　[5]观音：佛教菩萨名。慈悲的化身，救苦救难之神。　[6]悲笳：悲凉的笳声。笳，古代军中号角，其声悲壮。　[7]儒风：儒家的传统、风尚。佛日：对佛的敬称。佛教认为佛之法力广大，普济众生，如日之普照大地，故以日为喻。　[8]高人：指才识超人的人。编简：书籍；史册。　[9]衲子：僧人。野情：不受世事人情拘束的闲散心情。[10]谷绵：谷物与丝绵。亦泛指衣食一类生活资料。廪藏：谓国库储蓄。　[11]流散：指流离失所的人。　[12]毗：辅佐。

[点评]

这里的武川，并非内蒙古自治区的武川县，而是在河北宣德。因辽朝于此设归化州，诗的第一首称："只知长谒摩诃院，谁道曾离归化城。"楚材南北往返多次经过此地，留下不少诗篇。摩诃院是当地著名禅刹（有可能属云门宗），与楚材渊源很深。除本诗外，楚材还有《武川摩诃院请为功德主》《为武川摩诃院创建佛牙塔疏》《武川摩诃院创建瑞像殿》等。圆明老人生平不详。上述两首均涉及楚材对儒释入世与出世之道的理解，他没有把儒释对立起来，而是通过"一扇儒风佛日明"点明二者相辅相成的关系。

和北京张天佐见寄[1]

寓迹龙庭积有年[2]，功名已后祖生鞭[3]。

销金众口嫉居士^[4]，好事独君慕湛然。

许远云山分袂别^[5]，几时风雨对床眠。

琼华赠我将何报^[6]，聊寄江南古样弦。

［注释］

[1]北京：指金北京大定府，治今内蒙古宁城县大明镇。　[2]寓迹：犹寄足。暂时寄住。　[3]祖生鞭：语出《世说新语·赏誉下》"刘琨称祖车骑为朗诣"刘孝标注引晋虞预《晋书》："刘琨与亲旧书曰：'吾枕戈待旦，志枭逆虏，常恐祖生（指祖逖）先吾着鞭耳。'"后因以"祖生鞭"为勉人努力进取的典故。　[4]销金众口：即众口铄金，众人的言论能够熔化金属。比喻舆论影响的强大。亦喻众口同声可混淆视听。　[5]分袂：离别。　[6]琼华：喻美好的诗文等。

［点评］

楚材在太宗窝阔台时代开始登上政治舞台，当政期间，遇到过来自蒙古集团各种势力的挑战，如燕京行省石抹咸得不、东道诸王首领斡赤斤、理财大臣奥都剌合蛮等等，双方间的斗争往往很激烈，有时楚材甚至因遭诬陷而被下狱，几遭不测。楚材此诗"销金众口嫉居士"句，透露出他在汗廷中的孤立无援境地。这种政治上的受挫感，常常会使楚材萌生退意，虽然这种念头只在转瞬之间。

和高冲霄二首

其　二

翠华南渡济苍生，垂老将观德化成[1]。

昨夜行宫传好语[2]，秦川草木也欣荣[3]。

[注释]

[1]德化：道德教化。　[2]好语：指仁义之言，善言。　[3]秦川：古地区名。泛指今陕西、甘肃的秦岭以北平原地带。欣荣：犹荣幸。

[点评]

这是楚材扈从太宗窝阔台南征陕西所作。其中"昨夜行宫传好语"，文献无明确记载，不知是否与窝阔台发布赦令有关。

过金山和人韵三绝

其　一

金山突兀翠霞高[1]，清赏浑如享太牢[2]。

半夜穹庐伏枕卧，乱云深处野猿号。

其　二

金山前畔水西流，一片晴山万里秋。

萝月团团上东嶂[3]，翠屏高挂水晶球[4]。

其　三

金山万壑斗声清，山气空濛弄晚晴[5]。

我爱长天汉家月[6]，照人依旧一轮明。

[**注释**]

[1]突兀：高耸貌。翠霞：青色的烟霞。　[2]清赏：幽雅的景致。浑如：完全像。享：古代祭祀。太牢：牛羊豕三牲俱备谓之太牢。　[3]萝月：藤萝间的明月。团团：圆貌。嶂：耸立如屏障的山峰。　[4]翠屏：形容峰峦排列的绿色山岩。水晶球：喻皎洁的圆月。[5]山气：山中的云雾之气。空濛：迷茫貌；缥缈貌。晚晴：谓傍晚晴朗的天色。　[6]长天：辽阔的天空。

[**点评**]

这是楚材与丘处机的和诗，丘处机原诗见《长春真人西游记》："金山虽大不孤高，四面长拖拽脚牢。横截大山心腹树，干云蔽日竞呼号。""金山南面大河流，河曲盘桓赏素秋。秋水暮天山月上，清吟独啸夜光球。""八月凉风爽气清，那堪日暮碧天晴。欲吟胜概无才思，空对金山皓月明。"

楚材和诗第一首描写金山白天的高耸入云与夜晚的

空灵孤寂，第二首与第三首分别描写金山的日出与明月景象。此外，楚材《西游录》对金山有如下描写："金山之泉，无虑千百，松桧参天，花草弥谷。从山巅望之，群峰竞秀，乱壑争流，真雄观也。自金山而西，水皆西流，入于西海。"其中，"乱壑争流"与和诗"金山万壑斗声清"，"自金山而西，水皆西流"与和诗"金山前畔水西流"相对应，和诗无疑是对金山景色的生动写照。

和王巨川题武成王庙 [1]

商辛自底灭亡期 [2]，保障全空聚茧丝 [3]。
谁识华山归马日 [4]，易于渭水钓鱼时 [5]。

[注释]

[1]武成王庙：武成王为西周姜太公封号。唐开元十九年（731）于西京及各州设太公庙，至上元元年（760）又追封武成王，太公庙改武成王庙。　[2]商辛：即商纣王，名受，号帝辛。　[3]保障：犹屏障。茧丝：泛指赋税。敛赋如抽丝于茧，故云。典出《国语·晋语九》："赵简子使尹铎为晋阳。请曰：'以为茧丝乎？抑为保障乎？'"韦昭注："茧丝，赋税；保障，蔽扞也。"　[4]华山归马：典出《尚书·武成》："厥四月，哉生明。王来自商至于丰。乃偃武修文，归马于华山之阳，放牛于桃林之野，示天下弗服。"后以此典形容战争消弭，天下太平。　[5]渭水钓鱼：典出《苟子·方外》："太公（姜太公）渭钓于隐溪，五十有六年矣，而未尝得一鱼。鲁

连闻之，往而观其钓焉。太公涓跪石隐崖，不饵而钓，仰咏俛吟，及暮而释竿。"后因以指隐居之贤才待用。

[点评]

与宣圣文庙相对，武成王庙是中国历代王朝专门祭祀以姜太公为首的武圣人场所。王檝在燕京任职期间，除修葺宣圣庙外，对武成王庙似亦有所修缮。此诗是楚材和王檝武成王庙题诗而作。首句指出商纣王因横征暴敛而自毁长城，最后身死国亡。接下来认为姜太公偃武修文、消弭战争的举措，比在渭水待价而沽、静待贤君启用更为难得。这首诗应该说体现了楚材重文轻武，或者说"天下虽得之马上，不可以马上治"（楚材对窝阔台汗语）的治世思想。

又一首

今年扈从入西秦[1]，山色犹如昔日新。

诗思远随秦岭雁[2]，征衣全染灞桥尘[3]。

含元殿坏荆榛古[4]，花萼楼空草木春[5]。

千古兴亡同一梦，梦中多少未归人。

[注释]

[1]西秦：指关中陕西一带秦之旧地。　[2]秦岭：山名。又

名秦山、终南山，位于今陕西境内。　[3]灞桥：古桥名，位于今陕西西安东。春秋秦穆公称霸西戎，将滋水改为灞水并修桥，故称灞桥。为当地名胜。　[4]含元殿：唐长安城大明宫大朝正殿，龙朔三年（663）建，毁于光启二年（886）。荆榛：泛指丛生灌木，多用以形容荒芜情景。　[5]花萼楼：全称花萼相辉楼，是唐长安城兴庆宫建筑之一，开元八年（720）建，以建筑华美、富丽堂皇著称，毁于后唐战火。

[点评]

楚材给王檝的这首和诗，是他在1231年随窝阔台汗进攻金陕西地区期间写的。蒙古此次南征的目的，主要是斩断金朝左臂，控制潼关以西地区，最后金朝将陕西军民迁入潼关，主动放弃了京兆（今陕西西安）等地。在诗中，楚材凭吊了唐朝长安古城遗迹，发出千古兴亡、兴衰常变的慨叹。

过天山和上人韵二绝[1]

其　一

从征万里走风沙，南北东西总是家。
落得胸中空索索[2]，凝然心是白莲花[3]。

其　二

一入空门我畅哉，浮云名利已忘怀。

无心对镜谁能识，优钵罗花火里开[4]。

语出唐常察《转位》："披毛戴角入廛来，优钵罗花火里开。"

[注释]

[1] 上人：南朝宋以后，多用作对和尚的尊称。　[2] 空索索：形容胸中洒脱，毫无牵挂。　[3] 凝然：犹安然。形容举止安详或静止不动。白莲花：佛教用语。代表纯洁的自性之体。　[4] 优钵罗花：佛教用语。即青莲花。其花香洁。

[点评]

楚材此诗以万里西征起兴，可重点谈的却是抛却一切羁绊的禅理。前一首谈的羁绊是艰难困苦，后一首是名利诱惑，认为只要坦坦荡荡，没有执念，内心就如同白青莲花，一尘不染，自带芬芳。

题古并覃公秀野园[1]

流水潜穿屋下篱，青山屋上数峰奇。
佳园已有温公句[2]，何必裘公更写诗[3]。

化用苏轼《司马君实独乐园》："青山在屋上，流水在屋下。"

[注释]

[1] 古并：指山西太原。太原以前为并州治所，故有此称。覃公：指覃资荣。　[2] 温公：指司马光，死后追封温国公，故有此称。　[3] 裘公：皇甫谧《高士传》有隐士披裘公，不知是否有所指。

[点评]

这首诗是楚材 1231 年随窝阔台汗南下攻金，路过太原交城县时，为覃资荣秀野园所作。覃资荣，字茂卿。金交城县令，后投降蒙古，授元帅左都监兼交城令。1232 年从蒙古攻汴有功，举弟覃资用自代，自己则遁世隐居，耕田读书，直至元初去世。楚材曾两次造访秀野园，除此诗外，另有《再过太原题覃公秀野园》，可参看。

和高丽使三首

其　一

神武有威元不杀，宽仁常愧数兴戎[1]。

仁绥武震诚无敌[2]，重译来王四海同[3]。

其　二

扬兵青海西凉灭[4]，渡马黄河南汴空[5]。

百济称藩新内附[6]，驰轺来自海门东[7]。

其　三

壮年吟啸巢由月[8]，晚节吹嘘尧舜风[9]。

两鬓苍苍尘满眼，东人犹未识髯公[10]。

"扬兵青海西凉灭"，指 1227 年成吉思汗灭西夏。

"渡马黄河南汴空"，指 1232 年窝阔台汗南下攻金，金哀宗从汴京逃走。

"百济称藩新内附，驰轺来自海门东"，指高丽向蒙古遣使称臣。

［注释］

［1］宽仁：宽厚仁慈。兴戎：发动战争；引起争端。　［2］仁绥：以仁义安抚。武震：以武力震慑。　［3］重译：指译使。亦泛指异域之人。　［4］青海：喻边远荒漠之地。西凉：即西凉府，治今甘肃武威，这里借指西夏。　［5］南汴：即汴京，金贞祐南迁后的都城，治今河南开封。　［6］百济：朝鲜半岛古国名，这里借指王氏高丽。　［7］驰轺：乘车。轺指使节所用之车。　［8］吟啸：高声吟唱；吟咏。巢由：巢父和许由的并称。相传皆为尧时隐士，尧让位于二人，皆不受。因用以指隐居不仕者。　［9］晚节：晚年。吹嘘：吹捧。　［10］髯公：楚材自谓。

［点评］

　　蒙古兴起后，1218 年向东追讨契丹叛军，与高丽王国发生接触。成吉思汗西征后，1225 年蒙古使臣著古与被杀，蒙丽关系断绝。窝阔台汗即位后，1231 年派遣大将撒礼塔向高丽兴师问罪，高丽被迫臣服。1232 年四月，高丽派遣使臣赵叔昌、薛慎奉表入朝，恰逢窝阔台汗从攻金战场北返，主管汉文文书的必阇赤楚材热情接待了他们。这三首诗就是楚材和高丽使臣所作。第一首宣扬蒙古的宽仁政策，第二首歌颂蒙古的武功盛德，第三首则是略显得意的自我评价。从返回使臣处得知楚材大名后，当年十月，高宗再派金宝鼎、赵瑞章入朝，除上表陈情外，还专门呈交楚材一封书信（实由李奎报草拟），信中有称颂楚材"吹嘘尧舜"语。看来，高丽方面一定看到楚材的和诗，才会对症下药，以求博得楚材好感，减缓蒙古的军事压力。

和武善夫韵二首

其 一

佐主焦劳力已殚，微才安可济时难。

开樽北海希文举[1]，携妓东山笑谢安。

雨露新恩君责重[2]，桑榆老境我年残[3]。

何时致政闾山去[4]，三径依然松菊寒。

其 二

秋霖初霁觉新凉[5]，午夜东山月吐光。

翠竹无心甘晚节[6]，黄花有意助年芳[7]。

忠诚自许一心赤，老境谁怜两鬓霜。

遥忆吾山归未得[8]，故人书简怨东阳。

据《后汉书·孔融传》：孔融性宽容少忌，好士，喜诱益后进。及退闲职，宾客日盈其门。常叹曰："坐上客恒满，尊中酒不空，吾无忧矣。"

据《晋书·谢安传》，谢安隐居会稽东山期间，"虽放情丘壑，然每游赏，必以妓女从"。明代画家郭诩为此作《东山携妓图》。

[注释]

[1]开樽：举杯（饮酒）。北海：汉代诸侯国名，治今山东昌乐县西。文举：孔融表字。因任北海相期间政绩卓著，后世称其为"孔北海"。 [2]雨露：比喻恩泽。 [3]桑榆：比喻晚年；垂老之年。老境：老年时期。 [4]致政：犹致仕。指官吏将执政的权柄归还给君主。闾山：即医巫闾山。 [5]秋霖：秋日的淫雨。霁：雨过天晴。 [6]翠竹：绿竹。晚节：晚年。 [7]年芳：指美好的春色。 [8]吾山：即鱼山，在山东东平。东平为楚材家族食邑所在地。

[点评]

武善夫为金末名画家，元好问有《桃溪图》二首系为其绘画所作。楚材文集与其和诗共有四首，隐逸情调都很浓厚。在这两首诗中，楚材一方面强调对蒙古政权"忠诚自许一心赤"，一方面又以"力已殚""我年残""两鬓霜"表明自己已力不从心。他向往有朝一日能回到家乡，像东晋谢安那样，纵情山水，寄情田园。

赠辽西李郡王[1]

我本东丹八叶花[2]，先生贤祖相林牙[3]。

而今四海归王化[4]，明月青天却一家。

[注释]

[1]辽西：这里指西辽。李郡王：即李世昌。　[2]东丹：这里指东丹王耶律倍。八叶花：意八世孙。　[3]林牙：辽朝官名，意为学士，掌文翰之事。这里指西辽的建立者德宗耶律大石，因其辽末曾任林牙，故有此称。　[4]王化：天子教化。

[点评]

这首诗是楚材赠西辽郡王李世昌所作，李世昌生平前面已介绍。全诗意味简洁明了：我本是东丹王的八世孙，你贤能的祖先则是西辽大石宰相。如今四海统一于蒙古帝国，就好似明月与青天，都是一家人了。

西域尝新瓜

西征军旅未还家，六月攻城汗滴沙。

自愧不才还有幸，午风凉处剖新瓜。

[点评]

这首诗是楚材西征期间所作，新瓜应该是西瓜。楚材西征期间多次提及西域西瓜。如《赠高善长一百韵》，"西瓜大如鼎，半枚已满筐。"再如《西游录》，"八普城西瓜大者五十斤，长耳仅负二枚，其味甘凉可爱。"长耳就是驴子，一头驴子仅能负载两个西瓜，可见其大。农历六月份正是酷暑季节，当时楚材正在西域随成吉思汗攻城略地，在战斗间歇有机会品尝新摘的西瓜，于是写下这首诗。

卷　八

醉义歌

　　辽朝寺公大师者，一时豪俊也。贤而能文，尤长于歌诗，其旨趣高远，不类世间语，可与苏、黄并驱争先耳[1]。有《醉义歌》，乃寺公之绝唱也[2]。昔先人文献公尝译之。先人早逝，予恨不得一见。及大朝之西征也，遇西辽前郡王李世昌于西域，予学辽字于李公[3]，期岁颇习[4]，不揆狂斐[5]，乃译是歌，庶几形容其万一云[6]。

[注释]

　　[1]苏、黄：苏轼与黄庭坚。　　[2]绝唱：指诗文创作上的最

高造诣。　[3]辽字：契丹字。　[4]期岁：一年。　[5]不揆：自谦之词。不自量。狂斐：自谦之词。指狂妄无知者率而操觚或肆言无忌。　[6]庶几：希望；但愿。

[点评]

这是楚材文集中唯一一篇翻译作品的诗序。寺公大师生平不详，从楚材的介绍来看，应是一位擅长用契丹语创作的诗人。辽朝建立后，创制本民族契丹文字，分大小字。金灭辽后，契丹字仍十分流行，直到金章宗明昌二年（1191），才下诏罢契丹字。楚材的父亲耶律履，精通契丹文字，担任国史院书写期间，曾受金世宗命，用契丹小字翻译过《唐史》。从上述诗序看，他还翻译过寺公大师的代表作《醉义歌》，只是没有流传下来，楚材深以为憾。楚材出生后不久，父亲就去世了，紧接着契丹字也被金朝废除，因此他没有机会学习本民族语言。直到参加蒙古西征，来到远离家乡万里之外的西域，结识西辽前郡王李世昌，他才有机会学习契丹语，于是将《醉义歌》译为汉文。王国维《耶律文正公年谱余记》据此断言："是中原契丹文字已少传习，故文正（楚材）于西域习之。然则文正殆可谓通契丹文字最后之一人也。"

苗彦实琴谱序 [1]

古唐栖岩老人苗公 [2]，秀实其名，彦实其字，

博通古今，尤长于《易》。应进士举，两入御闱而不捷[3]，乃拂袖去之[4]。公善于琴事，为当今第一。尝游于京师，士大夫间皆服其高妙[5]。泰和中[6]，诏天下工于琴者，侍郎乔君举之于朝[7]。公待诏于秘书监[8]。

予幼年刻意于琴，初受指于待诏弭大用，每得新谱，必与栖岩商榷妙意[9]，然后弹之。朝廷王公大人邀请栖岩者无虚日。予不得与渠对指传声[10]，每以为恨。壬辰之冬[11]，王师济长河[12]，破潼关[13]，涉京索[14]，围汴梁[15]。予奏之朝廷，索栖岩于南京[16]，得之，达范阳而弃世[17]。

其子兰挈遗谱而来，凡四十余曲。予按之，果为绝声[18]。大率署令卫宗儒之所传也[19]。予令录之，以授后世。有知音博雅君子，必不以予为徒说云。

壬辰仲秋后二日[20]，湛然居士漆水移剌楚才晋卿序。

[注释]

[1]苗彦实：即苗秀实，彦实为其表字，号栖岩老人，平阳人。　[2]古唐：即平阳，今山西临汾。因为传说中的唐尧都城，

"索栖岩于南京"，据《金史·哀宗纪》：开兴元年（**1232**）三月，蒙古使臣入汴梁城内，"书索翰林学士赵秉文、衍圣公孔元措等二十七家，及归顺人家属，蒲阿妻子，绣女、弓匠、鹰人又数十人"。苗秀实大概此次被理索北上。

据元好问《琴辨引》，当熙宗守成之际，惟弄琴为乐而已。琴工卫宗儒者，一日鼓琴，不成声。问之故，曰："山后苦寒，手拮据耳。"即赐之貂鼠帐，炽炭其前，使鼓之。

故名。　[3]御闱：亦作"御围"。殿试的试院。　[4]拂袖：甩动衣袖。谓因不悦而离去。　[5]高妙：指技艺高超。　[6]泰和：金章宗年号（1201—1208）。　[7]侍郎乔君：乔宇，时官礼部侍郎。据元好问《琴辨引》，苗秀实早年从乔宇父乔宸学，又与乔宇同学。　[8]待诏：待命供奉内廷的人。唐代不仅文词经学之士，即医卜技术之流，亦供直于内廷别院，以待诏命。因有医待诏、画待诏等名目。金代在秘书监设楷书、琴、棋、书、阮、象、说话等待诏。秘书监：金官署名，掌图书经籍等。设监（从三品）、少监（正五品）、丞（正六品）、秘书郎（正七品）、校书郎（从七品）等官。附设著作局、笔砚局、书画局、司天台等机构。　[9]商榷：商讨；斟酌。　[10]对指传声：指一起弹琴。　[11]壬辰：1232年。　[12]长河：指黄河。　[13]潼关：关隘名，位于今陕西潼关县北。　[14]京索：今河南荥阳市南部，东起豫龙镇京襄城，西至索河一带。　[15]汴梁：今河南开封。金南京，1214年迁都于此。　[16]南京：即汴梁。　[17]范阳：今河北涿州。弃世：离开人世。　[18]绝声：即绝响，指最高造诣的学问技艺。　[19]大率署令：大率署疑为大乐署之误。在金代，大乐署隶属太常寺，大乐署令（从六品）为其主管官员。　[20]壬辰仲秋后二日：1232年八月二日。

[点评]

苗秀实为金末著名琴手，生平详见本文与元好问《琴辨引》。他幼从乡先生乔宸初授指法，后渐知名。金章宗泰和年间，受乔宸子礼部侍郎乔宇推荐，入朝为待诏。苗秀实入朝时，楚材正在朝任尚书省掾。因苗秀实频受朝廷王公士大夫邀约演奏，楚材没有找到机会向其当面

请教切磋，一直引以为憾。1232年，蒙古围困汴京期间，楚材将苗秀实从围城中索出，可惜的是，苗秀实在当年北上抵达涿州范阳时去世，未能与楚材见上一面。其子苗兰（字君瑞），将苗秀实生前遗谱献于楚材，楚材遂有此序。二十五年后的1257年七月，元好问又为苗秀实作《琴辨引》。

答杨行省书

某再拜，复书于行省阁下[1]：辱书谕及辞位事，请闻奏施行者。

惟圣代之深仁，赏延于世；伟闺门之内助，贵系于夫。故行省李公[2]，虽稽北觐之期，颇著南伐之绩。时不适愿，天弗假年。伏惟阁下，族出名家，世传将种，无儿女子之态，有大丈夫所为。吏民服心，朝廷注意。遂授东台之任[3]，冀舒南顾之忧。今也抑意陈书，引年求退[4]，惧折鼎覆𫗧之患[5]，避牝鸡司晨之讥[6]。虽曰谦尊而光，曷若随时之义。分茅列土[7]，无忘北阙之恩[8]；秣马厉兵[9]，可报西门之役[10]。

今因人回，谨复书以闻。山川辽阔，书简浮

"稽北觐之期"，蒙古对臣属常有"六事"要求，其中第一件事就是君长亲朝。李全集团虽投降蒙古，但在北方汉人世侯中独立性较强，所以没有北上朝觐过蒙古大汗。

"族出名家，世传将种，无儿女子之态，有大丈夫所为"，杨妙真为红袄军将领杨安儿之妹，可谓女中豪杰，善使一杆梨花枪，自称"二十余年梨花枪天下无敌手"。

"分茅列土，无忘北阙之恩；秣马厉兵，可报西门之役"，作者希望杨妙真不要忘记蒙古大汗的恩德与丈夫战死扬州西门外的仇恨，继续效命疆场，与南宋为敌。

沉，比获瞻依^[11]，更希调护^[12]。不宣。

[注释]

[1]行省：这里指行省长官。阁下：古代多用于对尊显的人的敬称。后泛用作对人的敬称。 [2]李公：杨妙真亡夫李全。 [3]东台：这里指杨妙真的官衔"行省"。 [4]引年：谓古礼对年老而贤者加以尊养。后用以称年老辞官。 [5]折鼎覆𫗧（sù）：比喻力不能胜任，必至败事。 [6]牝（pìn）鸡司晨：母鸡报晓。旧时贬喻女性掌权，所谓阴阳倒置，将导致家破国亡。 [7]分茅列土：谓受封为诸侯。古代天子分封诸侯时，用白茅裹着社坛上的泥土授予被封者，象征土地和权力。当时，蒙古政权在中原地区的统治以间接统治为主，中原地区的汉人军阀在本辖区内有较大的自主权，父死子继，兄终弟及，被称为"世侯"。 [8]北阙：指当时位于漠北的蒙古汗廷。 [9]秣马厉兵：喂饱战马，磨快武器，准备战斗。也泛指事前积极的准备工作。 [10]西门之役：指李全1231年战死于扬州西门外。 [11]瞻依：瞻仰依恃。表示对尊长的敬意。 [12]调护：调养护理。

[点评]

这是耶律楚材写给杨妙真的一封回信。杨妙真为金末红袄军首领杨安儿的妹妹，善使枪，人称"杨四娘子"，"妙真"有可能是她皈依全真道后所取。在兄长杨安儿败亡后，杨妙真被部众推举为首领，尊称"姑姑"，后与红袄军另一首领李全结为夫妇，长期割据山东益都一带。李全先是在1218年降南宋，1227年又降蒙古，封"山东淮南楚州行省"（又称"益都行省"），依违于

蒙宋势力之间。宋理宗即位后，李全曾牵涉潘壬、潘丙之乱，后于1231年亲自率军南下攻宋，战死扬州城西门外。李全死后，杨妙真接任行省职位，即"杨行省"。在接到杨妙真请辞（应是准备让位给李全子李璮）信函后，耶律楚材在这封回信中对杨妙真勉励有加，希望她不忘蒙古大汗恩德，整顿军马，南下攻宋，为夫报仇。耶律楚材属蒙宋关系中的鹰派，极力主张对南宋用兵。这封信也透露出耶律楚材对南宋的敌视态度。不过，杨妙真此后还是辞去了行省职务。李璮接任行省后，对蒙古汗廷依然首鼠两端，并不断在暗中扩充势力。元世祖忽必烈即位后，李璮终于在1262年发动叛乱，但很快被元朝平定，李氏在益都长达半个世纪的割据统治宣告结束。

进《西征庚午元历》表 [1]

　　臣楚材言：尧分仲叔，春秋谨候于四方；舜在玑衡，旦暮肃齐于七政。所以钦承天象 [2]，敬授民时 [3]。典谟实六籍之大经 [4]，首书其事；尧舜为五帝之盛主，先务厥猷。皎如日星，记之方册 [5]。由此言之，有国家者，律历之书莫不先也 [6]。是以三代而下，若昔大猷 [7]，遵而奉之，

　　"尧分仲叔，春秋谨候于四方"，源出《尚书·尧典》。尧设官分职，命羲仲、羲叔与和仲、和叔两对兄弟分居四方，观察天象，确立四季。

　　"舜在玑衡，旦暮肃齐于七政"，源出《尚书·舜典》："在璿玑玉衡，以齐七政。"因记载简略，含意难以理解，从汉代起就有星象说与仪器说两种不同看法。

星历之官[8]，代有其人。汉唐以来，其书大备，经元创法，无虑百家。其气候之早晏，朔望之疾徐[9]，二曜之盈衰[10]，五星之伏见[11]，疏密无定，先后不同。盖建立都国而各殊[12]，或涉历岁年之寖远[13]，不得不差也。既差则必当迁就，使合天耳。唐历八徙、宋历九更者，良以此夫！金用《大明》[14]，百年才经一改。此去中原万里，不啻千程，昔密今疏，东微西著，以地遥而岁久，故势异而时殊。

庚辰[15]，圣驾西征，驻跸寻斯干城[16]。是岁五月之望，以《大明》太阴当亏二分，食甚子正，时在宵中。是夜候之未尽，初更月已食矣。而又二月、五月朔，微月见于西南，校之于历，悉为先天[17]。恭惟皇帝陛下德符乾坤，明并日月，神武天锡，圣智夙资，迈唐虞之至仁，追羲轩之淳化[18]，冀咸仁而底义，敬奉天而谨时，重敕行台，旁求儒者。臣鱼虫细物，草芥微人，粗习周孔之遗书，窃慕羲和之陈迹[19]，俎豆之事[20]，靡遑诸已；箕裘之业[21]，敢忘于心。恨无命世之大才，误忝圣朝之明诏。钦

承皇旨，待罪清台[22]，五载有奇，徒旷蓍龟之任[23]；万分之一，聊陈犬马之劳。既校历而觉差，窃效鞏而改作[24]。今演记穷元，得积年二千二十七万五千二百七十岁命庚辰。臣愚以为中元岁在庚午，天启宸衷[25]，决志南伐，辛未之春[26]，天兵南渡，不五年而天下略定，此天授也，非人力所能及也。故上元庚午岁天正十一月壬戌朔，夜半冬至，时加子正，日月合璧，五星联珠，同会虚宿五度，以应我皇帝陛下受命之符也。

臣又损节气之分[27]，减周天之杪[28]，去文终之率，治月转之余，课两耀之后先[29]，调五行之出没[30]，《大明》所失，于是一新，验之于天，若合符契[31]。又以西域、中原，地里殊远，创立里差以增损之[32]，虽东西数万里不复差矣。故题其名曰《西征庚午元历》，以记我圣朝受命之符，及西域、中原之异也。所有历书随表上进以闻。伏乞颁降玄台[33]，以备行宫之用。臣诚惶诚惧，顿首顿首，谨言。

［注释］

[1]庚午：1210 年。　[2]天象：《易·系辞上》："天垂象，见吉凶，圣人象之。"指天空的景象，如日月星辰的运行等。　[3]民时：犹农时。　[4]典谟：《尚书》中《尧典》《舜典》《大禹谟》《皋陶谟》等篇的并称。六籍：即六经。　[5]方册：简牍；典籍。　[6]律历：乐律和历法。　[7]大猷：谓治国大道。　[8]星历：天文历法。　[9]朔望：朔日和望日。旧历每月初一日和十五日。　[10]二曜：亦作"二耀"。指日月。　[11]五星：指水、木、金、火、土五大行星。　[12]都国：国都，都城。　[13]寖远：渐远。　[14]大明：金《大明历》。　[15]庚辰：1220年。　[16]寻斯干城：今乌兹别克斯坦撒马尔罕。　[17]先天：先于天时。　[18]羲轩：伏羲氏和轩辕氏（黄帝）的并称。　[19]羲和：羲氏与和氏的并称。传说尧曾命羲仲、羲叔、和仲、和叔两对兄弟分驻四方，以观天象，并制历法。《尚书·尧典》："乃命羲和，钦若昊天，历象日月星辰，敬授人时。"　[20]俎（zǔ）豆：俎和豆。古代祭祀、宴飨时盛食物用的两种礼器。此谓祭祀，奉祀。　[21]箕裘：喻祖上的事业。耶律履曾著历法，楚材算是子承父业。　[22]清台：古代天文台名。　[23]蓍龟：古人以蓍草与龟甲占卜凶吉，因以指占卜。　[24]效颦：即东施效颦，模仿别人的自谦语。　[25]宸衷：帝王的心意。　[26]辛未：1211年。　[27]节气：我国古代历法，根据太阳在黄道上的位置，将一年划分为二十四节气。每段开始的一日为节名。　[28]周天：谓绕天球大圆一周。天文学上以天球大圆三百六十度为周天。　[29]两耀：即两曜，指日、月。　[30]五行：水、火、木、金、土五星。　[31]符契：符合。　[32]里差：耶律楚材对时差的定义。　[33]玄台：指司天台。

[点评]

楚材父耶律履曾编《乙未历》，因此对楚材而言，天文历法可谓渊源有自的家学。西征驻寻斯干期间，楚材发现用金《大明历》推算出应在某时某刻出现的月食，在当地竟会延迟出现，因而意识到把中原历法直接用于万里之外的西域，恐不合适，于是在《西征庚午元历》中提出了一个全新的概念"里差"，以此弥补由于东西距离过远而造成的天象发生的时间差。就今天而言，"里差"概念的提出，实际上是对不同地理经度引起的地方时差作出的数值修正。《西征庚午元历》奏上后，没有受到当局重视。主要内容收载于《元史·历志八》与《历志九》。

《西游录》序

古君子南逾大岭[1]，西出阳关[2]，壮夫志士，不无销黯[3]。予奉诏西行数万里，确乎不动心者，无他术焉，盖汪洋法海涵养之效也[4]。故述《辨邪论》以斥糠莩[5]，少答佛恩。戊子[6]，驰传来京，里人问异域事，虑烦应对，遂著《西游录》以见予志，其间颇涉三圣人教正邪之辨[7]。

有讥予之好辨者，予应之曰：《鲁语》有云[8]："必也正名乎！"[9]又云："思无邪。"[10]

"其间颇涉三圣人教正邪之辨"，这里，作者开宗明义，指出撰写《西游录》的目的除介绍随成吉思汗西征的见闻外，主要是阐明三教正邪之辨。

是正邪之辨不可废也。夫杨朱、墨翟、田骈、许行之术[11]，孔氏之邪也；西域九十六种[12]，此方毗卢、糠、瓢、白经、香会之徒[13]，释氏之邪也；全真、大道、混元、太一、三张左道之术[14]，老氏之邪也。至于黄白金丹导引服饵之属，是皆方技之异端，亦非伯阳之正道[15]。畴昔禁断，明著典常。第以国家创业，崇尚宽仁，是致伪妄滋彰，未及辨正耳。古者嬴秦燔经坑儒[16]，唐之韩氏排斥释老[17]，辨之邪也；孟子辟杨、墨[18]，予之黜糠、丘[19]，辨之正也。予将刊行之，虽三圣人复生，必不易此说矣。

己丑元日[20]，湛然居士漆水移剌楚才晋卿叙[21]。

点明儒释道三教，以及三教之辨的正邪之分。

[注释]

[1]大岭：指以五岭（越城岭、都庞岭、萌渚岭、骑田岭、大庾岭）为主的南岭。 [2]阳关：古关名，遗址位于甘肃敦煌西南古董滩附近。 [3]销黯：犹言黯然销魂。 [4]法海：佛教语。喻佛法。谓佛法深广如海。 [5]糠孽：即糠禅，对大头陀教的蔑称。 [6]戊子：1228 年。 [7]三圣人教：即儒释道三教。 [8]鲁语：这里指《论语》，因孔子出自鲁国，故称《论语》为《鲁语》。 [9]必也正名乎：指必须按照正统伦理观念来端正

纲纪名分。语出《论语·子路》。　[10]思无邪:指心无邪意;心归纯正。语出《论语·为政》。　[11]杨朱、墨翟、田骈、许行:杨朱主张"为我""贵己""重生",为战国道家杨朱学派创始人。墨翟主张"兼爱""非攻",为战国墨家学派创始人与主要代表人物。田骈为战国稷下黄老之学代表人物。许行为战国农学思想家。孟子曾与其学说有过交锋,斥其"南蛮鴃舌之人,非先王之道","从许子之道,相率而为伪者也,恶能治国家?"(《孟子·滕文公上》)　[12]西域九十六种:佛教经论中举西域外道有九十五种与九十六种之说。　[13]毗卢、糠、瓢、白经、香会:均为当时出现的佛教异端,其中毗卢有可能为密教,糠即糠禅(大头陀教),瓢为瓢禅,白经为白衣经会,香会为白莲教。　[14]全真、大道、混元、太一、三张:全真、大道、太一均为当时出现的新道教,混元不详,三张(张陵、张衡、张鲁)指江西龙虎宗正一道。　[15]伯阳:道家学派创始人李耳的表字。　[16]嬴秦燔经坑儒:指秦始皇焚书坑儒。　[17]唐之韩氏排斥释老:指韩愈排斥佛道。　[18]杨、墨:即杨朱、墨翟。二人学说在当时影响很大,孟子评价说:"杨朱、墨翟之言盈天下,天下之言不归杨,则归墨。杨氏为我,是无君也;墨氏兼爱,是无父也。无父无君,是禽兽也。"(《孟子·滕文公下》)　[19]糠、丘:糠指糠孽、糠禅,即头陀教。丘指全真道领袖丘处机。　[20]己丑:1229年。　[21]湛然居士漆水移剌楚才晋卿:湛然居士为楚材号,漆水为辽耶律氏郡望,移剌楚才即耶律楚材,晋卿为楚材表字。

[点评]

《西游录》与《长春真人西游记》并为研究13世纪上半期西域历史地理的重要著作。此书长期以来仅存上半部分数百字的内容,下半部分有关抨击丘处机全真道

的言辞，仅能从《至元辨伪录》等书见其大概。二十世纪初，日本学者神田喜一郎（神田信畅）在东京宫内省图书寮发现此书足本，影印出版。后引入国内，由中华书局出版向达先生校注本。从序言与全书内容看，耶律楚材写作的目的不单纯是应付友人对西域经历的问询，而主要是向丘处机及全真道发难。其中，前半部分简介耶律楚材的西行路线与见闻，后半部分大部篇幅则列举对丘处机的"十不许"即十大不满。

《辨邪论》序

夫圣人设教立化[1]，虽权实不同[2]，会归其极[3]，莫不得中。凡流下士[4]，唯务求奇好异，以眩耳目。噫！中庸之为德也[5]，民鲜久矣者，良以此夫！

点明三教立教宗旨不走极端。

吾夫子云："中人以下，不可以语上也。"[6]老氏亦谓："下士闻道大笑之。"[7]释典云："无为小乘人而说大乘法。"[8]三圣之说不谋而同者，何哉？盖道者易知易行，非掀天拆地，翻海移山之诡诞也[9]，所以难信难行耳。举世好乎异，罔执厥中[10]，举世求乎难，弗行厥易。致使异端

邪说乱雅夺朱[11]，而人莫能辨。悲夫！吾儒独知杨、墨为儒者患，辨之不已，而不知糠孽为佛教之患甚矣。不辨犹可，而况从而和之，或为碑以纪其事，或为赋以护其恶。噫！天下之恶一也，何为患于我而独能辨之，为患于彼而不辨，反且羽翼之[12]，使得遂其奸恶。岂吾夫子忠恕之道哉！党恶佑奸，坏风伤教，千载之下，罪有所归。彼数君子曾不扪心而静思及此也邪！

予旅食西域且十年矣，中原动静寂然无闻。迩有永安二三友以北京讲主所著《糠孽教民十无益论》见寄[13]，且嘱予为序。予再四绎之，辨而不怒，论而不缦，皆以圣教为据，善则善矣，然予辞而不序焉。予以谓昔访万松老师以问糠孽邪正之道，万松以予酷好属文，因作《糠禅赋》见示。予请广其传，万松不可。予强为序引以行之。至今庸民俗士谤归于万松，予甚悔之。今更为此序，则又将贻谤于讲主者也。谨以万松、讲主之余意，借儒术以为比，述《辨邪论》以行世。有谤者予自当之，安可使流言饰谤污玷山林之士哉[14]！后世博雅君子，有知我者，必不以予为

三教之道易知易行，可因不少传播者标新立异，剑走偏锋，却变得难信难行。糠孽大力提倡头陀苦行，实际上是一种异端，可却不为人所知。

点明作者著述缘由。以前作者曾为老师万松《糠禅赋》作序，万松因而受到牵连，最近又受邀为北京讲主《糠孽教民十无益论》作序，深恐又会对著者产生不利，作者思之再三，索性自己著书立言，担当责任。

嗫嚅云。

乙酉日南至[15]，湛然居士漆水移剌楚才晋卿叙于西域瀚海军之高昌城[16]。

[注释]

[1]设教立化：犹言设立政教风化。　[2]权实：本佛教语。谓佛法之二教，权教为小乘说法，取权宜义，法理明浅；实教为大乘说法，显示真要，法理高深。这里泛指权宜与真要。　[3]会归其极：语出《尚书·洪范》："会其有极，归其有极。"谓皆有其准则。　[4]凡流下士：凡流指平凡之人；庸俗之辈。下士指才德差的人。　[5]中庸：不偏叫中，不变叫庸。也是儒家的政治、哲学思想。主张待人、处事不偏不倚，无过无不及。　[6]中人以下，不可以语上也：语出《论语·雍也篇》。　[7]下士闻道大笑之：语出《道德经》第四十一章。　[8]无为小乘人而说大乘法：小乘与大乘为佛教前后两大派别。早期佛教注重修行、持戒，以求得"自我解脱"。公元一世纪左右，佛教中出现了主张"普度众生"的新教派，自称"大乘"，而称原有的教派为"小乘"。　[9]诡诞：怪异荒诞。　[10]罔执厥中：《尚书·大禹谟》："人心惟危，道心惟微，惟精惟一，允执厥中。"其中允执厥中谓言行符合不偏不倚的中正之道。罔执厥中则为其反义，指言行偏颇，好走极端。　[11]乱雅夺朱：或作夺朱乱雅，语出《论语·阳货》："恶紫之夺朱也，恶郑声之乱雅乐也。"后世喻以邪代正，以异端充正理。　[12]羽翼：维护；庇护。　[13]永安，指今北京。北京：指北京大定府，金五京之一，位于今内蒙古宁城县。讲主：指升座讲经说法的高僧。　[14]山林之士：隐居之士。　[15]乙酉：1225 年。日南至：即冬至。　[16]瀚海军：唐军镇戍所名，治所

与北庭都护府同为一地，位于今新疆吉木萨尔县北后堡子之破城子。唐德宗贞元六年（790）吐蕃占据北庭后废置。故址宋元以后为别失八里。

[点评]

金朝统治下的中国北方地区，出现了很多新的佛教派别，其中天会六年（1128）由保定刘纸衣创建的头陀教影响甚广。头陀教尊奉弥勒，主修头陀苦行，崇尚节俭寡欲，不仅在民间风靡一时，在士人中也有很大市场。但因其苦行与禅门修心的主张不同，为禅宗正统所不容，被斥为"糠禅"或"糠孽"。耶律楚材的师傅万松行秀曾因其请益作《糠禅赋》，耶律楚材强行为作序引以广其传，结果万松行秀为此得罪官府，一度被投入监狱。在读到北京讲主《糠孽教民十无益论》后，耶律楚材虽极为欣赏，可因老师的前车之鉴，没有贸然答应作序（以后又作序），而是从儒学角度，以杨墨（杨朱、墨翟）为儒学之患，喻头陀教为佛教之患，自行撰文挞伐头陀教，于1225年撰成《辨邪论》刊行。

寄赵元帅书

楚才顿首，白君瑞元帅足下[1]：

未审迩来起居何如[2]。昔承京城士大夫数书发扬清德[3]，言足下有安天下之志，仍托仆为先

容[4]。仆备员翰墨，军国之事非所预议，然行道泽民亦仆之素志也，敢不鞭策驽钝，以羽翼先生之万一乎！仆未达行在[5]，而足下车从东旋，仆甚怏怏[6]。

赵君瑞与作者，一为请托者，一为受托者，二人地位悬殊高下立判。

夫端人取友必端矣[7]，京城楚卿、子进、秀玉辈[8]，此数君子皆端人也，推扬足下[9]，谈不容口[10]，故知足下亦端人已。然此，仆于足下少有疑焉。若夫吾夫子之道治天下，老氏之道养性，释氏之道修心，此古今之通议也。舍此以往，皆异端耳。君之尊儒重道，仆尚未见于行事，独观君所著《头陀赋序》，知君轻释教多矣。

作者在夸赞赵君瑞为正人君子的同时，又点明其可疑之处。

夫糠孽乃释教之外道也[11]。此曹毁像谤法，斥僧灭教，弃布施之方[12]，杜忏悔之路[13]，不救疾苦，败坏孝风，实伤教化之甚者也。昔刘纸衣扇伪说以惑众[14]，迨今百年，未尝闻奇人异士羽翼其说者。

指出头陀教离经叛道的种种表现。

夫君子之择术也，不可不慎。今君首倡序引，党护左道[15]，使后出陷邪歧[16]，堕恶趣[17]，皆君启之也。千古遗耻，仆为君羞之。糠孽异端也，辄与佛教为比。万松辨赋，甘泉劝书，反以孟浪

巨蠹之言处之。以此行己化人，仆不知其可也。仆谓足下轻释教者，良以此也。

夫于所厚者薄，无所不薄。君既轻释教，则儒道断可知已。君之于释教则重糠孽，于儒道则必归杨、墨矣。行路之人，皆云足下吝啬，故奉此曹，图其省费故也。昔诸士大夫书来，咸谓足下以济生灵为心，且吾夫子之道以博施济众为治道之急。诚如路人所说，则吾夫子之道亦不可行矣，又将安济生灵乎！又君序《头陀赋》云："冀请宗师祈冥福[18]，以利斯民。"足下民之仪表也，崇重糠孽，毁斥宗师，将使一郡从风渐化，断知斯民罪恶日增矣，又将安以利斯民乎！仆谨撰《辨邪论》以寄，幸披览之。更请涉猎藏教，稽考儒书，反复参求[19]，其邪正之岐不足分矣。

仆素知君为邪教所惑，亦未敢劝谕。君不以仆不才，转托诸士大夫万里相结为友，故敢以区区忠告。《易》曰："方以类聚，物以群分。"[20]《经》云："士有争友，故身不离于令名。"[21] 若知而不争，安用友为！若所尚不同，安可为友！或万一容纳鄙论，便请杜绝此辈，毁《头陀赋》

点明赵君瑞庇护头陀教的种种不是。

作者这句话说得很刻薄。

板，以雪前非。如谓仆言未当，则请于兹绝交。

夏暑，比平安好，更宜以远业自重。区区不宣。

这句话暗含杀机，恐赵君瑞无法承受得了，除听从外别无他法。

[注释]

[1] 足下：古代下称上或同辈相称的敬词。　[2] 迩来：犹近来。　[3] 清德：高洁的品德。　[4] 先容：事先为人介绍、推荐或关说。　[5] 行在：指天子所在的地方。　[6] 怏怏：闷闷不乐的神情。　[7] 端人：正直的人。　[8] 楚卿、子进、秀玉：分别为孙周、李进、陈时可的表字，三人均为前金官员，与耶律楚材相识，当时寓居燕京。　[9] 推扬：推崇颂扬。　[10] 谈不容口：犹言赞不绝口。　[11] 外道：佛教徒称本教以外的宗教及思想为外道，亦泛指不合于正道的论说、法则等。　[12] 布施：佛教传入中国后，以"布施"为梵文 Dana（檀那）的意译词，故特指向僧道施舍财物或斋食。　[13] 忏悔：佛教语。梵文 ksama，音译为"忏摩"，省略为忏，意译为悔，合称为"忏悔"。佛教规定，出家人每半月集合举行诵戒，给犯戒者以说过悔改的机会。后遂成为自陈己过、悔罪祈福的一种宗教仪式。　[14] 刘纸衣：宋金之际保定人，生于北宋绍圣二年（1095），金天会六年（1128）始创建头陀教。　[15] 党护左道：袒护邪门旁道。　[16] 邪歧：邪门歧路。　[17] 恶趣：即恶道，不正之道。　[18] 冥福：谓死者在阴间所享之福。　[19] 参求：参验寻求。　[20] 方以类聚，物以群分：语出《周易·系辞上》，原指各种方术因种类相同聚在一起，各种事物因种类不同而区分开。后指人或事物按其性质分门别类各自聚集。　[21] 士有争友，故身不离于令名：语出《孝经·谏诤》，意为士人身边有敢于直言劝谏的朋友，那么他就能

保持美好的名声。

[点评]

燕京是头陀教传播的重要地区。元帅赵君瑞（君瑞应是其表字，名不详）是一位崇奉头陀教的燕京地方官，曾为燕京士人所做《头陀赋》撰写序言，对头陀教在燕京地区的传播推波助澜。听说耶律楚材在成吉思汗身边极受崇信，为巴结耶律楚材，赵君瑞委托燕京儒士孙周、李进、陈时可等人去信引荐自己。耶律楚材早听说过赵君瑞与头陀教的密切关系，回信寒暄后，先扬后抑，先是夸赞赵君瑞为端人，然后有针对性地对其大力扶植头陀教的行为进行了谴责，最后并以绝交相威胁。

万松老人《评唱天童觉和尚颂古从容庵录》序

昔予在京师时，禅伯甚多[1]，惟圣安澄公和尚神气严明，言词磊落，予独重之。故尝访以祖道[2]，屡以古昔尊宿语录中所得者扣之澄公[3]。间有许可者，予亦自以为得。及遭忧患以来，功名之心束之高阁，求祖道愈亟，遂再以前事访诸圣安。圣安翻案[4]，不然所见。予甚惑焉。圣安从容谓予曰："昔公位居要地，又儒者多不谛

信佛书[5]，惟搜摘语录以资谈柄[6]，故予不敢苦加钳鎚耳[7]！今揣君之心，果为本分事以问予，予岂得犹袭前愆，不为苦口乎[8]！予老矣，素不通儒，不能教子。有万松老人者，儒释兼备，宗说精通[9]，辨才无碍[10]，君可见之。”

予既谒万松，杜绝人迹，屏斥家务，虽祁寒大暑[11]，无日不参。焚膏继晷[12]，废寝忘餐者几三年。误被法恩，谬膺子印，以湛然居士从源目之。其参学之际，机锋罔测[13]，变化无穷，巍巍然若万仞峰莫可攀仰，滔滔然若万顷波莫能涯际[14]。瞻之在前，忽焉在后，回视平昔所学，皆块砾耳[15]！噫！登东山而小鲁，登泰山而小天下者，岂虚语哉[16]！其未入阃域者闻是语[17]，必谓予志本好异也。惟屏山、闲闲其相照乎[18]！尔后奉命赴行在，扈从西征，与师相隔不知其几千里也。师平昔法语偈颂，皆法□隆公所收[19]，今不复得其稿。

吾宗有天童者[20]，《颂古》百篇，号为绝唱[21]，予坚请万松评唱是颂，开发后学[22]。前后九书，间关七年[23]，方蒙见寄。予西域伶仃

“孔子登东山而小鲁，登泰山而小天下”，语出《孟子·尽心上》，意思是孔子登上东山后，便觉得鲁国变小了，登上泰山后，便觉得天下都变小了。借指人的格局、境界得到很大提升。

数载，忽受是书，如醉而醒，如死而苏，踊跃欢呼，东望稽颡[24]，再四披绎[25]，抚卷而叹曰："万松来西域矣！"其片言只字，咸有指归，结款出眼[26]，高冠古今，是为万世之模楷，非师范人天，权衡造化者，孰能与于此哉！予与行宫数友，旦夕游泳于是书[27]，如登大宝山，入华藏海[28]，巨珍奇物，广大悉备，左逢而右遇，目富而心饫[29]，岂可以世间语言形容其万一耶！予不敢独擅其美，思与天下共之。京城惟法弟从祥者与仆为忘年交，谨致书请刊行于世，以贻来者。乃序之曰……

甲申中元日[30]，漆水移剌楚才晋卿叙于西域阿里马城[31]。

[注释]

[1]禅伯：对有道僧人的尊称。 [2]祖道：指佛祖正道。 [3]尊宿：指年老而有名望的高僧。 [4]翻案：泛指推翻原来的评价、结论、处分等。 [5]谛信：确信。 [6]谈柄：谈话的资料。[7]钳鎚：又作钳锤，铁钳和铁锤。比喻严格的训练，严厉的教诲。 [8]苦口：不辞烦劳地再三规劝。 [9]宗说精通：通达堂奥之宗旨者称宗通；能面对大众自在说法教化者称说通。又作宗说俱通。 [10]辨才：佛教语。谓善于宣讲佛法之才。辨，通

"辩"。　[11]祁寒大暑：严冬酷暑。　[12]焚膏继晷：膏，油脂之属，指灯烛。晷，日光。后以"焚膏继晷"形容夜以继日地勤奋学习、工作等。　[13]机锋：佛教禅宗用语。指问答迅捷锐利、不落迹象、含意深刻的语句。　[14]涯际：边际。此处用作动词，意为寻到边际。　[15]块砾：破碎的石块，比喻没有价值的东西。　[16]虚语：假话；空话。　[17]阃（kǔn）域：境地；境界。　[18]屏山、闲闲：屏山即李纯甫，闲闲即赵秉文。　[19]法□隆公：指楚材法兄、万松弟子东林志隆。　[20]天童：天童正觉（1091—1157），宋曹洞宗高僧。丹霞子淳法嗣。其禅风称默照禅，与宗杲之看话禅相比照，即不采用公案，而主张以坐禅获致内在自由之境地。　[21]绝唱：指诗文创作上的最高造诣。　[22]开发：启发；开导。　[23]间关：犹辗转。　[24]稽颡（sǎng）：古代一种跪拜礼，屈膝下拜，以额触地，表示极度的虔诚。　[25]披绎：披阅寻绎。　[26]出眼：犹显眼。　[27]游泳：涵濡；浸润。　[28]华藏：亦作"华臧"。佛教语。莲华藏世界（或华藏世界）的略称。　[29]心饫：饫为足、饱之意。心饫喻心满意足。　[30]甲申中元日：1224 年七月十五。　[31]阿里马城：又作阿力麻里，今新疆伊犁霍城西北。

[点评]

　　楚材此序首先介绍了自己与万松行秀的师生渊源，指出大圣安寺澄公和尚为其引路人，正是在其极力引荐下，楚材才拜万松行秀为师，开始其参禅生涯。《从容庵录》凡六卷，是万松行秀为曹洞宗天童正觉《颂古》百则所作评唱。为完成此书，万松行秀曾闭关九年，七易其稿。这部著作继承了宗密思想中儒释会通的一面，征

引大量佛学公案典故，解释与阐发正觉《颂古》奥义。

燕京崇寿禅院故圆通大师朗公碑铭

师讳祖朗，姓李氏，蓟州渔阳人[1]。九岁出家，礼燕京大圣安寺圆通国师为师[2]。大定十三年[3]，京西弘业寺受具[4]。至二十一年改弘业为大万安禅寺，有司承制[5]，师充知事[6]。厥后拂衣驻锡圣安[7]，复为举充监寺[8]。崇寿禅院者，实圆通国师退老之旧居也。以师为宿旧之最[9]，承安间坚请师为宗主住持[10]，一历十稔。又奉敕选香林禅寺开山提点[11]，凡三载，敕赐总持大德[12]，答其勤也。既而崇寿复请住持，载阅五春。贞祐间[13]，奉敕改赐今号。度门徒凡十有一人，咸有肖父之风焉。师前后辅翼丛林[14]，不惮艰苦，让功责己，潜德密行，不可概举。

师以壬午之仲冬十有四日示寂于崇寿[15]，僧腊五十三[16]，俗寿七十四。师将顺世[17]，预召其属徒[18]，笑谓曰："生缘我将尽矣[19]。"属徒退而相谓曰："师神色自若，若无他疾，安得

遽有是事耶！"后七日，师命侍僧执笔代书颂云："咄遮皮袋[20]，常为患害。继祖无能，念佛有赖。来亦无来，去亦无碍。四大各离，一时败坏。"且道："还有不败坏者么？"良久云："浮云散尽月升空，极乐光中常自在。"语竟，乃闭目跏趺而寂[21]。于是遝迩缁素[22]，吊祭如云，嘉声远震[23]，愈光于生前矣。其弟子辈瘗灵骨于师翁灵塔之左[24]，去京城之南可二里许。

丁亥之冬[25]，予奉诏搜索经籍，驰传来京[26]。有庵主志奥者，师之受戒弟子也，晚得法于圣安澄公圆照大禅师。以仆素与朗师善，属予求碑铭。仆素爱师之纯古洒落[27]，与之游者久矣。师尝云："予晚节愈坚于持诵，日念弥陀圣号数万声方止[28]。譬如抱河梁而浴[29]，又何害焉！"今闻师之寂也，七日预知时至，雅符龙猛祖师之证[30]，无乃持诵之验欤！噫，圣人岂欺我哉！岂欺我哉！

万松老人为宗门之大匠，四海之所式范，素慎许可，尝赞师之真[31]，曰："德誉燔沉[32]，灵骨铿金，讷于言而敏于行，璞其貌而玉其心。救

语出《论语·里仁》："君子讷于言而敏于行。"

选提封于国寺，天资饱练于禅林。子徒知寒蝉将蜕[33]，尚衮余吟[34]，吾以为升圆通之堂者，稽古依然接武于方今云[35]。"万松见许如是，人可知已。仆闻师侍从圆通国师最久，而又临终之际，超然自在，疑必得法于国师，或因缘未合，或受国师密训，不令出世[36]，亦石霜素侍者之俦侣欤[37]！崇寿禅院方丈、法堂、丛林制度，一如圣安师久据而不请禅伯住持者，亦犹素侍者平欺老黄龙，下视兜率悦之意欤[38]！予恐后世明眼人责备于贤者，累师之重德[39]，故雪之于此。后之子孙，当干父之蛊，无蹈前辙，以玷师之高名焉。

湛然居士再拜而作铭曰……

庚寅年六月望日[40]。

[**注释**]

[1]蓟州渔阳：今天津蓟州区。　[2]圆通国师：法名广善，金代云门宗高僧，为金世宗、章宗、卫绍王三朝国师，地位崇高。　[3]大定十三年：1173年。　[4]弘业寺：即北京广安门外北天宁寺。始建于北魏孝文帝时期，初名光林寺。隋仁寿二年（602）改名弘业寺。唐开元年间曾改名天王寺。金大定二十一年（1181）改名大万安禅寺。　[5]承制：谓秉承皇帝旨意而

便宜行事。　[6]知事：僧职。掌管僧院事务。　[7]驻锡：僧人出行，以锡杖自随，故称僧人住止为驻锡。　[8]监寺：佛寺中主持寺务之僧。地位次于方丈。　[9]宿旧：长者；年长有德之人。　[10]承安：金章宗年号（1196—1200）。　[11]开山：首次住持。　[12]大德：佛家对年长德高僧人或佛、菩萨的敬称。梵语为"婆檀陀"（bhadanta）。　[13]贞祐：金宣宗年号（1213—1217）。　[14]丛林：佛教多数僧众聚居的处所。　[15]壬午：1222年。仲冬：农历十一月。　[16]僧腊：僧尼受戒后的年岁。　[17]顺世：佛教称僧徒逝世。　[18]属徒：亦作"徒属"。门徒；下属。　[19]生缘：佛教语。尘世的缘分。　[20]咄：感叹词。遮：代词，相当于"这"。皮袋：皮制的袋。借喻人畜的躯体。犹言臭皮囊。　[21]跏趺（jiā fū）：佛教中修禅者的坐法。两足交叉置于左右股上，称"全跏坐"。或单以左足押在右股上，或单以右足押在左股上，叫"半跏坐"。据佛经说，跏趺可以减少妄念，集中思想。　[22]遐迩：亦作"遐尔"。远近。缁素：指僧俗。僧徒衣缁，俗众服素，故称。　[23]嘉声：美好的声誉。　[24]灵骨：指佛舍利。灵塔：即宝塔。　[25]丁亥：1227年。　[26]驰传：驾驭驿站车马疾行。　[27]洒落：洒脱飘逸，不拘束。　[28]弥陀：阿弥陀佛。　[29]河梁：桥梁。　[30]龙猛祖师：即龙树菩萨。著名的大乘佛教论师，中观学派创始人，以《中论》及《大智度论》最为著称。　[31]真：写真，画像。　[32]德誉：美好的声誉。　[33]寒蝉：蝉的一种。又称寒螀、寒蜩。较一般蝉为小，青赤色。　[34]袅：形容声音婉转悠扬。　[35]接武：步履相接。前后相接；继承。　[36]出世：指首次担任住持。　[37]石霜：石霜楚圆（986—1039）。侍者：佛门中侍候长老的随从僧徒。俦侣：伴侣；朋辈。　[38]兜率：梵语音译。佛教谓天分许多层，第四层叫兜率天。它的内院是弥勒菩萨的净土，外院是天上众生

所居之处。　[39]重德：大德；厚德。　[40]庚寅年六月望日：1230年六月十五日。

[点评]

　　祖朗是云门宗僧人，为大圣安寺圆通国师广善弟子。楚材早年同广善弟子澄公与祖朗关系都很密切。祖朗圆寂五年后，受戒弟子志奥始请楚材撰写碑铭，又三年铭文完成。铭文历数祖朗生平道行业绩及时人评价。云门宗自慈觉宗赜起即大力提倡弥陀净土信仰，铭文提到祖朗晚年每天坚持口诵阿弥陀佛佛号数万遍，反映出禅净合一观念在当时的普及。北宋灭亡后，北方云门宗的文献记载寥若晨星，楚材铭文为我们了解金代云门宗提供了宝贵的参考资料。

贫乐庵记

　　三休道人税居于燕城之市[1]，榜其庵曰贫乐。有湛然居士访而问之曰：“先生之乐可得闻欤？”曰：“布衣粝食[2]，任天之真[3]。或鼓琴以自娱，或观书以自适。咏圣人之道，归夫子之门。于是息交游，绝宾客，万虑泯绝，无毫发点翳于胸中[4]。其得失之倚伏[5]，兴亡之反覆，

初不知也。吾之乐良以此耳。"曰："先生亦有忧乎？"曰："乐天知命，吾复何忧？"

居士进曰："予闻之，君子之处贫贱富贵也，忧乐相半，未尝独忧乐也。夫君子之学道也，非为己也，吾君尧舜之君，吾民尧舜之民，此其志也。使一夫一妇不被尧舜之泽者，君子耻诸。是故君子之得志也，位足以行道，财足以博施，不亦乐乎！持盈守谦[6]，慎终如始[7]，若朽索之驭六马[8]，不亦忧乎！其贫贱也，卷而怀之，独洁一己，无多财之祸，绝高位之危，此其乐也。嗟流俗之未化，悲圣道之将颓，举世寥寥无知我者，此其忧也。先生之乐，知所谓矣；先生之忧，不其然乎？"道人瞪目而不答。

居士笑曰："我知之矣。夫子以谓处富贵也，当隐诸乐而形诸忧；处贫贱也，必隐于忧而形诸乐。何哉？第恐不知我者[9]，以为洋洋于富贵[10]，戚戚于贫贱也[11]。"道人曰："他人有心，予忖度之[12]，吾子之谓矣。请以吾子之言以为记。"

丙子日南至[13]，湛然居士漆水移剌楚才晋

卿题。

[注释]

[1]税居:租赁房屋。　[2]布衣粝食:穿布制的衣服,吃粗恶的饭食。　[3]任天之真:不受礼俗拘束。　[4]点翳:污浊;阴影障蔽。　[5]倚伏:意谓祸福相因,互相依存,互相转化。倚,依托;伏,隐藏。　[6]持盈守谦:意指富贵极盛之时,保持谦逊的态度。　[7]慎终如始:结束时要慎重,就如同开始时一样。指做事从头到尾都小心谨慎。语出《老子》:"慎终如始,则无败事。"　[8]朽索之驭六马:意指用腐朽的绳索驾驭奔驰的骏马。语出《尚书·五子之歌》:"予临兆民,懔乎若朽索之驭六马。"形容倾覆的危险十分严重,比喻临事虑危,时存戒惧。　[9]第恐:只怕。表示拟测。　[10]洋洋:自得貌;喜乐貌。　[11]戚戚:忧惧貌;忧伤貌。　[12]忖度:推测,揣度。　[13]丙子日南至:丙子为1216年,日南至即冬至。

[点评]

《贫乐庵记》完成于燕京被蒙古占领后的第二年,此时楚材虽已遁入空门,可心中依然怀有致主泽民的志向,即所谓"吾君尧舜之君,吾民尧舜之民,此其志也"。作者以询问三休道人的忧乐为引子,然后结合财富地位阐明自己的忧乐观,认为无论贫贱富贵,都应"忧乐相半"。接下来,作者又详细阐述了忧乐的具体表现。文章写法上非常有特色,通篇采用问答形式,逻辑严密,环环相扣,文字简洁,条理清晰,虽文字不多,可寓意深远。

燕京大觉禅寺创建经藏记

辽重熙、清宁间[1]，筑义井精舍于开阳门之郭[2]，傍有古井，清凉甘滑[3]，因以名焉。金朝天德三年[4]，展筑京城[5]，仍开阳之名为其里。大定中[6]，寺僧善祖有因缘力[7]，道俗归向者众[8]，朝廷嘉之，赐额大觉。贞祐初[9]，天兵南伐，京城既降，兵火之余，僧童绝迹[10]，官吏不为之恤，寺舍悉为居民有之。

戊子之春[11]，宣差刘公从立与其僚佐高从遇辈[12]，疏请奥公和尚为国焚修[13]，因革律为禅[14]。奥公罄常住之所有[15]，赎换寮舍[16]，悉隶本寺，稍成丛席[17]，可容千指[18]。瑞像殿之前[19]，无垢净光佛舍利塔在焉[20]，残缺几仆。提控李德者[21]，素党于糠麧[22]，不信佛教，至是改辙[23]，施财完葺其塔[24]。继有提控晋元者，施蔬圃一区[25]，于寺之南，以给众用，糊口粗给[26]。庚寅之冬[27]，刘公以状闻朝廷，招提院所贮余经一藏，乞迁于本寺安置，许之。于是奥公转化檀越[28]，创建壁藏斗帐龙龛一周[29]，凡

《金史·海陵本纪》：天德三年三月"壬辰，诏广燕城，建宫室"，"四月丙午，诏迁都燕京。"

二十架，饰之以金，绘之以彩，穷工极巧，焕然一新，计所费之直，白金百笏[30]。

能事告成[31]，累书请湛然居士为记。余慨然曰：昔者圣人之藏书也，贮之以金匮[32]，写之于琬琰[33]，重道尊书，以示于将来也。浮屠氏之建宝藏者[34]，亦犹是乎！吾夫子删《诗》定《书》，明《礼》赞《易》，六经之下，流为诸子，《春秋》以降，散为史书，较其卷轴，不为不多矣。兵革以来，率散落于尘埃中。吾儒得志于时者，曾无一人为之裒集[35]，置之净室，安之宝架，岂止今日也哉！承平之世[36]，间有儒冠率集士民[37]，修葺宣圣之庙貌者，曾未卒功，已为有司纠劾矣，且以擅兴之罪罪之。噫！吾道衰而不振者，良以此夫！昔雪岩示寂于王山时[38]，万松老人方应诏住持仰崤[39]，讣问既至，不俟驾而行，遇完颜子玉诸涂[40]。子玉叹曰："士人闻受业之师物故也[41]，虽相去信宿之地[42]，未闻躬与其祭者，岂有千里奔丧者耶！佛祖之教，源远流长者，有自来矣。"子玉屡以此事语及士大夫。今奥公禅师非为子孙计，无取功名心，汲

汲皇皇丐乞于道路[43]，惟以佛宫秘藏为务，可谓不忘本矣。余已致书于诸道士大夫之居官守者[44]，各使营葺宣父之故宫[45]，亦由奥公激之也云。

癸巳中秋日记[46]。

[注释]

[1]重熙：辽兴宗年号（1032—1054）。清宁：辽道宗年号（1055—1064）。 [2]开阳门：辽南京析津府东南门。 [3]甘滑：鲜美柔滑。 [4]天德三年：天德为金海陵王年号（1149—1152），天德三年为1151年。 [5]展筑：扩建。 [6]大定：金世宗年号（1161—1189）。 [7]因缘：佛教语。佛教谓使事物生起、变化和坏灭的主要条件为因，辅助条件为缘。 [8]归向：皈依，趋附。 [9]贞祐：金宣宗年号（1213—1216）。 [10]僧童：僧即僧人，童即童行，特指出家尚未取得度牒的少年。 [11]戊子：1228年。 [12]宣差：原意为帝王派遣的使者，在当时一般指达鲁花赤。刘公从立：疑为刘敏（1200—1259）。刘敏原字德柔，后改字有功，而有功实与从立相对。高从遇：疑即刘敏佐官高逢辰。 [13]奥公和尚：云门宗僧人志奥。焚修：焚香修行。泛指净修。 [14]革律为禅：改律宗寺院为禅宗寺院。 [15]常住：僧、道称寺舍、田地、什物等为常住物，简称常住。 [16]赎换：赎买置换。寮舍：犹房舍。亦特指僧舍。 [17]丛席：又作丛林，佛教多数僧众聚居的处所。 [18]千指：一人十指，千指形容人多。 [19]瑞像殿：供奉佛祖释迦牟尼像的佛殿。 [20]无垢净光佛舍利塔：依《无垢净光大陀罗尼经》造塔灭罪之法所造

佛舍利塔。　　[21]提控：宋元时官名或吏目的尊称。　　[22]糠蘖：又作糠禅，当时正统佛教对大头陀教的蔑称。　　[23]改辙：更改行车的道路。后用以比喻变更方针、计划或方法等。常作改弦易辙。　　[24]完葺：修缮，修葺。　　[25]蔬圃：菜园子。　　[26]糊口粗给：指勉强维持生活。　　[27]庚寅：1230年。　　[28]转化：转行化缘。檀越：梵语音译。施主。　　[29]斗帐：小帐。形如覆斗，故称。龙龛：嵌佛像之石室或神椟。一周：一圈。　　[30]白金：古指银子。亦指银合金的货币。笏：量词。条、块。用于金银、墨等。　　[31]能事：所能之事。　　[32]金匮：铜制的柜。古时用以收藏文献或文物。　　[33]琬琰：为碑石之美称。　　[34]浮屠：佛教语。梵语Buddha的音译。指和尚。　　[35]哀集：辑集。　　[36]承平：治平相承；太平。　　[37]儒冠：古代儒生戴的帽子。借指儒生。　　[38]雪岩：雪岩善满，万松师傅。王山：王山圆明禅院，位于山西交城县东北。　　[39]住持：佛教寺院主管僧的职称。起于禅宗，也称"方丈"。这里作动词。仰峤：中都仰山栖隐寺，当时有"仰峤丛林为燕京之最"之说。　　[40]完颜子玉：即完颜从郁，本名瑀，字子玉，卫绍王改赐今名。初以父任充符宝，章宗赐第。仕至安肃刺史。　　[41]物故：死亡。　　[42]信宿：谓两三日。　　[43]汲汲皇皇：匆遽貌。　　[44]官守：官位职守；官吏的职责。　　[45]宣父：旧时对孔子的尊称。　　[46]癸巳中秋日：1233年八月十五日。

[点评]

大觉寺为辽金燕京旧刹，属律宗寺院，后因战火废为民居。1228年，云门宗高僧志奥受宣差刘敏（从立）等邀请担任住持，革律为禅，大觉寺始成为禅宗寺院。

担任住持后，志奥倾其所有，广结善缘，在其努力经营下，大觉寺很快就粗具规模。1230 年，刘敏上奏朝廷，将原藏招提院的《藏经》移置大觉寺。志奥为此化缘出资，雕造石室，专门贮藏《藏经》，并请楚材撰写记文。楚材被志奥的坚持不懈所打动，认为儒学振兴缺少的正是这种执着精神，因此他致函各地，希望地方官能以修复孔庙为己任。需要提到的是，志奥后来受刘敏之邀，北上宣德刘氏故里，创大清安禅寺，也由楚材为其作疏题榜。

卷 九

和王正夫韵

壮年自笑鬓先霜，喜色眉间一点黄。

退食紫宸居凤阁^[1]，朝天丹阙列鸳行^[2]。

功名必要光前古，富贵何须归故乡。

济世元知有仁政，活人不假返魂香^[3]。

"喜色眉间一点黄"，语出《太平御览》卷三六四引《相书占气杂要》，形容人有喜事。

[注释]

[1] 退食：退休。紫宸：泛指宫廷。凤阁：唐武则天改中书省为凤阁，遂用为中书省的别称。 [2] 丹阙：借指皇帝所居的宫廷。鸳行：即鸳鹭行，比喻朝官的行列。鸳和鹭止有班，立有序，故称。 [3] 返魂香：一种药物，据说香气浓郁，死人闻到也能活过来。

[点评]

　　1231 年八月，蒙古窝阔台汗改侍从官名，设中书省，楚材由大汗侍从（必阇赤）就任中书令，迎来了政治舞台的高光时刻。从"喜色眉间一点黄"，我们不难看出楚材此刻人逢喜事精神爽的情绪。"退食紫宸居凤阁"指楚材走出大汗宫廷开始到中书省衙办公，"朝天丹阙列鸳行"指楚材已正式加入朝廷百官行列。接下来，"功名必要光前古，富贵何须归故乡"表达了楚材意欲大展雄图的积极姿态。"济世元知有仁政，活人不假返魂香"则表明楚材要以儒家仁政治理国家，不会假借特殊手段去挽救危局。

次云卿见赠

济济千官侍玉宸 [1]，尊贤容众更亲亲 [2]。

风云际会千年少 [3]，天地恩私四海均 [4]。

西狩一苏张掖乱 [5]，南巡重变大梁春 [6]。

车书南北无多日 [7]，万里河山宇宙新 [8]。

此处喻指蒙古政权西平西夏，南灭金朝。

"车书南北"，原注："一作'会同文轨'。"

[注释]

[1]济济：众多貌。玉宸：借指帝王。　[2]亲亲：爱自己的亲属。这里指君主亲近宗室。　[3]风云际会：指君臣遇合。　[4]恩私：恩惠。　[5]张掖：甘州，借指西夏。　[6]大梁：汴京，借指

金朝。 [7] 车书：《礼记·中庸》："今天下车同轨，书同文。"谓车乘的轨辙相同，书牍的文字相同，表示文物制度划一，天下一统。 [8] 宇宙：犹言天下，国家。

[点评]

这是楚材赠答孟云卿的诗作，应作于楚材担任中书令，随窝阔台汗南下攻金后不久。这一时期正是楚材与窝阔台汗君臣关系的蜜月期，用楚材自己的话来讲，就是"风云际会"。在诗中，楚材除赞誉蒙古君臣和谐、上下一心外，更对蒙古政权结束分裂、混一南北充满期待。

继宋德懋韵三首

其　一

圣人开运忆斯年[1]，睿智文明禀自天。
旁午衣冠游北海[2]，纵横耕钓满居延[3]。
月氏入贡称属国[4]，日本观光列户编[5]。
威震西滇千万里[6]，汉唐鸿业亦虚传[7]。

其　二

笑我区区亦强为[8]，故园荒矣欲何之。
读书测海持螺测，学道窥天以管窥[9]。

疲俗不禁新疾苦[10]，滥官难抚旧疮痍。

才微任重宜求退，自有当途国手医[11]。

其　三

广平流落寓平城[12]，亲老家贫强苟生[13]。

炎汉萧曹贤政事[14]，李唐房杜美声名[15]。

进求高誉千金重[16]，退隐闲身一叶轻。

应继开元旧勋业[17]，华堂钟鼓对长檠[18]。

［注释］

[1]开运：开始（新的）国运，指新的王朝开始建立。　[2]旁午：四面八方；到处。　[3]耕钓：相传商伊尹未仕时耕于莘野，周吕尚未仕时钓于渭水，后常以"耕钓"喻隐居不仕。　[4]月氏：古族名，这里借指西域诸国。　[5]日本：这里借指海东诸国。[6]西溟：古代传说西方日没处。　[7]鸿业：伟业，大业。多指王业。　[8]区区：小；少。形容微不足道。　[9]管窥：从管中看物。比喻所见者小。　[10]疲俗：衰败的风俗。　[11]国手：喻才能技艺出众之人。　[12]广平：即洺州，治今河北永年县广府镇。平城：即西京大同府，治今山西大同。　[13]苟生：苟且偷生。[14]炎汉：汉朝自称以火德王，故称炎汉。　[15]李唐：指唐朝。唐皇室姓李，故称。房杜：唐朝名相房玄龄与杜如晦。　[16]高誉：高的声誉。　[17]开元：唐玄宗年号（713—741）。　[18]华堂：华丽的殿堂。檠：指灯。

[点评]

宋德懋应是从洺州流寓大同的文人。楚材当政期间，不少文人奔走其门下，楚材大都对其勉励有加。上述楚材和诗三首，第一首系对蒙古政权及窝阔台汗文治武功的溢美之词，第二首为楚材对自身治国理政才能的自谦之语，第三首则系对宋德懋的勉励与期待。

和平阳张彦升见寄 [1]

天兵出云中，一战平城破。

居庸守将亡，京畿游骑逻 [2]。

有客赴澶渊 [3]，无人送临贺。

奸臣兴弑逆 [4]，时君远迁播 [5]。

圣主得中原，明诏求王佐 [6]。

胡然北海游 [7]，不得南阳卧 [8]。

宠遇命前席 [9]，客星侵帝座。

万里金山行，三经玉门过。

于阗岁贡修，燉煌兵势挫。

国维张礼义 [10]，民生重食货 [11]。

黜陟九等分，幽明三载课。

小人绝觊觎 [12]，贤才无轗轲 [13]。

"天兵出云中，一战平城破"，云中、平城均指金西京大同府。蒙金战争爆发后，蒙军数度攻打西京。1211 年，西京留守纥石烈执中（胡沙虎）被蒙军打败，仓皇逃回中都。

"有客赴澶渊"，原注："予尝倅开州。"按，成吉思汗南下攻金时，耶律楚材刚受命出任开州同知。

"奸臣兴弑逆，时君远迁播"，指 1213 年纥石烈执中发动政变，废杀金帝完颜永济，立宣宗完颜珣为帝，改元贞祐。第二年，宣宗南迁汴梁。

"客星侵帝座"，语出《后汉书·严光传》："（光武帝）复引光入，论道旧故……因共偃卧，光以足加帝腹上，明日太史奏，客星犯御座甚急。帝笑曰：'朕故人严子陵共卧耳。'"此处楚材以东汉隐士严光自况，暗示自己受到成吉思汗的极高礼遇。

"万里金山行，三经玉门过"，此处金山对应于阗，玉门对应燉煌。应指成吉思汗西征花剌子模与灭西夏之事。

"国维张礼义"，语出《新五代史·冯道传》："礼义廉耻，国之四维。四维不张，国乃灭亡。"

"民生重食货"，语出《汉书·叙传下》："厥初生民，食货惟先。"

"幽明三载课"，语出《尚书·舜典》："三载考绩，三考，黜陟幽明。"

功名本忌盈，庙堂难久坐。

老矣盍归来，归欤可重和。

俯仰不心惭[14]，宽弘从面唾[15]。

清浊自沙汰[16]，精粗任扬簸[17]。

赋性嗜疏闲[18]，高眠乐慵惰[19]。

苍鸡粗庖充[20]，黄犊足犁拖[21]。

幼子事耕锄[22]，老妻供碓磨[23]。

随分养余龄[24]，虽饥而不饿。

[注释]

[1]张彦升：即张宇，见《和许昌张彦升见寄》注[1]。 [2]京畿：国都及其行政官署所辖周边地区。 [3]澶渊：即开州，治今河南濮阳。 [4]弑逆：指弑君。 [5]迁播：迁徙流离。这里指迁都。 [6]王佐：王者的辅佐，佐君成王业的人。 [7]胡然：突然。北海：古代泛指北方最远僻之地。 [8]南阳：今属河南。卧：指隐居。这里特指隐居南阳的卧龙诸葛亮。 [9]前席：谓欲更接近而移坐向前。这里特指成吉思汗对楚材不耻下问，极尽礼遇。 [10]国维：国家法纪。 [11]食货：食和货。粮食等食物和钱财、货物。 [12]觊觎：非分的希望或企图。 [13]轗轲：困顿，不得志。 [14]俯仰：借指养家糊口。 [15]宽弘：谓慷慨大方，不吝啬。面唾：即面能干唾，形容宽忍处世，居卑无争。语出陆游《世事》诗："世事如今尽伏输，面能干唾况其余。" [16]沙汰：拣选。 [17]扬簸：反复播动扬去谷物中的糠粃杂质。 [18]赋性：天性。疏闲：安逸清闲。 [19]高

眠：指闲居。慵惰：懒惰，懒散。 [20]庖：烹饪。 [21]黄犊：
小牛。 [22]耕锄：耕田除草。亦泛指农作。 [23]碓磨：舂
米、磨面。 [24]随分：依据本性；按照本分。余龄：犹余岁，
余年。

[点评]

　　楚材这首和诗既有对自己过往经历的回顾，又饱含
对未来隐逸生活的渴望。诗的前四句，楚材首先回顾了
蒙金战争爆发后自己的亲身经历。当时京城局势已非常
紧张，楚材由尚书省令史外放开州同知，可因京城已经
宣布戒严，连来送别道贺的人都没有。此后不久，中都
即发生胡沙虎发动的军事政变，卫绍王被杀，金宣宗南
迁汴京。接下来，楚材谈到自己在蒙古统治下的经历。
因受成吉思汗征召北上，他不得不放弃隐居生活。成吉
思汗对他礼遇备至，待为上宾。此后他随成吉思汗先后
参加了征讨花剌子模与西夏的战争。窝阔台汗即位后，
楚材开始参与朝政，初步奠定立国规模。其中，在百姓
衣食生计、官员选举考课等方面，楚材均卓有建树。最
后是对自己隐退生活的憧憬。清闲安逸，粗茶淡饭，妻
子陪伴，终老乡里，应是楚材对晚年生活的美好愿景。

戏陈秀玉并序

万寿堂头自汴梁来[1]，远寄万松老师偈颂

旧本[2]，有《和节度陈公一绝》云[3]："清溪居士陈秀玉[4]，要结莲宫香火缘[5]。赚得梢翁摇橹棹[6]，却云到岸不须船。"噫！三十年前已有此段公案[7]，湛然目清溪为昧心居士者[8]，厥有旨哉[9]。仆未参万松时，秀玉盛称老师之德业，尔后少得受用，皆清溪导引之力也[10]。每欲报之，秀玉竟不一染指[11]，故作是诗以戏之。

"不见桃源路渺茫"，原注："骑驴觅驴。"

"清溪招引到仙乡"，原注："未当好心。"

"湛然幸得齁齁饱"，原注："也须吐却。"

"擘与些儿不肯尝"，原注："恰似真个。"

不见桃源路渺茫[12]，清溪招引到仙乡[13]。
湛然幸得齁齁饱[14]，擘与些儿不肯尝[15]。

[注释]

[1]万寿堂头：万寿寺住持。　[2]偈颂：梵语"偈佗"的又称。即佛经中的唱颂词。每句三字、四字、五字、六字、七字以至多字不等，通常以四句为一偈。　[3]节度：金朝官名节度使的简称。　[4]清溪居士：陈时可号。　[5]莲宫：指寺庙。　[6]橹棹：船桨。　[7]公案：佛教禅宗指前辈祖师的言行范例。　[8]昧心：欺心；违背良心。　[9]厥有旨哉：是有其宗旨的。　[10]导引：即引导。　[11]染指：比喻参与做某种事情。　[12]桃源：即陶渊明笔下的桃花源。　[13]仙乡：仙界，对应前面的桃源。[14]齁齁：原指熟睡时的鼻息声，此处意为过甚，非常。[15]擘：分开；剖裂。

[点评]

楚材的忘年之交陈时可，不仅与佛教僧侣交往密切，与全真道首领丘处机等也有异乎寻常的友谊，可谓交友广泛。楚材与万松行秀结缘，得自两个人的大力推荐，一是圣安寺长老澄公和尚，另一位就是陈时可。不过，对禅宗修行，陈时可仅仅是浅尝辄止，并不投入。三十年前，万松行秀曾有一首写给陈时可的和诗，对陈时可此举有所讽喻。三十年后，楚材有缘见到此诗，深有同感，于是又作此诗嘲讽陈时可。

卷 十

扈从冬狩

　　癸巳扈从冬狩[1]，独予诵书于穹庐中，因自讥云。

　　天皇冬狩如行兵[2]，白旄一麾长围成。

　　长围不知几千里，蛰龙震慄山神惊[3]。

　　长围布置如圆阵，万里云屯贯鱼进[4]。

　　千群野马杂山羊，赤熊白鹿奔青麋[5]。

　　壮士弯弓殒奇兽，更驱虎豹逐贪狼。

　　独有中书倦游客，放下毡帘诵《周易》。

原注："御闲有驯豹，纵之以搏野兽。"

[注释]

[1] 癸巳：1233 年。　[2] 天皇：帝王，这里指蒙古第二代大

汗窝阔台。　[3]蛰龙：蛰伏的龙。震慄：惊惧、战栗。　[4]云屯：如云之聚集。形容盛多。贯鱼：喻有次序。　[5]麐：即麝，俗称香獐，形似鹿而小，无角，前腿短，后腿长。善跳跃，尾短，毛黑褐色或灰褐色。

[点评]

围猎为游牧民族的重要狩猎方式，也是一种绝佳的军事训练。波斯史家志费尼《世界征服者史》对此有详细描述。当时的围猎活动主要在初冬举行，由大汗下令调动军队，分发武器装备。大型围猎往往要费时数月，才能形成方圆数千里的大包围圈，然后由参与围猎者逐渐缓慢地向前驱赶野兽。每个参与者都各司其职，有各自的行军时间、路线与包抄地段。如果偏离行军路线，或者有野兽从其负责地段逃走，则要军法从事。随着包围圈越来越小，野兽逐渐被挤压至中心地带。这时，围猎者用绳索把包围圈连接起来，上面覆盖毛毡。首先由大汗率几名骑兵捕猎，接下来是诸王、那颜、将官等鱼贯而入。楚材这首诗描述了1233年冬天窝阔台汗围猎的壮观景象，还特别提到窝阔台汗驯养的猎豹也参与其中。

谢西方器之赠阮杖并序 [1]

了然居士素蓄东坡铁杖泪地字号阮 [2]，真绝世之宝也。天兵既克汴梁 [3]，先生携二君来燕 [4]，

欲藏之，恐不能终宝。欲赠湛然，南北相去不知其几千里，虑中道浮沉[5]，是以献诸秀玉殿学、田公奉御[6]，欲转致于予也。甲午之秋[7]，陈、田入觐，果馈之于我。因乱道数语，用酬厚意。

据楚材《和董彦才东坡铁杖诗二十韵》，"观妙堂名龙尾砚，睢阳并此为三绝。"则睢阳三绝应指东坡铁杖、观妙堂名（题匾）与龙尾砚（歙砚）。

语出苏轼《前赤壁赋》："遗世而独立，羽化而登仙。"

睢阳三绝从来传[8]，坡仙铁杖为之先。

宋朝四美岂易得，地君神器称手贤。

了然居士隐洛瀍[9]，读书好古有积年。

擒龙捉日获二宝[10]，宝之凿栋屋壁穿。

龙庭万里叠山川，欲来馈我嗟无缘。

将夺固与此理玄，殷勤携赠陈与田。

陈田今岁来朝天[11]，惠然出赐穹庐前。

乌虬入手苍璧悬[12]，恍然遗世如登仙。

长蛟倚壁光娟娟，鳞介欲生如蜿蜒[13]。

澄澄秋月莹朝镜，须臾洗尽余腥膻。

足方法地顶法乾，四十五节松柏坚。

七尺乌金三十两，微簧瑟瑟鸣哀蝉。

云顶纤纤空腹圆，十三玉柱鸿翩翩。

趹趹云坐踞猛虎，岩岩山口双双弦。

铁君伴我游林泉，足疾顿减冲云烟。

临风三弄碎琼玉，清商秋水声涓涓。

安仁得此如临渊，子聃求杖不惜钱。

湛然坐受匪劳力，不胜其服心胡然。

西方讽我求终焉，故令二友相招延。

抱桐扶杖闾山巅，举觞笑咏秋风边。

了然居士作《铁君传》云："长七尺，重三十两，顶圆足方，中有微簧，凡四十五节。世传嵇生造[14]。"又云："昔显宗东宫时[15]，尝读东坡《铁杖诗》，因召侍臣郑子聃问杖之存亡[16]。子聃以在睢阳为对。因以数千缗购于张文定公之孙[17]，其孙藏于屋栋，子聃竟不得一见云。"地字号阮，亡宋之故物，天地玄黄，此四阮为绝宝也。泰和间[18]，秘于禁中，待诏孙安仁之姊以琴阮得入侍[19]，上以此阮赐之。安仁屡求之，其姊以阮见寄。旧制，宫掖中侍人不许与亲戚通耗[20]。安仁冒法得之，其好事有如此者。故予引用其语。

[注释]

[1]西方器之，字子尚（尚一作上），号了然居士。　[2]洎（jì）：及。阮：古乐器名，拨弦乐器。古琵琶的一种。形状略像月琴，

柄长而直，四弦有柱。相传晋阮咸创制并善弹此乐器，因名阮咸，简称阮。　[3]汴梁：今河南开封。金南京，宣宗贞祐二年（1214）迁都于此。　[4]二君：即东坡铁杖与地字号阮。　[5]中道浮沉：途中丢失。[6]秀玉殿学、田公奉御：指陈时可与田阔阔。　[7]甲午：1234年。　[8]睢阳：睢阳为归德府治所，位于今河南商丘。[9]洛瀍（chán）：洛水和瀍水的并称。洛阳地处瀍水两岸、洛水之北。故多以二水连称谓其地。　[10]擒龙捉日：比喻本领高强。[11]朝天：朝见天子。　[12]乌虬：指雕饰虬龙的黑色手杖。　[13]鳞介：泛指有鳞和介甲的水生动物。　[14]嵇生：嵇康（224—263），字叔夜，三国时曹魏思想家、音乐家与文学家。　[15]显宗：金世宗太子完颜允恭（1146—1185），未即位即去世。其子章宗完颜璟即位，追上庙号显宗。　[16]郑子聃：字景纯。天德三年（1151）进士，累官翰林侍讲学士兼修国史。　[17]张文定公：即张方平（1007—1091），字安道，号乐全居士。北宋大臣，累官参知政事。　[18]泰和：金章宗年号（1201—1208）。　[19]待诏：待诏为金朝承应人，有楷书及琴、棋、书、阮、象、说话等不同种类。　[20]宫掖：指皇宫。掖，掖庭，宫中的旁舍，嫔妃居住的地方。通耗：互通音耗，互通消息。

[点评]

　　西方器之为金末字画古物收藏家。据其友商挺回忆，正大六年（1229）前后，他曾造访西方器之汴京宣平坊寓所，观览宋代画家李公麟《维摩不二图》，因二人关系密切，商挺还曾将该图借出。东坡铁挂杖与地字号阮琴，是西方器之的另两件藏品。铁挂杖相传为嵇康所造，因曾为苏轼所有，故又称"东坡铁杖"。苏轼曾作《铁挂杖

诗》道其原委，据诗序，此杖在五代曾由闽王王审知赠吴越王钱镠，后由钱镠转赠一僧，其后又辗转流传至闽人柳真龄手中，再由其转赠苏轼。苏轼获赠此杖，非常喜爱，后逢张方平生日，遂以此杖作为礼物相赠，作《乐全先生生日以铁拄杖为寿二首》以记其事，一时传为士林佳话。金世宗太子完颜允恭偶读苏轼《铁拄杖诗》，向侍臣郑子聃打听铁杖下落，郑子聃回答说应在睢阳（张方平家乡）。于是太子下令以重金向张方平之孙求购，但其孙将铁杖藏匿自家房梁，郑子聃竟无功而返。地字号阮琴应为北宋宫廷遗物，以《千字文》天地玄黄为序，共有四阮，因而又称"宋朝四美"，北宋灭亡后，流入金朝宫廷。金章宗泰和年间，待诏孙安仁的姐姐以善弹阮琴入宫，章宗赐以地字号阮琴，后因孙安仁屡次索求，被其姐悄悄寄送，遂流落宫外。至于这两件宝物如何落到西方器之手中，我们还不是很清楚。

　　1232 年年底汴京降蒙后，身陷城中的百姓纷纷北渡黄河，史称"壬辰北渡"，西方器之携带铁杖与阮琴来到燕京。考虑到二宝终不能为其所有，西方器之遂将其转托陈时可与田阔阔呈献楚材。1234 年秋天，陈时可、田阔阔北觐蒙古大汗窝阔台，遂有机会将二宝进呈楚材。楚材接获二宝，大喜过望，除此诗外，还曾作《送西方子尚》《用樗轩散人韵谢秀玉先生见惠东坡杖》《和董彦才东坡铁杖诗二十韵》等以记其事。

扈从羽猎[1]

湛然扈从狼山东[2]，御闲天马如游龙[3]。

惊狐突出过飞鸟，霜蹄霹雳飞尘中[4]。

马上将军弓挽月，修尾蒙茸卧残雪[5]。

玉翎犹带血模糊[6]，騄骊嘶鸣汗微血[7]。

长围四合匝数重[8]，东西驰射奔追风。

鸣鞘一震翠华去[9]，满川枕藉皆豺熊[10]。

自笑中书老居士，拥鼻微吟弓矢废[11]。

向人忍耻乞其余，瘦兔瘸獐紫驼背。

吾儒六艺闻吾书[12]，男儿可废射御乎[13]！

明年准备秋山底，试一如皋学射雉。

指在围猎过程中，野兽仓皇四散，纷纷倒毙在雪地上。

语出《春秋左传》："昔贾大夫恶，娶妻而美，三年不言不笑，御以如皋，射雉，获之，其妻始笑而言。"《十三经注疏》："是皋为泽也，如，往也，为妻御车以往泽也。"

[注释]

[1]羽猎：帝王出猎，士卒负羽箭随从，故称"羽猎"。　[2]狼山：即赤那思山，位于漠北成吉思汗大斡耳朵附近。　[3]御闲：犹御厩。游龙：游动的蛟龙。　[4]霜蹄：即马蹄。语本《庄子·马蹄》："马蹄可以践霜雪。"　[5]修尾：长尾。这里指走兽。蒙茸：乱走貌。　[6]玉翎：鸟翼。　[7]騄骊：良马名。周穆王八骏之一。汗微血：古代西域汗血马流汗如血，这里用以形容骏马流汗。　[8]匝：周；圈。　[9]鸣鞘：谓挥动鞭梢使发声。　[10]枕藉：物体纵横相枕而卧。言其多而杂乱。　[11]拥鼻微吟：用手捂着鼻子轻声吟咏。形容用雅正的声调拉长声音吟咏。　[12]六

艺：古代教育学生的六种科目：礼、乐、射、御、书、数。　　[13]射御：射箭御马之术。古代六艺中的两种，都属尚武的技艺。

[点评]

楚材此诗生动描绘了扈从窝阔台汗狼山围猎的壮观场面，以及自己不娴弓矢的尴尬一幕。他以儒家六艺中的两艺——射、御勉励自己，准备明年再上猎场，一较高低。

狼山宥猎

扈从车驾出猎狼山，围既合，奉诏悉宥之，因作是诗。

君不见武皇校猎长杨里[1]，子云作赋夸奢靡[2]。又不见开元讲武骊山傍[3]，庐陵修史讥禽荒[4]。二君所为不足法，徒令千载人雌黄[5]。吾皇巡狩行周礼，长围一合三千里。白羽飞空金镝鸣[6]，狡兔雄狐应弦死。翠华驻跸传丝纶[7]，四开汤网无掩群。天子恩波沐禽兽，狼山草木咸忻忻[8]。

"君不见武皇校猎长杨里"，子云作赋夸奢靡"，西汉元延二年（前11），汉成帝校猎长杨。西汉扬雄作《长杨赋》，以对答形式，历数西汉诸帝艰苦创业、与民休息的政策，借以讽喻汉成帝驱使百姓为其捕猎的荒淫之举。此处耶律楚材诗云"武皇"，疑误。

"又不见开元讲武骊山傍，庐陵修史讥禽荒"，唐先天二年（713），玄宗平息太平公主之乱后，曾讲武骊山，举行盛大阅兵式。当年底改元开元，自此开启开元盛世。欧阳修《新唐书·玄宗纪》有这样评价："方其励精政事，开元之际，几致太平，何其盛也！及侈心一动，穷天下之欲不足为其乐，而溺其所甚爱，忘其所可戒，至于疗身失国而不悔。考其始终之异，其性习之相远也至于如此。可不慎哉！可不慎哉！"

"汤网"，语出
《吕氏春秋》，指商
汤捕猎，收其三
面，置其一面。四
开汤网则指将包围
圈全部撤掉，放走
野兽。

[注释]

[1]长杨：汉行宫名，故址在今陕西周至县东南。　[2]子
云：即杨雄，字子云。西汉著名辞赋家。　[3]骊山：位于陕西西
安南，属秦岭支脉。　[4]禽荒：沉迷于田猎。　[5]雌黄：议论，
评说。　[6]镝：箭头；箭。　[7]丝纶：指帝王诏书。　[8]忻忻：
高兴的样子。

[点评]

太宗窝阔台围猎曾有过释放野兽之举。《世界征服者
史》有一则与此相关的逸闻："有个朋友叙述说，合罕（即
太宗窝阔台）统治时期，一个冬天，他们照此方式行猎，
合罕为观看猎景，坐在一座小山头上；各类野兽就面朝
他的御座，从山脚往上发出哀嚎和悲泣声，像请愿者祈
求公道。合罕下诏把它们统统释放，不许伤害它们。"楚
材此诗则生动地描述了窝阔台汗下令释放包围圈中全部
野兽的场面，并借汉成帝、唐玄宗的热衷于校猎讲武，
以此衬托窝阔台汗的宽厚仁慈。其实，窝阔台汗一生热
衷围猎，下令释放野兽仅是偶尔为之的作秀。

再过太原题覃公秀野园

苏轼《司马君
实独乐园》诗句，
也是秀野园得名由
来。

君实洛阳园[1]，花竹秀而野。

先生取此意，开园临古社。

土阶砌以石[2]，茅亭略其瓦[3]。

佳木碧云摇[4]，清泉寒玉泻[5]。

开轩扣琴筑[6]，抚景飞觞斝[7]。

我来正秋晚，残英折盈把[8]。

粲然启一笑[9]，琅然歌二雅[10]。

将归且裴回[11]，幽寻未能舍[12]。

呼酒尽余兴[13]，索笔为模写[14]。

缅怀温国公[15]，重名满天下[16]。

寥寥二百年，童卒传司马。

君侯筑兹圃[17]，如有所慕者。

晞颜颜之徒[18]，子亦斯人也。

此处化用苏轼《司马君实独乐园》诗句："儿童诵君实，走卒知司马。"

［注释］

[1]君实：即司马光，君实为其表字。洛阳园：指司马光在洛阳所建独乐园。　[2]甃：砌垒砖石。　[3]略：简省，省略。　[4]碧云：青云，碧空中的云。　[5]寒玉：这里指冷冽的泉水。　[6]琴筑：琴与筑合称，泛指弦乐器。　[7]抚景：对景；览景。觞斝：酒器。斝，古代温酒器。　[8]残英：落花。盈把：满把。把，一手握取的数量。　[9]粲然：笑貌。　[10]琅然：声音清朗貌。二雅：《诗经》中《大雅》《小雅》的合称，泛指诗作。　[11]裴回：即徘徊，留恋难舍。　[12]幽寻：即寻幽，寻求幽胜。　[13]余兴：宴会后的文娱活动。　[14]模写：仿效。这里指仿效苏轼《司马君实独乐园》。　[15]温国公：司马光死后封号。　[16]重名：盛名，很高的名望或很大的名气。　[17]君侯：对达官贵人的敬

称。 [18]晞颜：不详其人。历史上取名晞颜者，多为仰慕颜回者，表字多用子渊（颜回字）、景渊等。

[点评]

覃资荣及其秀野园，前面已介绍过。此诗系楚材再次访问秀野园所作，上次楚材做七律一首，其中有"何必裘公更写诗"句，意似勉强。此次大概主人盛情难却，楚材乃仿苏轼《司马君实独乐园》做此诗。

寄妹夫人

"凤箫楼"，原注："先叔故居之楼名。"

三十年前旅永安[1]，凤箫楼上倚阑干。
初学书画同游戏，静阅琴棋相对闲。
聚散悲欢灯影里，兴亡成败梦魂间。
安书风送来天际[2]，望断中州一发山。

[注释]

[1]永安：即燕京。　[2]安书：平安家信。

[点评]

这是楚材远寄堂妹的一首诗。按，楚材父亲耶律履是过继给祖父德元的，在过继后，德元又生子震，"及震卒，妻子贫，无以为资，复收养之。"因耶律履没有女儿，

这位妹夫人，有可能就是震的女儿。父亲去世后，她被伯父收养，因而与楚材一起长大。兄妹二人两小无猜，一起读书，一起玩耍，感情至深。蒙金战争爆发后，楚材与家人失散，音讯全无，但他对亲人的思念无时无刻不萦绕心头。楚材对妹妹的真挚情感，在本诗得到充分体现。

和少林和尚英粹中《山堂》诗韵 [1]

我爱嵩山堂 [2]，山堂秋寂寂。

苍烟自摇荡，白云风出入。

泠泠溪水寒，细细琴丝湿。

离尘欲无事，又有闲踪迹。

[注释]

[1] 英粹中：释性英，字粹中，号木庵。金末曹洞宗僧人，历住河南龙门宝应、嵩山少林寺，壬辰北渡后寓燕，历住仰山栖隐、归义诸寺，为当时著名诗僧。山堂：性英名篇。　[2] 嵩山：河南嵩山，为少林寺所在地。

[点评]

木庵性英为金末有名诗僧，早年为举子业，后从辽阳高宪游，在其影响下出家为僧。贞祐南迁后，性英寓

居洛西之子盖，时人已以诗僧目之，与元好问、辛愿、赵元、刘昂霄等来往密切，诗道大增。出世后住龙门宝应，又住嵩山少林，在此期间，其诗作《山堂夜岑寂》《梅花》等传入京师，大受金末文坛盟主赵秉文、杨云翼及雷渊、李献能、刘汝翼、王若虚诸人赞赏。壬辰北渡后，性英寓居燕京，住城郊仰山栖隐，晚居城内归义寺。元好问对其评价极高，除作《木庵诗集序》外，另有和诗多首，其中一首称："爱君《梅花》篇，入手如弹丸。爱君《山堂》句，深静如幽兰。诗僧第一代，无愧百年间。"魏初《木庵塔疏》盛誉其为"百年耆旧，一代宗师"。耶律楚材当是在燕京见到的性英，这首诗则为其《山堂夜岑寂》的和诗。有意思的是，至元十年（1273），高丽人李承休随使团入元，中秋后访问荐福寺，性英弟子讷庵道谦出示其师诗集，李承休取其《山堂晨兴》诗唱和，用韵与楚材这首诗完全相同。由此看来，性英的《山堂》诗或许为组诗。性英与楚材子耶律铸也有交往，甲寅（1254）季冬曾为其诗集作跋，耶律铸则有《登叠巘楼寄木庵粹中》诗。

卷十一

用张道亨韵

道亨，予故人也。间关二十年^[1]，今寓居平水^[2]，以诗见寄，因和其韵以谢之。

大安之季君政乖^[3]，屯爻用事符云雷^[4]。

边军骄懦望风溃^[5]，燕南赵北飞兵埃^[6]。

民财已竭转输困^[7]，元元思治如望梅^[8]。

太白经天守帝座^[9]，长星勾巳坼中台^[10]。

玄台密表告天道^[11]，灾妖变异无不该^[12]。

奸臣构祸谋不轨，鱼鳞鳞首侵宸阶^[13]。

喋血京师万人死，君臣自此相嫌猜[14]。

居庸失守紫荆破[15]，天兵掣电腾八垓[16]。

潜议迁都避凶祸，衔枚半夜宫门开。

河表偷生聊自固[17]，京城留后除行台[18]。

力穷食尽计安出，元戎守节甘自裁[19]。

虬龙奋迅脱大难[20]，微波沉滞独黄能[21]。

王师神武本不杀，一发鹿台能散财。

威声远震陕洛惧，势同拉朽如枯摧。

髯公退缩养愚拙[22]，白麻一旦天边来[23]。

万里龙庭谒天子，辒车轧轧风尘埋[24]。

言轻无用自缄嘿[25]，浮沉鸂鶒相趋陪[26]。

布幕毡庐庇风雨，日中一食如持斋[27]。

瀚海波声寒汹涌，金山峰势高崔嵬[28]。

十年行役亦艰苦[29]，盐车强驾同驽骀[30]。

美潩如饴润喉吻[31]，仃伶独拨寒炉灰。

故园梦断几千里，燕然回首白云堆。

弹铗悲歌望明月[32]，山城明月空徘徊。

往事如丝不敢忆，令人感慨生余哀。

圣人继运践九五[33]，欢声腾沸天之涯。

万国梯航喜奔走[34]，币帛交列陈琼瑰[35]。

周武王灭商后，于鹿台向百姓散发钱财。

即摧枯拉朽。

天子恩威溢中外，远迩翕然无不怀[36]。

四民乐业庶政举[37]，宗臣戮力诸王谐[38]。

行殿受朝设钟鼓[39]，明堂祭祀陈大罍[40]。

卿云轮菌自纷郁[41]，妖星不复侵天街[42]。

否道已穷受诸泰[43]，人心已顺天心回。

制度一新从简略，禁网疏阔如天恢[44]。

贤材尚隐若冥雁[45]，区区弋人何慕哉[46]。

自惭忝位司钧轴[47]，可怜多士无梯媒[48]。

愿学留侯引年去[49]，不与赤松游蓬莱[50]。

间阳旧隐度残朽[51]，扁舟簑笠江湖崖。

语出扬雄《法言·问明》："鸿飞冥冥，弋者何慕（又作纂）焉？"射手对高飞的鸟束手无策。比喻隐逸的贤者不自罹祸乱，统治者对此无可奈何。

"愿学留侯引年去，不与赤松游蓬莱"，《史记·留侯世家》："愿弃人闲事，欲从赤松子游耳。"

[**注释**]

[1]间关：谓路途崎岖艰险，不易行走。　[2]平水：即平阳。
[3]大安：金帝卫绍王年号（1209—1211）。　[4]屯爻：《周易》卦象的一种。《易·屯》："《象》曰：屯，刚柔始交而难生，动乎险中，大亨贞。"云雷：《屯》之卦象为坎上震下，坎之象为云，震之象为雷。因以"云雷"喻险难环境与不吉利的征兆。　[5]骄懦：骄矜懦弱。　[6]兵埃：即战尘，战场上的尘埃。借指战争。
[7]转输：运输。　[8]元元：百姓；庶民。望梅：犹言望梅止渴。
[9]太白经天：太白即金星，又名启明、长庚。经天，古天文学术语，即"昼见"。古星象家以为太白星主杀伐，故多以喻兵戎。帝座：亦作"帝坐"。古星名。属天市垣。即武仙座α星。　[10]长星：古星名。类似彗星，有长形光芒。勾巳：谓星体去而复来，环行

如钩，又成"巳"字状。坼：裂开，分裂。中台：星名。　[11]玄台：司天监。　[12]该：具备。　[13]宸阶：帝王所居宫殿的台阶。用以借称帝廷。　[14]嫌猜：疑忌。　[15]居庸：指居庸关。紫荆：指紫荆关。　[16]掣电：闪电。亦以形容迅疾。八垓：八方的界限。　[17]河表：河外。指黄河以南地区。　[18]行台：台省在外者称行台。贞祐南迁时，金宣宗以完颜承晖（福兴）为行省右丞相，留守中都。　[19]元戎：主将，统帅。这里指完颜承晖。　[20]虬龙：龙的一种。　[21]黄能：即黄熊。　[22]髯公：耶律楚材自称。　[23]白麻：唐制，由翰林学士起草的凡赦书、德音、立后、建储、大诛讨及拜免将相等诏书都用白麻纸。因以指重要的诏书。这里指成吉思汗征召耶律楚材的诏书。　[24]轺车：奉使者和朝廷急命宣召者所乘的车。　[25]缄嘿：又作缄默。闭口不言。　[26]鹓鹭：鹓和鹭飞行有序，比喻班行有序的朝官。　[27]持斋：遵行戒律不茹荤食。佛教原谓过午不食，后多指素食。　[28]崔嵬：高耸貌；高大貌。　[29]行役：旧指因服兵役、劳役或公务而出外跋涉。　[30]驽骀：劣马。喻才能低劣者。　[31]美湩：指马奶酒。喉吻：喉与口。　[32]弹铗：弹击剑把。铗，剑把。此处谓思归。　[33]九五：《易》卦爻位名。九，谓阳爻；五，第五爻，指卦象自下而上第五位。后因以指帝位。　[34]梯航：亦作"梯杭"。"梯山航海"的省语。谓长途跋涉。　[35]币帛：缯帛。古代用于祭祀、进贡、馈赠的礼物。这里特指贡品。琼瑰：泛指珠玉。　[36]远迩：犹远近。翕然：一致貌。　[37]四民：旧称士、农、工、商为四民。　[38]宗臣：与君主同宗之臣。诸王：蒙元时代多指宗王。　[39]行殿：可以移动的宫殿。[40]明堂：古代帝王宣明政教的地方。大罍：即瓦罍，古代陶制的盛酒礼器。小口，广肩，深腹，圈足，有盖和鼻。《周礼·春官·鬯人》："凡祭祀社壝用大罍。"郑玄注："大罍，瓦

蠥。"[41]卿云：即庆云。一种彩云，古人视为祥瑞。轮菌：盘曲貌。纷郁：多盛貌。　[42]妖星：指预兆灾祸的星，如彗星等。天街：星名。　[43]否道已穷受诸泰：即否极泰来，谓厄运终而好运至。　[44]禁网：又作禁罔，谓张布如网的禁令法律。疏阔：粗略。天恢：天道恢恢，喻宽阔广大。引申为天道公平，作恶就要受惩罚。所谓天网恢恢，疏而不漏。　[45]冥雁：飞向远空的大雁。　[46]弋人：射猎的人。　[47]钧轴：钧以制陶，轴以转车。比喻国家政务重任。　[48]梯媒：指荐引的人。　[49]留侯：汉高帝刘邦谋臣张良，留侯为其封爵。　[50]赤松：即赤松子，亦称"赤诵子""赤松子舆"。相传为上古时神仙，各家所载，其事互有异同。　[51]闾阳：医巫闾山之南。旧隐：旧时的隐居处。残朽：指风烛残年。

[点评]

　　张道亨生平不详，据诗序，为楚材旧友，蒙金战争爆发后，颠沛流离二十年，后寓居山西平阳。楚材此诗系和其诗韵之作。诗歌首先详细讲述了蒙金战争爆发后，金军溃败、胡沙虎政变、贞祐南迁与中都陷落等重大历史事件，这些事件都是楚材耳闻目睹、亲身经历的，对他的人生命运产生过重大影响。接下来，楚材回顾了自己在燕京陷落后应召北上，随成吉思汗西征的艰难历程。西征期间，楚材怀才不遇，"言轻无用自缄嘿"，并未获重用。在他看来，"盐车强驾同驽骀"，才是他当时境遇的真实写照。窝阔台汗即位后，楚材"自惭忝位司钧轴"，迎来命运的又一次重大转折。对窝阔台汗时代的蒙古政权，楚材不吝铺陈辞藻加以歌颂，其间不无夸大之词，

这既是对窝阔台汗知遇之恩的感念，也是对自己得偿所愿的宣泄。至于最后的避让贤路、辞官退隐之词，则是楚材赠答士人诗的一贯风格。

答聂庭玉[1]

文章太守镇榆关[2]，远寄新诗与湛然。

卓尔功名君勉力[3]，归与活计我加鞭[4]。

扶衰幸有东坡杖，遣兴犹存玉涧泉[5]。

布袜青鞋任真率[6]，东垣山水不拈钱[7]。

[注释]

[1]聂庭玉：名珪（1197—1252），字庭玉（又作廷玉）。太原寿阳人。早年为金效力，壬午（1222）率众降蒙，任招抚副使。丙戌（1226）为兵马都元帅。丁亥（1227），因击败金名将恒山公武仙，升平定皋晋威盂辽仪等处总兵都元帅，有权选任守令以下官员。金亡后，蒙古更定官制，改任平定皋邢晋等处长官。　[2]榆关：今山西省平定县城上城。宋以前为屯兵要塞。太平兴国四年（979）改广阳为平定县，徙县治至榆关。　[3]卓尔：形容超群出众。　[4]活计：犹工夫。东坡杖：东坡铁拄杖。　[5]遣兴：抒发情怀，解闷散心。玉涧泉：即玉泉，位于北京海淀区西山山麓。耶律楚材在此有别业，晚号玉泉老人。　[6]真率：纯真坦率。　[7]拈钱：算钱。

[点评]

聂珪是蒙古政权驻守平定州（即榆关）的官员，时任总兵都元帅。据元初李治为其所撰神道碑，聂珪不仅能征善战，且富诗名，有《松亭》二绝句，为时人传诵。楚材此诗是回赠聂珪之作，"文章太守"可看作他对聂珪文学素养的认可，李治在神道碑中也专门提到此事。楚材此诗虽对聂珪勉励有加，但更多的却是表达自己归隐山林的夙愿。

冬夜弹琴颇有所得乱道拙语三十韵以遗犹子兰并序[1]

余幼年刻意于琴，初受指于弭大用，其闲雅平淡，自成一家。余爱栖岩[2]，如蜀声之峻急[3]，快人耳目，每恨不得对指传声。间关二十年，予奏之，索于汴梁得焉。中道而卒，其子兰之琴事深得栖岩之遗意[4]。甲午之冬[5]，余扈从羽猎，以足疾得告，凡六十日，对弹操弄五十余曲[6]，栖岩妙旨[7]，于是尽得之。因作是诗以记其事云。

（诗略）

［注释］

[1]犹子兰：犹子指侄子。兰即苗兰。楚材另有《和琴士苗兰韵》。　[2]栖岩：苗兰之父苗秀实，栖岩当为号。　[3]峻急：这里指音乐节奏急促。　[4]遗意：前人留下的意味、旨趣。[5]甲午：1234年。　[6]操弄：把持玩弄。　[7]妙旨：精微幽深的旨意。

［点评］

楚材诗序回顾了自幼学琴经历，及对金朝琴士苗秀实音乐造诣的倾慕，可与文集卷八《苗彦实琴谱序》相参看。其中，楚材提到苗秀实的琴操特点："如蜀声之峻急"。唐代琴家赵耶利称："吴声清婉，若长江广流，绵延徐逝，有国士之风。蜀声躁急，若激浪奔雷，亦一时之俊。"（宋朱长文《琴史》）"躁急"与"峻急"意同。由此可见，相较于"绵延徐逝"的舒缓吴声，"激浪奔雷"的蜀声是很豪放的。

弹《广陵散》终日而成因赋诗五十韵并序[1]

嵇叔夜能作《广陵散》[2]，史氏谓叔夜宿华阳亭[3]，夜中有鬼神授之。韩皋以为[4]，扬州者广陵故地，魏氏之季，毌丘俭辈皆都督扬州[5]，为司马懿父子所杀[6]，叔夜痛愤之怀，

见《晋书·嵇康传》。

写之于琴，以名其曲，言魏之忠臣散殄于广陵也。盖避当时之祸，乃托于鬼神耳。叔夜自云靳固其曲[7]，不以传袁孝尼[8]。唐乾符间[9]，待诏王遨为季山甫鼓之。近代大定间汴梁留后完颜光禄者[10]，命士人张研一弹之，因请中议大夫张崇为谱序[11]。崇备叙此事，渠云：验于琴谱，有《井里》《别姊》《辞卿》《报义》《取韩相》《投剑》之类，皆刺客聂政为严仲子刺杀韩相侠累之事，特无与扬州事相近者。意其叔夜以广陵名曲，微见其意，而终畏晋祸，其序其声，假聂之事为名耳。韩皋徒知托于鬼物以避难，而不知其序其声皆有所托也。崇之论似是而非。余以为叔夜作此曲也，晋尚未受禅，慢商与宫同声，臣行君道，指司马懿父子权侔人主，以悟时君也。又序聂政之事以讥权臣之罪，不啻侠累，安得仗义之士以诛君侧之恶，有所激也。不然，则远引聂政之事，甚无谓也。泰和间[12]，待诏张器之亦弹此曲，每至《沈思》《峻迹》二篇，缓弹之，节奏支离，未尽其善。独栖岩老人混而为一，士大夫服其精妙。其子

语出《旧唐书·韩皋传》：皋生知音律，尝观弹琴，至《止息》，叹曰："妙哉！嵇生之为是曲也，其当晋、魏之际乎！……王陵都督扬州，谋立荆王彪；毌丘俭、文钦、诸葛诞前后相继为扬州都督，咸有匡复魏室之谋，皆为懿父子所杀。叔夜以扬州故广陵之地，彼四人者，皆魏室文武大臣，咸败散于广陵，《散》言魏氏散亡，自广陵始也。……叔夜撰此，将贻后代之知音者，且避晋、魏之祸，所以托之神鬼也。"

"叔夜自云靳固其曲，不以传袁孝尼"，语出《三国志·魏书·嵇康传》引《康别传》称康临终之言曰："袁孝尼尝从吾学《广陵散》，吾每固之不与。《广陵散》于今绝矣！"，另可见《晋书·嵇康传》。

兰亦得栖岩之遗意焉。

（诗略）

[注释]

[1]《广陵散》：又名《广陵止息》。中国古代十大古琴曲之一。
[2] 嵇叔夜：即嵇康，叔夜为其表字。　[3] 华阳亭：在河南密县。
[4] 韩皋：字仲闻。唐宰相韩滉子。通晓音律。官至尚书左仆射。
[5] 毌（guàn）丘俭：字仲恭。三国魏名将。历任荆州、幽州、豫
州刺史，都督扬州。255 年不满司马师专权，起兵反抗，兵败被
杀。　[6] 司马懿：字仲达。三国魏权臣，政治家、军事家、谋略
家。西晋王朝的奠基人。　[7] 靳固：吝惜。　[8] 袁孝尼：即袁
准，孝尼为其表字。嵇康外甥。西晋武帝泰始中，官给事中。著
有《仪礼丧服经注》等。　[9] 乾符：唐僖宗年号（874—879）。
[10] 大定：金世宗年号（1161—1189）。留后：官职名。犹留守、
留台。帝王离京留在京师总摄政事之官。光禄：光禄大夫，金朝
文散官阶，从二品上。　[11] 中议大夫：金朝文散官阶，正五品
上。　[12] 泰和：金章宗年号（1201—1208）。

[点评]

　　此诗序是楚材为《广陵散》诗五十韵所作，详细叙
述了《广陵散》的流传过程、曲式结构等等，信息非常
丰富。陆心源《仪顾堂题跋》对此序颇为称道，称："以
《广陵散》为序聂政刺韩相侠累之事，如后世南北曲之类，
皆创闻也。"此序是研究宋季金元时期琴曲《广陵散》的
发展状况、曲谱系统、指法变更等方面的重要参考资料，

　　"唐乾符间，待诏王遨为季山甫鼓之"，据《太平广记》卷二〇三《乐一·琴·王中散》，唐乾符之际，前翰林待诏王敬傲为李山甫弹一曲。山甫问之，王云："嵇中散所受伶伦之曲，人皆谓绝于洛阳东市，而不知有传者。余得自先人，名之曰《广陵散》也。"据此，季山甫或为李山甫之讹。李山甫为晚唐诗人，代表作有《寓怀》《寒食二首》等。

　　"皆刺客聂政为严仲子刺杀韩相侠累之事"，见《史记·刺客列传·聂政》。

历来受到古音乐学家尤其是《广陵散》研究者的高度重视。

吾山吟 [1]

儿铸学鼓琴，未期月 [2]，颇能成弄 [3]。有《古调弦泛声》一篇，铸爱之，请余为文。因补以木声 [4]，稍隐括之 [5]，归于羽音 [6]，起于南宫 [7]，终于大簇 [8]，亦相生之义也 [9]。以文之首句有"吾山"之语，因命为《吾山吟》，聊塞铸之请，不敢示诸他人也。湛然题。

吾山吾山予将归，予将归深溪，苍松围茅亭，扃扃柴扉 [10]，水边林下，琴书乐矣。水边林下，琴书乐矣，不许市朝知 [11]。猿鹤悲 [12]，吾山胡不归！

[**注释**]

[1] 吾山：即鱼山，在山东东平。　[2] 期月：一整月。　[3] 成弄：弄，乐曲，曲调。成弄指成调。　[4] 木声：指乐器木质部分的共鸣声。　[5] 隐括：矫正，修正。　[6] 羽音：五音（宫商角

徵羽）之一。　[7]南宫：疑为南吕。十二律之一。　[8]大簇：
十二律之一。　[9]相生：事物由于矛盾转化而生生不已。　[10]扃
扃：明察貌。柴扉：柴门。亦指贫寒的家园。　[11]市朝：朝
野。　[12]猿鹤：猿和鹤，借指隐逸之士。

[点评]

楚材子耶律铸自幼就聪颖过人。对耶律铸的成长，
楚材倾注了大量心血，诗书礼乐，琴棋书画，都曾刻意
进行过培养。这篇《吾山吟》是楚材为耶律铸填写的一
曲歌词。吾山指楚材家族封爵所在地东平鱼山，楚材诗
篇多次提及吾山，以之作为将来退隐之地。

转　灯[1]

乙未元日[2]，安庆以转灯见赠。忘忧居士索
诗[3]，走笔作偈以警世云。

安庆作戏灯[4]，惠然来赠我[5]。
藏灯藉微明，细火薰其座。
乘兹风火力，盘旋如转磨[6]。
中有角抵人[7]，挥臂不知祸。
团团十万匝，轮回莫能躲[8]。

此灯虽戏具，无果大因果[9]。

三世尘沙佛[10]，皆如转灯过。

三千大千界[11]，成坏亦风火。

所以明眼人，重道轻利货。

生死比梦寐[12]，荣华等涕唾[13]。

长行此观心，人间都看破[14]。

多少看灯人，知音无一个。

世无无因之果，亦无无果之因。

[注释]

[1]转灯：走马灯。 [2]乙未元日：1235年正月初一。 [3]忘忧居士：即楚材的中书省同僚与儿女亲家粘合重山，忘忧居士为其号。 [4]戏灯：此处指转灯。 [5]惠然：欣喜顺心的样子。 [6]转磨：旋转的石磨。 [7]角抵：我国古代体育活动项目，类似现代摔跤。 [8]轮回：循环。此处亦喻佛教语。梵语的意译，原意是流转。佛教认为众生各依善恶业因，在天道、人道、阿修罗道、地狱道、饿鬼道、畜生道等六道中生死交替，有如车轮般旋转不停，故称。也称六道轮回、轮回六道。 [9]因果：佛教语。谓因缘和果报。根据佛教轮回之说，种什么因，结什么果；善有善报，恶有恶报。 [10]三世：佛家以过去、现在、未来为三世。尘沙：犹指尘世。 [11]三千大千界：佛教名词，简称"大千世界"。以须弥山为中心，七山八海交绕之，更以铁围山为外郭，是谓一小世界，合一千个小世界为小千世界，合一千个小千世界为中千世界，合一千个中千世界为大千世界，总称为三千大千世界。 [12]梦寐：谓睡梦。 [13]涕唾：鼻涕和唾液。常用以表

示鄙薄和轻视。　[14]看破：看透；看穿。

[点评]

1235 年春节，楚材收到安庆的礼物——转灯。转灯即我们熟知的走马灯，其转动原理为灯内点燃灯火，产生热量，造成气流，从而推动轮轴不断旋转。安庆赠送楚材的转灯，有一个挥舞双臂的摔跤选手，随灯而转，栩栩如生。楚材即以此为喻，指出人生轮回，因果循环，皆有定数。生老病死，荣华富贵，如过眼烟云，昙花一现，皆可看破，而不应执着。

卷十二

怀古一百韵寄张敏之

兴亡千古事，胜负一枰棋[1]。

感恨空兴叹，悲吟乃赋诗。

三皇崇道德[2]，五帝重仁慈[3]。

礼废三王谢[4]，权兴五伯漓[5]。

焚书嫌孔孟[6]，峻法用高斯[7]。

政出人思乱，身亡国亦随。

阿房修象魏[8]，徐福觅灵芝[9]。

偶语真虚禁，长城信谩为。

只知秦失鹿[10]，不觉楚亡骓[11]。

约法三章日[12]，恩垂四百基。

汉兴学校启，文作典章施。

黩武疲中夏，穷兵攘四夷。

嗣君恩稍失，刘氏德难衰。

新室虽兴难[13]，真人已御期。

魏吴将奋起，灵献自荒嬉[14]。

贼子权移汉，奸臣坞筑郿[15]。

三朝如崎鼎[16]，四海若棼丝[17]。

才奉山阳主[18]，已生司马师[19]。

仲谋服孟德[20]，葛亮倍曹丕[21]。

惟晋成独统，平吴混八维[22]。

有初终鲜克，居治乱谁思。

蝉鬓充兰掖[23]，羊车绕竹岐。

孙谋无远虑，神器委痴儿[24]。

国事归椒室[25]，民饥询肉糜。

为人昧菽麦，闻蟆问官私。

卫瓘尝几谏，何曾已预知。

五胡云扰攘，六代电奔驰。

川谷流腥血，郊原厌积尸。

"仲谋服孟德"，曹操对孙权很佩服，评价说："生子当如孙仲谋，刘景升（刘表）儿子若豚犬耳！"

"葛亮倍曹丕"，刘备临终托孤诸葛亮说："君才十倍曹丕，必能安国，终定大事。"

"有初终鲜克"，语出《诗经·大雅·荡》："靡不有初，鲜克有终。"原意是指凡事有开始，却很少有结果，有始无终的意思。

"蝉鬓充兰掖，羊车绕竹岐"，据《晋书·后妃传》，晋武帝因后庭嫔妃众多，"莫知所适，常乘羊车，恣其所之，至便宴寝。官人乃取竹叶插户，以盐汁洒地，而引帝车"。

"民饥询肉糜"，《晋书·惠帝纪》："及天下荒乱，百姓饿死，帝曰：'何不食肉糜？'"

"闻蟆问官私"，《晋书·惠帝纪》：帝又尝在华林园，闻虾蟆声，谓左右曰："此鸣者为官乎，私乎？"或对曰："在官地为官，在私地为私。"

天光分耀日，地里裂瓜时。

历数当归李，驱除暂假隋。

西陲开鄯善，东鄙讨高丽。

鸾驾如江国，龙舟泛汴漪。

锦帆遮水面，粉浪污河湄。

府藏金帛积，生灵气力疲。

盗贼天下起，章奏禁中欺。

海内空龙战[26]，河东有凤姿[27]。

元戎展鹰犬，颉利助熊罴[28]。

奉表遵朝命，尊王建义旗。

经营于盗手，禅让托君辞。

豪哲归吾彀，要荒入我羁。

太宗真令主，贞观有皇规。

正美开元治，俄成天宝悲。

曲江还故里[29]，林甫领台司[30]。

裂土封三国[31]，缠头爱八姨[32]。

霓裳犹未罢[33]，鼙鼓恨来迟[34]。

逆寇陵丹阙[35]，君王舍翠眉[36]。

两京贼党灭，方镇重权移。

朱李元堪叹[37]，石刘亦可嗤[38]。

"卫瓘尝几谏"，《晋书·卫瓘传》：惠帝之为太子也，朝臣咸谓纯质，不能亲政事。瓘每欲陈启废之，而未敢发。后会宴陵云台，瓘托醉，因跪帝床前曰："臣欲有所启。"帝曰："公所言何耶？"瓘欲言而止者三，因以手抚床曰："此座可惜！"

"何曾已预知"，《晋书·何遵传》：初，曾侍武帝宴，退而告遵等曰："国家应天受禅，创业垂统。吾每宴见，未尝闻经国远图，惟说平生常事，非贻厥孙谋之兆也。及身而已，后嗣其殆乎！此子孙之忧也。汝等犹可获没。"指诸孙曰："此等必遇乱亡也。"

"禅让托君辞"，指逼迫隋恭帝禅让。

"霓裳犹未罢，鼙鼓恨来迟"，白居易《长恨歌》："渔阳鼙鼓动地来，惊破霓裳羽衣曲。"

"翁孙讲礼仪"，原注："昔宋事辽为兄，仍请随代以序昭穆，至季年辽为翁，宋为孙。"

"鸭绿金朝起"，原注："鸭绿江，武元起义之地。"

"桑乾玉玺遗"，原注："金兵逼京师，天祚西狩，遗传国玺于云中之桑乾河，竟不获。"

"后辽兴大石，西域统龟兹。万里威声震，百年名教垂"，原注："大石林牙，辽之宗臣，挈众而亡，不满二十年，克西域数十国，幅员数万里，传数主，凡百余年，颇尚文教，西域至今思之，庙号德宗。"

"殷礼杂宗姬"，原注："金谓箕子之裔，杂用周礼。"

"大定民兴咏，明昌物适宜"，时人常用"大定明昌五十年"追忆金朝的往昔岁月。如元好问《甲午除夜》："神功圣德三千牍，大定明昌五十年。"王恽《游琼华岛》："大定明昌五十年，论功当出汉唐前。"

九州重搆乱，五代荐荒饥。

辽宋分南北，翁孙讲礼仪。

宣和风侈靡[39]，教主德庸卑[40]。

背约绝邻好，兴师借寇资。

悬知丧唇齿，何事撤藩篱。

失地人皆怨，蒙尘悔可追[41]。

辽家遵汉制，孔教祖宣尼。

焕若文章备，康哉政事熙。

朝廷严衮冕[42]，郊庙奏埙篪[43]。

校猎温驰射，行营习正奇。

南州走玉帛，诸国畏鞭笞。

天祚骄人上[44]，朝鲜叛海涯[45]。

未终三百祀，不免一朝危。

鸭绿金朝起，桑乾玉玺遗。

后辽兴大石[46]，西域统龟兹。

万里威声震，百年名教垂。

武元平宋地[47]，殷礼杂宗姬。

治国崇文事，拔贤尚赋词。

邦昌君洛汭[48]，刘豫立青淄[49]。

大定民兴咏，明昌物适宜[50]。

日中须景昃[51]，月满必光亏。

肘腋独夫难[52]，丘墟七庙隳[53]。

北朝天辅佑，南国俗疮痍。

天子潜巡狩[54]，宗臣严守陴[55]。

山西尽荆枳，河朔半豺狸。

食尽谋安出，兵羸力不支。

长围重数匝，久困再周期[56]。

太液生秋草，姑苏游野麋。

忠臣全节死，余众入降麾。

文献生三子[57]，东丹第八枝[58]。

虚名如画饼[59]，遗业学为箕[60]。

自笑蓬垂鬓，谁怜雪满髭。

抚膺长感慨，搔首几嗟咨[61]。

车盖知何处[62]，衣冠问阿谁。

自天明下诏，知我素通蓍[63]。

发轫装琴剑[64]，登车执策绥[65]。

穹庐或白黑，驿骑半黄骓[66]。

肥脔白如瓠[67]，琼浆甘似饴[68]。

天山连北府[69]，瀚海过西伊[70]。

天马穷渤澥[71]，神兵过月氏[72]。

"天山连北府"，原注："天山之北，唐北庭都护府在焉。"

"瀚海过西伊"，原注："伊州之西北有瀚海。伊州又谓之西州。"

"寻思"，原注："寻思虔，西域城名。西人云，寻思，肥也；虔，城也，通谓之肥城。"

"春色多红树，秋波总绿陂"，原注："西域风俗，家必有园，园必成趣，多有方池圆沼。"

感恩承圣敕，寄住到寻思[73]。

春色多红树，秋波总绿陂。

不须赊酒饮，随分有驴骑[74]。

畎亩栖禾粟[75]，园林足果梨。

春粳光璨玉，煮饭滑流匙[76]。

圣祖方轻举[77]，明君应乐推[78]。

龙庭陈大礼，原庙献明粢[79]。

万国朝金陛，千官列玉墀。

求贤为辅弼，举我忝丞疑[80]。

才德真为慊[81]，颠危不解持。

愿从麋鹿性[82]，岂恋凤凰池。

投老谁为伴，黄山有敏之[83]。

[注释]

[1]枰棋：棋局，这里喻局势。　[2]三皇：传说中上古三位帝王，说法不一。较常见的说法指伏羲、神农、黄帝。　[3]五帝：传说中上古五位帝王，说法不一。较常见的说法指黄帝、颛顼、帝喾、唐尧、虞舜。　[4]三王：指夏、商、周三代之君。　[5]五伯：指春秋五霸。　[6]焚书嫌孔孟：指历史上有名的焚书坑儒。　[7]高斯：赵高与李斯，都是秦始皇的重臣。　[8]阿房：阿房宫。象魏：古代天子、诸侯宫门外的一对高建筑，这里喻指宫室。　[9]徐福：秦时方士。灵芝：传说中的瑞草、仙草。徐福

向秦始皇称可往蓬莱三山寻觅长生不老之药。　　[10]秦失鹿：秦朝失去天下。语出《史记·淮阴侯列传》："秦失其鹿，天下共逐之。"　[11]楚亡骓：西楚霸王项羽穷途末路之际，以宝马自况。以为时运不济，宝马难再奔驰。语出《史记·项羽本纪》："时不利兮骓不逝。"　[12]约法三章：《史记·高祖本纪》："与父老约，法三章耳：杀人者死，伤人及盗抵罪。"后谓订立简明的条款，以资遵守。　　[13]新室：指王莽篡汉所建新朝。　　[14]灵献：东汉灵帝与献帝。　　[15]奸臣坞筑郿：指奸臣董卓迁都至长安后，在长安以西二百五十里处建郿坞。　　[16]三朝：魏、蜀、吴。峙鼎：谓如鼎足并峙。　　[17]棼丝：乱丝。语本《左传·隐公四年》："臣闻以德和民，不闻以乱。以乱，犹治丝而棼之也。"　[18]山阳主：指汉献帝刘协，禅位后封山阳公。　　[19]司马师：曹魏权臣司马懿子，司马昭兄。　　[20]仲谋：孙权表字。孟德：曹操表字。　　[21]葛亮：诸葛亮。曹丕：魏文帝。　　[22]八维：四方和四隅的合称。　　[23]蝉鬓：古代汉族妇女的发饰之一，其鬓发薄如蝉翼，黑如蝉身，故称。兰掖：掖庭的美称。指后宫嫔妃所居之地。　　[24]神器委痴儿：指将皇位传给晋惠帝。　　[25]椒室：后妃的居室。亦为后妃的代称。这里指晋惠帝皇后贾南风。　[26]龙战：本谓阴阳二气交战，后遂以喻群雄争夺天下。　　[27]凤姿：凤凰的英姿。常用以称美别人。这里指唐高祖李渊。　　[28]颉（jié）利：突厥可汗。熊和罴（pí）。皆为猛兽。因以喻勇士或雄师劲旅。　　[29]曲江：指唐玄宗宰相张九龄。　　[30]林甫：指唐玄宗宰相李林甫。　　[31]三国：指杨贵妃的三位姐姐，分别被唐玄宗封为虢国夫人、韩国夫人与秦国夫人。　　[32]缠头：赏歌舞人，以锦彩置之头上。八姨：秦国夫人。据宋乐史《杨太真外传》："八姨为秦国夫人，上羯鼓曲，曲罢。上戏曰：'阿瞒乐籍，今日幸得供养夫人，请一缠头。'秦国曰：'岂有大唐天子阿

姨无钱用耶！'遂出三百万为一局焉。"唐玄宗饮酒作乐，荒淫无耻，居然向八姨要缠头。后用为君主戏笑之典。　[33]霓裳：唐玄宗主编乐曲《霓裳羽衣曲》的简称。　[34]鼙（pí）鼓：小鼓和大鼓。古代军中所用。　[35]逆寇：逆贼，这里指安史之乱贼党。丹阙：皇帝所居宫廷。这里指长安。　[36]翠眉：用青黛画眉，泛指美女，这里指杨贵妃。　[37]朱李：指五代中的后梁与后唐。　[38]石刘：指五代中的后晋与后汉。　[39]宣和：北宋徽宗最后一个年号（1119—1125）。　[40]教主：指宋徽宗，因其笃信道教，自号"教主道君皇帝"。　[41]蒙尘：蒙受风尘，古代多指帝王失位逃亡或被俘在外。　[42]衮冕：衮衣和冕。古代帝王与上公的礼服和礼冠。　[43]郊庙：古代天子祭天地与祖先。埙篪（xūn chí）：均为古代乐器名，二者合奏时声音相应和。　[44]天祚：即辽朝最后一位皇帝耶律延禧。　[45]朝鲜：借指女真。　[46]大石：耶律大石，西辽德宗。　[47]武元：金太祖完颜阿骨打谥号。　[48]邦昌：即张邦昌，北宋徽宗朝宰相，后降金人。洛汭（ruì）：河南省洛水入黄河处。此句指金人灭北宋后，立张邦昌伪楚政权。　[49]刘豫：南宋济南知府，后降金人。青淄：青州与淄州，借指山东。此句指金人灭北宋后，立刘豫伪齐政权。　[50]大定民兴咏，明昌物适宜：大定（1161—1189）、明昌（1190—1196）分别为金世宗与金章宗前期年号，也是金朝的全盛期。　[51]景昃（zè）：太阳偏西。　[52]肘腋：胳膊肘与胳肢窝。比喻切近之地。独夫：残暴无道、众叛亲离的统治者。这里应指发动政变推翻金卫绍王统治的胡沙虎。　[53]七庙：泛指帝王供奉祖先的宗庙。此处为王朝的代称。　[54]巡狩：谓天子出行，视察邦国州郡。这里指1214年金宣宗南迁汴梁。　[55]宗臣：与君主同宗之臣。这里指完颜承晖（福兴）。　[56]周期：周年。　[57]文献：楚材父亲

履谥号。三子：指履三子善才、辨才与楚才（楚材）。　[58]东丹第八枝：东丹王八世孙。　[59]画饼：画成的饼。比喻徒有虚名无补实用的人。这是楚材的自谦。　[60]为箕（jī）：指扶箕，即占卜。　[61]嗟咨：慨叹。　[62]车盖：古代车上遮雨蔽日的篷。状如伞，有柄。　[63]蓍（shī）：古代用以占卜的草。这里借指占卜。　[64]发轫：拿掉支住车轮的木头，使车前进。借指出发，起程。　[65]策绥：指驾车马之具。策，马鞭；绥，登车拉手之绳索。　[66]骓（pī）：黄白杂毛的马。　[67]白如瓟：瓟，即葫芦，瓟瓜的籽，排列整齐，色泽洁白。　[68]饴：饴糖。　[69]北府：指北庭都护府。　[70]西伊：指伊州，本隋伊吾郡，唐改置西伊州，又改伊州。治今新疆哈密。　[71]渤澥（xiè）：渤海的古称，此处应指里海。蒙古千里奔袭，追击花剌子模沙摩诃末，直至里海。　[72]月氏：古族名，曾于西域建月氏国。此处借指花剌子模国。　[73]寻罳（sī）：即寻思干，也即撒马尔罕。　[74]随分：随便；就便。　[75]禾粟：谷粟。　[76]流匙：古代舀食物的器具。　[77]轻举：谓飞扬。　[78]乐推：乐意拥戴。　[79]原庙：在正庙以外另立的宗庙。明粢：古代祭祀所用的谷物。　[80]丞疑：即疑丞。古官名。供天子咨询的四辅中的二臣。后泛指辅佐大臣。　[81]慊（qiǎn）：不满足；遗憾。　[82]麋鹿性：比喻草野优游之性。　[83]黄山：应为张本号。

［点评］

这是楚材一首典型的咏史诗。张敏之即张本，前面已介绍过，为金曹王讹可陪臣，长期滞留北方，后与楚材结为挚友。这首组诗可分两大部分，前半部分以恢宏视野向读者展现了从三皇五帝直至金朝贞祐南迁、中都

投降的中国历史发展长河，后半部分则具体到楚材个人际遇，包括家庭出身、应召北上、参加蒙古西征与出领中书省等事。

赠高善长一百韵

　　高善长本书生也，屡入御围而不捷[1]，乃翻然医隐，悉究《难》《素》之学[2]，后进咸师法焉。与龙冈居士善[3]，尤长于诗，而酷爱余之拙语，盖自厌家鸡耳[4]。因漫成俚语一百韵以赠之。

　　君本辽阳人，家居华表傍。

　　随任来燕然，卜筑金台坊[5]。

　　幼蒙父兄训，读书登上庠[6]。

　　大义治三传[7]，左氏为纪纲。

　　诗书究微理，易道宗京房[8]。

　　史学亦精妙，论议如馨香。

　　行道有余力，下笔能诗章。

　　典雅继李杜[9]，浮华笑陈梁[10]。

　　当年辟科举，郡国求圭璋[11]。

御围屡不捷，在前饶粃糠。

先生乃医隐，退身慕羲皇[12]。

难素透玄旨，针砭能起殭[13]。

可并华扁迹[14]，可联和缓芳。

门生皆良医，西海高名扬。

昔我知君名，方且王事忙。

兵尘隔东西，忽成参与商[15]。

君初涉洛瀍[16]，我已达燉煌。

瀚海浪奔激，金山路彷徨。

西游几万里，两鬓今苍苍。

西方好风土，大率无蚕桑。

家家植木绵[17]，是为垅种羊。

年年旱作魃，未识舞鹬鹓[18]。

决水溉田圃，无岁无丰穰。

远近无饥人，四野栖余粮。

是以农民家，处处皆池塘。

飞泉绕曲水，亦可斟流觞。

早春而晚秋，河中类余杭[19]。

濯足或濯缨，肥水如沧浪。

杂花间侧柏，园林如绣妆。

《长春真人西游记》提到："其地出帛，目曰'秃鹿麻'，盖俗所谓种羊毛织成者也。……其毛类中国柳花，鲜洁细软，可为线、为绳、为帛、为绵。"

"飞泉绕曲水，亦可斟流觞"，《西游录》："率飞渠走泉"。

"佳人多碧髯"，当地妇女喜衣白，常有留胡须者。《湛然居士文集》卷五《赠蒲察元帅七首》："素袖佳人学汉舞，碧髯官妓拨胡琴。"卷六《戏作二首》："歌姝窈窕髯遮口，舞妓轻盈眼放光。"再如刘祁《北使记》："其妇人衣白，面亦衣，止外其目。间有髯者，并业歌舞音乐。"《长春真人西游记》也提到当地妇女"异者或有须髯"。

"甘瓜如马首，大者狐可藏"，《西游录》："瓜大者如马首许，长可以容狐。"《长春真人西游记》："甘瓜如枕许，其香味盖中国未有也。"

"采杏兼食核"，原注："西方杏仁皆生食之，甘香如芭榄。"

"西瓜大如鼎，半枚已满筐"，这应该指吃甜瓜。

烂醉蒲萄酒，渴饮石榴浆。

随分有弦管，巷陌杂优倡。

佳人多碧髯，皎皎白衣裳。

市井安丘坟，畎亩连城隍。

货钱无孔郭，卖饭称斤量。

甘瓜如马首，大者狐可藏。

采杏兼食核，飡瓜悉去瓤[20]。

西瓜大如鼎，半枚已满筐。

芭榄贱如枣，可爱白沙糖。

人生为口腹，何必思吾乡。

一住十余年，物我皆相忘。

神祖上仙去[21]，圣主登明堂[22]。

驲骑征我归，忝位居岩廊[23]。

河表寒旧盟[24]，鄜秦成战场[25]。

翠华乃南渡，鸾驭声锵锵[26]。

六军临孟津[27]，偏师出太行。

间路入斜谷[28]，南鄙侵寿唐[29]。

犄角皆受敌，应战实未遑。

一旦汴梁破，何足依金汤[30]。

下诏求明医，先生隐药囊。

驰辂来北阙[31]，失措空仓惶[32]。

我于群鸡中，忽见孤凤凰。

下马执君手，涕泪其如滂[33]。

我叹白头翁，君亦嗟髯郎[34]。

停灯话旧事[35]，谈笑吐肺肠[36]。

酬酢觅佳句[37]，沉思搜微茫[38]。

湛然访医药，预备庸何妨。

高君略启口，确论闻未尝[39]。

医术与治道，二者元一方。

武事类药石[40]，文事如膏粱[41]。

膏粱日日用，药石藏巾箱[42]。

一朝有急病，药石施锋铓[43]。

病愈速藏药，膏粱复如常。

缓急寇难作，大剑须长枪。

寇止兵弗戢[44]，自焚必不长。

发表勿攻里，治内无外伤。

朝廷有内乱，安可摇边疆。

疆场或警急，中变决自戕。

阴病阳脉生[45]，阳证阴脉亡[46]。

暴法譬之阴，仁政喻之阳。

"芭榄贱如枣"，《西游录》："芭榄城边皆芭榄园，故以名焉。芭榄花如杏而微淡，叶如桃而差小。每冬季而华，夏盛而实，状类匾桃，肉不堪食，唯取其核。"

太平虽日久，恣暴降百殃[47]。

大乱遍天下，行仁降百祥[48]。

一君必二臣，佐使仍参详[49]。

不殊世间事，烝民无二王[50]。

国老似甘草[51]，良将比大黄[52]。

一缓辅一急，一柔济一刚。

病来不速治，安居养豺狼。

疾作傥无药，遇水乏舟航。

病固有寒热，药性分温凉。

疗热用连蘖[53]，理寒宜桂姜[54]。

君子与小人，礼刑令相当。

虚者补其羸，实者泻其强。

扶衰食枸杞[55]，破血服槟榔[56]。

抑高举其下，天道犹弓张。

损余补不足，贫富无低昂。

寒多成冷瘤，热盛为疮疡[57]。

政猛民伤残，政慢贼猖狂。

保生必求源，胃府为太仓[58]。

四时胃为主，端居镇中央。

朝廷天下本，本固邦家昌[59]。

实实而虚虚，其谋元不臧[60]。

五行不偏胜[61]，所以寿而康。

太宗平府兵[62]，是致威要荒[63]。

未病宜预治，未乱宜预防。

贼臣弑君父，祸难生萧墙[64]。

辨之由不早，即渐成坚霜。

心腹尚难治，向复及膏肓[65]。

湛然闻此语，不觉兴胡床[66]。

谢君赠诲言[67]，苦口如药良。

问一而得二，和璧并夜光[68]。

走笔书新诗[69]，一笑呈龙冈。

［注释］

[1] 御围：又作御闱，殿试的试院。　[2]《难》《素》：中医医书《难经》和《素问》的并称，借指传统医学。　[3] 龙冈居士：即郑师真。 [4] 家鸡：借指自己诗文的技法和风格。 [5] 金台坊：金中都坊名，昔燕昭王尊郭隗，筑宫而师事之，置千金于台上，以延天下士，遂以得名。　[6] 上庠：古代的大学。　[7] 三传：指春秋公羊、谷梁、左氏三传。　[8] 京房：西汉易学家，推动发展了汉代《周易》象数之学。　[9] 李杜：唐代诗人李白与杜甫。　[10] 陈梁：指南朝梁与陈，文风奢靡。清方文《云间五子诗·徐闇公孚远》："博览崇汉魏，纤辞鄙梁陈。" [11] 圭璋：比喻朝廷有用的人才。　[12] 羲皇：即伏羲氏，古代传说

中的三皇之一。三皇描写的大道之书，在宋代被作为医书典籍，三皇成为传统医学之宗。 [13]殭：引申为麻痹。 [14]华扁：华佗与扁鹊，均为中国古代名医。 [15]参与商：参与商都是二十八宿之一，两者不同时在天空出现，这里比喻亲友不能会面。 [16]洛瀍：又作瀍洛。洛阳地处瀍水两岸、洛水之北。故多以二水连称洛阳。 [17]木绵：即草棉。草本或灌木。花一般淡黄色，果实如桃，内有白色纤维和黑褐色的种子。纤维供纺织，子可榨油。通称棉花。 [18]鹬鹄：又作商羊，传说中的鸟名。大雨前，常曲一足翩翩起舞。 [19]余杭：杭州。 [20]飡：同餐。瓤：瓜类的肉。 [21]神祖：指成吉思汗。 [22]圣主：指窝阔台汗。 [23]岩廊：高峻的廊庑。借指朝廷。 [24]河表：黄河以南，指金朝。 [25]鄜秦：指陕西。 [26]鸾驭：驾驭鸾鸟飞升。这里指驭马。 [27]六军：天子所统领的军队。孟津：古黄河津渡名。在今河南孟津东北、孟县西南。窝阔台汗伐金于白坡渡河，即在孟津附近。 [28]间路：偏僻的、抄近的小路。斜谷：山谷名。在陕西终南山。 [29]南鄙：指南宋。寿唐：指寿唐关，位于今安徽凤台县境。 [30]金汤：即金城汤池。金属造的城，沸水流淌的护城河。形容城池险固。 [31]轺：奉使者和朝廷急命宣召者所乘的车。 [32]仓惶：匆忙急迫。 [33]滂：涌流。 [34]髯郎：指楚材。 [35]停灯：熄灯。 [36]肺肠：比喻内心；心思。 [37]酬酢：主客相互敬酒，主敬客称酬，客还敬称酢。这里指诗文唱和。 [38]微茫：隐秘暗昧；隐约模糊。 [39]确论：精当确切的言论。 [40]药石：药剂和砭石。泛指药物。 [41]膏粱：肥美的食物。《国语·晋语七》韦昭注："膏，肉之肥者；粱，食之精者。" [42]巾箱：古时放置头巾的小箱子，后亦用以存放书卷、文件等物品。 [43]锋铓：即锋芒，比喻锐利的气势。 [44]戢：收藏兵器，引申指停止战

争。　[45]阳脉：中医学名词。指脉象性质。凡属浮、大、数、动、滑者，谓之"阳脉"。　[46]阴脉：中医学名词。指脉象性质。凡属沉、涩、弱、弦、微者，谓之"阴脉"。　[47]恣暴：横暴。百殃：各种灾难。　[48]百祥：各种吉利的事物。　[49]参详：参酌详审。　[50]烝民：民众，百姓。　[51]甘草：多年生草本植物，根有甜味，可以入药。亦可作烟草、酱油等的香料。　[52]大黄：药草名。也叫"川军"。多年生草本，分布于我国湖北、陕西、四川、云南等省。根茎可入药，性寒，味苦，功能攻积导滞、泻火解毒，主治实热便秘，腹痛胀满、瘀血闭经、痈肿等症。　[53]连蘗：即黄蘗，落叶乔木。树皮淡灰色。羽状复叶，小叶卵形或卵状披针形。开黄绿色小花。果实黑色。树皮中医入药，有清热、解毒等作用。　[54]桂姜：肉桂与生姜。　[55]枸杞：落叶小灌木，叶子披针形，花淡紫色，浆果卵圆形，红色。嫩茎、叶可作蔬菜，中医以果实根皮入药。也称枸檵、天精、地骨等。　[56]槟榔：指槟榔树的果实。可供药用，有消食、驱虫等功效。　[57]疮疡：痈疽疔疖等体表疾患。　[58]太仓：胃的别名。本以太仓喻胃，后径称胃为太仓。　[59]邦家：国家。　[60]不臧：不吉。　[61]偏胜：谓一方超越另一方；失去平衡。　[62]太宗：唐太宗李世民。平：整治；治理。府兵：起于西魏、行于北周和隋、兴于唐初的一种兵制。　[63]要荒：要，要服；荒，荒服。古称王畿外极远之地。亦泛指远方之国。　[64]萧墙：萧，通"肃"。借指内部。　[65].膏肓：古代医学以心尖脂肪为膏，心脏与膈膜之间为肓。后遂用以称病之难治者。　[66]胡床：一种可以折叠的轻便坐具。又称交床。　[67]诲言：教导的话。　[68]和璧并夜光：和氏璧与夜光珠。　[69]走笔：谓挥毫疾书。

[点评]

儒医高善长为辽阳人，与郑师真属同道，关系密切。楚材这首长诗尤为人称道者，是其中有关西域风土人情的介绍。诗句平淡自然，不事雕琢，如数家珍，娓娓道来。宛然一幅西域生活长卷，展现在读者面前。这部分内容，也可与楚材《西域河中十咏》互相参看。此外，长诗对中医理论理解透彻，以治病救人喻治国理政，也是其新奇之处。

为子铸作诗三十韵

皇祖辽太祖[1]，奕世功德积[2]。

弯弓三百钧，天威威万国。

一旦义旗举，中原如卷席。

东鄙收句丽[3]，西南穷九译。

古器获轩鼎，神宝得和璧。

南陬称子孙，皇业几三百。

赫赫东丹王[4]，让位如夷伯[5]。

藏书万卷堂，丹青成画癖。

四世皆太师，名德超今昔。

我祖建四节，功勋冠黄阁。

先考文献公^[6]，弱冠已卓立。

学业饱典坟，创作乙未历^[7]。

入仕三十年，庙堂为柱石。

重义而疏财，后世遗清白。

我受先人体，兢兢常业业。

十三学诗书，二十应制策。

禅理穷毕竟，方年二十七。

万里渡流沙，十霜泊西域。

自愧无才术，忝位人臣极。

未能扶颠危，虚名徒伴食。

汝方志学年，寸阴真可惜。

孜孜进仁义，不可为无益。

经史宜勉旃^[8]，慎毋耽博弈^[9]。

深思识言行，每戒迷声色。

德业时乾乾，自强当不息。

幼岁侍皇储^[10]，且作春宫客。

一旦冲青天，翱翔腾六翮^[11]。

儒术勿疏废，祖道宜薰炙^[12]。

汝父不足学，汝祖真宜式。

酌酒寿汝年，五福自天锡。

有关这位"皇储"是谁，说法很多，有可能指窝阔台的儿子合失。

［注释］

[1]辽太祖：即耶律阿保机（872—926），汉名乙，辽朝建立者。耶律楚材九世祖。 [2]奕世：累世，代代。 [3]句丽：高句丽，这里应指号称"海东胜国"的渤海国，926年被辽朝灭亡。 [4]东丹王：即耶律阿保机长子耶律倍（899—937），本名突欲，为耶律楚材八世祖。926年阿保机灭渤海后，建东丹国，以耶律倍为东丹王。 [5]夷伯：即伯夷，商末孤竹君长子。因孤竹君欲立三子叔齐，孤竹君死后，伯夷遂尊父命让位叔齐。叔齐亦不肯立。商亡，二人以耻食周粟，俱饿死首阳山。 [6]文献公：即耶律楚材父耶律履。 [7]乙未历：耶律履所创历法。 [8]勉旃：努力。多于劝勉时用之。旃，语助，之焉的合音字。 [9]博弈：局戏和围棋。这里指赌博。 [10]皇储：皇位继承人。 [11]六翮：谓鸟类双翅中的正羽。用以指鸟的两翼。 [12]薰炙：犹熏陶。

［点评］

此诗为楚材勉励儿子耶律铸所作。首先追溯了祖先从阿保机到父亲耶律履的赫赫功业，这是楚材颇引以为自豪的出身，接下来回顾了自己的前半生，认为自己虽兢兢业业，可取得的成就有限，颇有愧于祖先，最后告诫儿子不要耽于玩乐，虚度光阴，一定要奋发图强，自强不息，将来一定会大有作为，字里行间充满了对耶律铸的拳拳父爱与殷切希望。

卷十三

《楞严外解》序[1]

昔洪觉范有言[2]：天台智者禅师闻天竺有《首楞严经》[3]，且暮西向拜，祝愿此经早来东土，续佛慧命[4]，竟不得一见。今板鬻遍天下，有终身不闻其名者，因起法轻信劣之叹。若夫征心辨见，证悟穷魔，明三界之根[5]，探七趣之本[6]，原始要终，广大悉备，与禅理相为表里，虽具眼衲僧[7]，不可不熟绎之也[8]。

余故人屏山居士[9]，牵引《易》《论语》《孟子》《老氏》《庄》《列》之书，与此经相合者，

辑成一编，谓之《外解》，实渐诱吾儒不信佛书者之饵也。

吾儒中喜佛乘者固亦多矣[10]，具全信者鲜焉。或信其理而弃其事者，或信其理事而破其因果者，或信经论而诬其神通者[11]，或鄙其持经，或讥其建寺，尘沙之世界，[12]以为迂阔之言[13]，成坏之劫波[14]，反疑驾驭之说，亦何异信吾夫子之仁义，诋其礼乐，取吾夫子之政事，舍其文学者耶？或有攘窃相似之语，以为皆出于吾书中，何必读经然后为佛，此辈尤可笑也！且窃人之财犹为盗，矧窃人之道乎[15]？

我屏山则不然，深究其理，不废其事。其于因果也，则举作善降祥之文[16]，引羊祜、鲍靓之事[17]；其于尘界也[18]，则隘邹子之说[19]，婉御寇之谈[20]；其神通也，则云左慈术士耳[21]，变形于魏都[22]，皆同物也，疑吾佛不能变千百亿化身乎？其于劫波也，则云郭璞曰者[23]，卜年于晋室，若合符券，疑吾佛不能记百万之多劫耶？其于持经也，则云佛日禅师因闻诵《心经咒》，言下大悟，田夫俚妇[24]，持念诸课者，讵

羊祜，据《晋书》本传，祜年五岁，时令乳母取所弄金环。乳母曰："汝先无此物。"祜即诣邻人李氏东垣桑树中探得之。主人惊曰："此吾亡儿所失物也，云何持去！"乳母具言之，李氏悲悌。时人异之，谓李氏子则祜之前身也。

鲍靓，据《晋书》本传，年五岁，语父母云："本是曲阳李家儿，九岁坠井死。"其父母寻访得李氏，推问皆符验。

可轻笑之哉？其于建寺也，则云阿兰若法当供养[25]，彼区区者尚以土木之功为费，何庸望之甚耶[26]！其评品三圣人理趣之浅深也[27]，初云稍寻旧学，且窥道家之言，又翻内典[28]，至其邃处[29]，吾中国之书似不及也。晚节复云[30]："余以此求三圣人垂化之理，而后知吾佛之所以为人天师、无上大法王者，非诸圣之所以能侔也[31]。学至于佛则无可学者，乃知佛即圣人，圣人非佛；西方有中国书，中国无西方书也。"或问屏山何好佛之深乎？答云："感恩之深则深报之。"屏山所谓心不负人者矣。渠又云[32]："吾佛之所诲人者，其实如如[33]，不诳不妄，岂有毛发许可疑者邪？"噫！古昔以来，笃信佛书之君子，未有如我屏山之大全者也，近代一人而已。

泰和中[34]，屏山作《释迦文佛赞》，不远千里以序见托于万松老师。永长巨豪刘润甫者，笑谓老师曰："屏山儿时闻佛，以手加额；既冠排佛；今复赞佛。吾师之序，可慎与之，庸讵知他日得不复似韩、欧排佛乎[35]？"老师曰："不然。今屏山信解入微[36]，如理而说，岂但悔悟于前

非，亦将资信于来者。且儿时喜佛者，生知宿禀也 [37]；既冠排佛者，华报蛊惑也 [38]；退而赞佛者，不远而复也。而今而后，世尊所谓吾保此木 [39]，决定入海矣。"后果如吾师言。

余与屏山通家相与 [40]，尔汝曾不检羁 [41]。其子阿全辈待余以叔礼 [42]。天兵既克汴梁，阿全挈遗稿来燕，寓居万松老师之席。老师助锓木之资 [43]，欲广其传。阿全致书请余为引。余亦不让，援笔疾书以题其端。不惟彰我万松老师冥有知人之鉴，抑亦纪我屏山居士克终全信之心 [44]，且为方来浅信窃道者之戒云。

甲午清明后五日 [45]，湛然居士漆水移剌楚才晋卿序于和林城。

[注释]

[1]楞严：指《首楞严经》，佛经《大佛顶如来密因修证了义诸菩萨万行首楞严经》的简称。   [2]洪觉范：名慧洪，字觉范，北宋末年临济宗高僧。   [3]天台智者禅师：天台宗四祖与实际创建人。为求得传说中的《楞严经》，在天台山华顶上设置拜经台，面向西方印度竭诚求法礼拜十八年，但直到去世，也未能见到此经。   [4]佛慧：佛教语。唯佛具有的至大至圆的智慧，即无上正等正觉。此种智慧能如实觉知一切真理，了知一切事

物。　[5]三界：佛教指众生轮回的欲界、色界和无色界。　[6]七趣：佛教语。谓一切众生轮回趋向的七个地方。即地狱、饿鬼、畜生、人、天、仙和阿修罗。《楞严经》从六趣中的天趣分出仙趣，故成"七趣"。　[7]具眼：独具慧眼，有识别事物的眼力。　[8]熟绎：仔细寻绎。　[9]屏山居士：即李纯甫，字之纯，弘州襄阴（今河北阳原）人。金代文学家。　[10]佛乘：佛教经典。　[11]经论：佛教三藏中的经藏与论藏。　[12]尘沙：犹尘世。　[13]迂阔：不切合实际。　[14]劫波：简称"劫"，梵语Kalpa音译。佛教分劫为大劫、中劫、小劫。谓世上人的寿命有增有减，每一增及一减，各为一小劫。合一增一减为一中劫。一大劫包括"成""住""坏""空"四个时期，通称"四劫"，各包括二十中劫，即一大劫包括八十中劫。　[15]矧：况且；而况。　[16]作善：行善；做善事。降祥：降下吉祥。　[17]羊祜：西晋政治家、文学家，累官车骑将军、开府仪同三司，都督荆州诸军事。鲍靓：晋南海太守。　[18]尘界：佛教以色、声、香、味、触、法为六尘。为十八界之一科。六尘所构成的虚幻世界叫尘界。　[19]隘：限制；控制。邹子：即邹衍，战国末期阴阳家代表人物、五行学说创始人。　[20]婉：美好。御寇：即列子，战国道家学派著名代表人物，著有《列子》。　[21]左慈：东汉末年著名方士，少居天柱山，研习炼丹之术。明五经，兼通星纬，明六甲，传说能役使鬼神，坐致行厨。　[22]魏都：今河南许昌。曹操迎汉献帝都于此。　[23]郭璞：两晋时期著名文学家、训诂学家、风水学者，传说擅长预卜先知和诸多奇异的方术。　[24]田夫俚妇：民间男女。　[25]阿兰若：梵语的音译。意译为寂静处或空闲处。原为比丘洁身修行之处，后亦用以称一般佛寺。　[26]何庸：何用，何须。　[27]三圣人：儒释道三教的创始人孔子、释迦牟尼、老子。理趣：义理情趣。　[28]翻：

翻阅。内典：佛教徒称佛经为内典。　[29]邃处：精深之处。
[30]晚节：晚年。　[31]侔：齐等；相当。　[32]渠：人称代词他。
[33]如如：佛教语。指永恒存在的真如。　[34]泰和：金章宗年
号（1201—1208）[35]庸讵：岂；何以；怎么。韩欧：韩愈与
欧阳修。　[36]信解：佛教谓对佛法心无疑虑、明见其理为信解。
[37]生知：谓不待学而知之。宿禀：天赋。　[38]华报：又作花报，
即报应。华开在结实之前，故"华报"乃对后得之"果报"而言。
蛊惑：迷乱；惑乱。　[39]世尊：佛陀的尊称。　[40]通家相与：
两家相互交往，犹世交。　[41]检羁：拘束。　[42]阿全：指李
纯甫子李全，字稚川。　[43]锓木：即锓板，指雕板印书。　[44]克
终：犹善终，自始至终。　[45]甲午：1234 年。

[点评]

《首楞严经》（又省作《楞严经》）是佛教极其重要
的一部经典，素有"开悟的《楞严》、成佛的《法华》"
之说，又有所谓"自从一读《楞严》后，不看人间糟粕书"
的说法。屏山居士李纯甫是金末著名文学家，也是楚材
极为敬重之人。他儿时喜佛，既冠排佛，后在二十九岁
皈依佛门，拜万松行秀为师。晚年自订其文，凡论性理
及有关佛老的文章编为"内稿"，其余如碑志诗赋等则为
"外稿"。李纯甫毕生宣扬以佛教为指归的三教合一，《楞
严外解》是他用儒家、道家经典诠释《首楞严经》的著
作。楚材此序除介绍李纯甫《楞严外解》的主要贡献外，
还谈到李纯甫与万松行秀及本人的渊源。

《糠孽教民十无益论》序[1]

昔予友以此论见寄，属予求序以行世。予恐谤归于讲主者[2]，辞而不序。遂采万松老师赋意及讲主余论[3]，述《辨邪论》之意，以谓世人皆云，释子党教护宗，由是飞谤流言[4]，得以藉口[5]，予本书生，非释非糠，从旁杖义[6]，辨而证之，何为不可乎？予又谓，昔屏山居士序《辅教编》有云[7]："儒者尝为佛者害，佛者未尝为儒者害。"诚哉是言也！盖儒者率掌铨衡[8]，故得高下其手。其山林之士不与物竞，加以力孤势劣，曷能为哉！予观作《头陀赋》数君子，皆儒也。予不辩，则成市虎矣[9]。不独成市虎，抑恐崔浩、李德裕之徒一唱一和[10]，撼摇佛教[11]，为患不浅。故率引儒术比而论之，以励吾儒为糠孽所惑者。

论既述，所谓予友者，复以书见示，其大略曰："讲主上人者[12]，以糠孽叛教颓风，乃检阅藏教[13]，寻绎儒经[14]，积有年矣。穷诸佛之深意，达三乘之至真[15]，列十篇之目，成一家之

言，语辨而词温，文野而理亲，闻之者是非莫逃，诵之者邪正斯分，雷震狮吼，邪摧魔奔，良谓偃德草之仁风[16]，释凝冰之阳春[17]。噫！或佛道之未丧也，谅必由子斯文乎！是以信奉佛教者，展转录传，不可胜记。京城禅伯尊宿[18]，欲流之无穷，不惮万里，往复数书，托子为序。今之士大夫才笔胜子者，固亦多矣，岂不能序此一书乎？以子素淘汰禅道[19]，涉猎佛书，颇知旨归故也[20]，子何让焉？此老不避嫌疑，自甘谤讟而为此书[21]，彼且不避，子何代彼而避谤乎！吾观子所著《辩邪论》，止为儒者述。儒之信糠者，止二三子而已矣。市井工商之徒信糠者，十居四五。自非此书，彼曹何从而化之乎[22]？子所得者少，所失者不为不多矣。"书既至，予不能答，谨以书意序诸论首。

丙戌重午日[23]，题于肃州酂善城[24]。

语出《论语·颜渊》："君子之德风，小人之德草。草上之风，必偃。"

[注释]

[1]糠糵：又作糠禅，系佛教正统对头陀教的蔑称。 [2]讲主：佛教语。指升座讲经说法的高僧。 [3]余论：识见广博之论；宏论。 [4]飞谤：诽谤；诬蔑。 [5]藉口：借别人的话作为依

据。[6]杖义：主持正义。[7]《辅教编》：北宋契嵩禅师著作，阐明儒佛二教的思想实质。[8]铨衡：品鉴衡量。[9]市虎：市中的老虎。市本无虎，《韩非子·内储说上》有三人成虎的典故，比喻流言蜚语说多了，就会有人相信。[10]崔浩、李德裕：崔浩与李德裕分别为北魏与唐代政治家，是北魏太武帝与唐武宗禁佛运动的倡导者。[11]撼摇：动摇。[12]上人：对和尚的尊称。[13]藏教：指佛教藏经。[14]寻绎：抽引推求。[15]三乘：佛教语。一般指小乘（声闻乘）、中乘（缘觉乘）和大乘（菩萨乘）。三者均为浅深不同的解脱之道。亦泛指佛法。[16]偃：倒伏。[17]凝冰：冰；结冰。阳春：春天；温暖的春天。[18]尊宿：指年老而有名望的高僧。[19]淘汰：甄别裁汰。[20]旨归：主旨；意向。[21]谤讟（dú）：怨恨毁谤。[22]彼曹：那些人。[23]丙戌重午日：1226年五月初五日端午节。[24]肃州鄯善城：今甘肃省酒泉市。

[点评]

糠孽即头陀教，前面已有介绍。蒙古占领燕京后，头陀教发展迅速，引起佛教正统派的强烈不满。万松行秀作《糠禅赋》，某讲主作《糠孽教民十无益论》，楚材作《辨邪论》，都是抨击头陀教的作品。其中《糠孽教民十无益论》，在楚材参加西征期间，就有友人请其作序，但为楚材婉言谢绝。西征回来后，楚材友人再次坚邀楚材作序，且提出其无法推辞的理由，楚材遂为此序。

《释氏新闻》序

昔仰崞丛林为燕然之最[1]，主事僧辈历久不更[2]，执权附势[3]，动摇住持人。泰和中，本寺奏请万松老人住持，上许之。万松忻然奉诏[4]。人或劝之曰："师新出世，彼易师之年少[5]，彼不得施其欲，必起风波，无遗后悔乎？"师笑而不答。既住院，师一遵旧法，无所变更，惟拱默而已[6]。夏罢[7]，主事辈依例辞职，师因其辞也，悉罢之。师预于众中询访耆德[8]、为众推仰者数人，至是咸代其职。积岁颓风，一朝顿革，远近翕然[9]，称吾师素有将相之材矣。

迨后章庙秋猎于山[10]，主事辈白师曰："故事，车驾巡幸本寺，必进珍玩；不然，则有司必有诘问。"师责之曰："十方檀信布施[11]，为出家儿，余与若不具正眼[12]，空食施物，理应偿报。汝不闻木耳之缘乎？富有四海，贵为一人，岂需我曹之珍货也哉！且君子爱人也以德，岂可以此瑕颣贻君主乎[13]！"因手录偈一章[14]，诣行宫进之，大蒙称赏，有"成汤狩野恢天网[15]，

"昔仰崞丛林为燕然之最"，按寺记："金天会戊申（1128），青州禅师（希辩）受德真通辩大师之请，住持此山，丛席大备，禅道兴隆。世宗大定壬午岁（1162），太师尚书令南阳郡王（张浩）请于朝，赐名栖隐。明昌五年（1194）八月戊寅，章宗临幸仰山，赐钱兴建大殿佛像经藏。"

"迨后章庙秋猎于山"，万松行秀与金章宗在仰山栖隐寺的这段际遇，《万松舍利塔铭》也有简略记载："泰和六年（1206），复受中都仰山栖隐禅寺请。是岁，道陵秋狝山下，驻跸东庄。师以诗进，上喜。翌日临幸方丈。改将军堨为独秀峰，盖取师名，留题而去。"

吕尚渔矶浸月钩[16]"之句，诚仁人之言也。翌日，章庙入山行香[17]，屡垂顾问，仍御书诗一章遗之，师亦泊如也[18]。车驾还宫，遣使赐钱二百万，使者传敕，命师跪听。师曰："出家儿安有此例？"使者怒曰："若然，则予当回车。"师曰："传旨则安敢不听，不传则亦由使者意。"竟焚香立听诏旨。章庙知之，责其使曰："朕施财祈福耳，安用野人闲礼耶[19]？"上下悚然[20]，服吾师不屈王公之前矣。此二事天下所共知者也。自余师之隐德默行未播于人间者，何胜道哉！师之切于扶圣教，急于化人心也，万分之一见之于此书乎！

师应物传道之暇，手不释卷，凡三阅藏教，无书不读。每有多闻，能利害于佛乘、关涉于教化者，悉录之，目之曰《释氏新闻》。将使见书而知归，闻言而向道，真谓治邪疾之药石[21]，济迷涂之津梁也[22]，岂小补哉！石门洪觉范著《林间录》，辩而且文，间有偏党之语[23]。后之成人之美者，未尝不叹息于斯焉。我万松老师之意，扶教利人也深，是以推举他宗，谈不容口，此与

万松行秀偈语全文，《佛祖历代通载》作："莲宫特作梵宫修，圣境还须圣驾游。雨过水澄禽泛子，霞明山静锦蒙头。成汤也展恢天网，吕望稀垂浸月钩。试问风光甚时节，黄金世界桂花秋。"其中"成汤也展恢天网，吕望稀垂浸月钩"与本文略有不同。

觉范之用心相去万万者也。读是书者，当知是心矣。呜呼伟哉！予请刊是书行于世，因为之序。

甲午上元后一日[24]，湛然居士漆水移剌楚才题。

[**注释**]

[1]仰峤丛林：仰峤即仰山，峤本指高而锐的山，后泛指高山或山岭。丛林指佛教多数僧众聚居的处所。这里指仰山栖隐禅寺。　[2]主事僧：主持寺院事务的僧人。　[3]执权附势：操弄权柄，阿附权势。　[4]忻然：喜悦貌；愉快貌。　[5]易：轻视。　[6]拱默：指垂拱无为。　[7]夏罢：夏指结夏。佛教僧尼自农历四月十五日起静居寺院九十日，不出门行动，谓之"结夏"，又称结制。夏罢指结夏结束。　[8]耆德：年高德劭、素孚众望者之称。　[9]翕然：一致称颂。　[10]章庙：金章宗。　[11]檀信：犹施主。谓修檀行的信士。　[12]正眼：即正法眼藏。佛教语。禅宗用来指全体佛法（正法）。朗照宇宙谓眼，包含万有谓藏。相传释迦牟尼以正法眼藏付与大弟子迦叶，是为禅宗初祖，为佛教以"心传心"授法的开始。　[13]瑕纇：瑕，玉上的斑点；纇（lèi），丝上的疙瘩。比喻事物的缺点、毛病。　[14]偈：梵语"偈佗"（Gatha）的简称，即佛经中的唱颂词。通常以四句为一偈。　[15]成汤：商朝建立者。据《史记·殷本纪》，汤出游时，见有人张网四面，祷告说："自天下四方，皆入吾网。"汤去其三面，祷告说："欲左，左；欲右，右。不用命，乃入吾网。"后因以此称赞汤法令宽大，恩泽遍施。　[16]吕尚：即姜太公。姜太公垂钓渭水以待周文王，留下"姜太公钓鱼，愿者上钩"的

佳话。　[17]行香：古代礼拜神佛的一种仪式。始于南北朝。初，每燃香熏手，或以香末散行。唐以后则斋主持香炉巡行道场，或仪导以出街。　[18]泊如：恬淡无欲貌。　[19]野人闲礼：凡人俗礼。　[20]悚然：肃然恭敬貌。　[21]药石：药剂和砭石。泛指药物。　[22]津梁：桥梁，比喻能起桥梁作用的事物。　[23]偏党：指偏向，偏私。　[24]甲午上元：1234年正月十五上元节（元宵节）。

[点评]

《释氏新闻》为金泰和中万松行秀住持仰山栖隐寺时所编，大抵摘录《藏经》"利害于佛乘、关涉于教化"的内容而成。楚材此序，除论及万松行秀住持仰山栖隐寺期间清除积弊与应对章宗二事外，还表彰了其著作《释氏新闻》海纳百川、不囿于门户之见的胸襟，认为其创作旨趣远在洪觉范《林间录》之上。

屏山居士《金刚经别解》序

佛法之西来也，二千余祀，宝藏琅函[1]，几盈万轴，可谓广大悉备矣。独《金刚》一经，或明眼禅客[2]，若脱白沙弥[3]，上至学士大夫，下及野夫田妇[4]，里巷儿女子曹，无不诵者。以频见如闲，姑置而不问者有之；以至理叵测[5]，望

涯而退者有之[6]。噫！信其小而不信其大，信其近而不信其远，信其所闻而不信其所未闻，信其所见而不信其所未见，自是而非他，执一而废百者，比比然，又何讶焉！伟哉！

屏山居士取儒、道两家之书，会运、奘二师之论[7]，牵引杂说[8]，错综诸经[9]，著为《别解》一编，莫不融理事之门[10]，合性相之义[11]，析六如之生灭[12]，剖四相之键关[13]，谓真空不空[14]，透无得之得[15]，序圆顿而有据[16]，识宗说之相须[17]。辨因缘自然，喻以明珠，论诸佛众生，譬之圆镜，若出圣人之口，冥契吾佛之心[18]，可谓天下之奇才矣！嘻！此书之行于世也，何止化书生之学佛者偏见，衲僧无因外道[19]，皆可发药矣[20]！

昔予与屏山同为省掾时，同僚讥此书，以为饵馂馅之具[21]，予尚未染指于佛书，亦少惑焉。今熟绎之，自非精于三圣人之学者，敢措一辞于此书乎！吁！小人之言，诚可畏哉！

乙未元日[22]，湛然居士漆水移剌楚才晋卿序于大碛黄石山。

[注释]

[1] 琅函：书匣的美称。　[2] 禅客：佛教语。禅家寺院，预择辩才，应白衣请说法时，使与说法者相为答问，谓之禅客。亦用以泛称参禅之僧。　[3] 沙弥：梵语音译（sramanera）的略称。初出家的男佛教徒。　[4] 野夫田妇：农夫农妇。　[5] 叵测：不可度量；不可推测。　[6] 涯：边际；极限。　[7] 运、奘二师：运疑为远即慧远，有《金刚般若波罗蜜经疏》。奘即玄奘，有新译《能断金刚般若波罗蜜多经》。　[8] 牵引：援引。　[9] 错综：交错综合。　[10] 理事：佛教语。用以解释本体与其现象、原理与其运用、理念与其作为等关系。　[11] 性相：佛教语。性指事物的本质，相指事物的表象。　[12] 六如：也称六喻。佛教以梦、幻、泡、影、露、电，喻世事之空幻无常。　[13] 四相：佛教以离、合、违、顺为四相。　[14] 真空：佛教语。一般谓超出一切色相意识界限的境界。　[15] 无得：无所得。　[16] 圆顿：圆满顿足之意，即一切圆满无缺。以圆满具足之心，立地可达悟界，即可顿速成佛。　[17] 宗说：宗通与说通。通达堂奥之宗旨者称宗通；能面对大众自在说法教化者称说通。　[18] 冥契：默契；暗相投合。　[19] 无因外道：印度二十种外道之一，为主张万物无因而生的外道。又称诸法无因宗、无因论师。此派论师以万物乃无因无缘，自然而生，为一种自然外道。　[20] 发药：放置药石。谓善言劝人以当药石。　[21] 馂馅：比喻残剩的东西。　[22] 乙未元日：1235 年正月初一。

[点评]

《金刚经》全称《能断金刚般若波罗蜜经》，相传是释迦牟尼佛在祇树给孤独园为须菩提尊者而宣说的经典。

自鸠摩罗什译介中土以后，因篇幅短小适中，文字优美流畅，迅速成为流传最广泛的佛教经典，历来注本不下数十百家。李纯甫《别解》的特别之处，在于选取儒道经典来佐证《金刚经》主旨。楚材对《别解》评价很高，认为此书不仅有助于劝化儒生学佛者消除偏见，对信奉无因外道的僧人也不无益处，进而指出非精通儒释道三教的学者，不能对此书置喙一词。

书《金刚经别解》后

孔子有云："吾十有五而志于学，三十而立，四十而不惑。"是知学道未至于纯粹精微之域 [1]，虽圣人亦少惑焉。昔乐天答制策 [2]，稍涉佛教之讥；中年鄙海山而修兜率；垂老为赞佛发愿文，乃云起因张本，其事见于本集。子瞻上万言 [3]，颇称释氏之弊，晚节专翰墨为佛事，临终作神咒浪出之偈，且曰著力即差，其事见于年谱。退之屈论于大巅 [4]，而稍信佛书，韩文公别传在焉。永叔服膺于圆通 [5]，而自称居士，欧阳公别传在焉。是知君子始惑而终悟，初过而后悛，又何害也！

语出《论语·为政》。

屏山先生幼年作排佛说，殆不忍闻。未几翻然而改[6]，火其书作二解以涤前非[7]。所谓改过不吝者，余于屏山有所取焉。后之人立志未定，惑于初年者，当以此数君子为法。

乙未清明日，湛然居士题于《别解》之后。

[注释]

[1]纯粹：纯正不杂；精纯完美。微：精专细致。　[2]乐天：即白居易。　[3]子瞻：即苏轼。　[4]退之：即韩愈。大巅：即大颠，唐代佛教曹溪派高僧，俗名陈宝通。　[5]永叔：即欧阳修。圆通：指北宋云门宗高僧圆通居讷。　[6]翻然：迅速转变貌。　[7]涤：清除。

[点评]

此书后或者说跋也是楚材为李纯甫《别解》而作。这里，楚材举白居易、苏轼、韩愈、欧阳修四人早年辟佛排佛、晚年信佛奉佛的例子，用以阐明君子知错能改善莫大焉的道理。最后引出李纯甫的相似经历，从佛教角度，劝诫后来者应效法上述诸人，不吝改过自新，以期走上正途。

贾非熊修夫子庙疏

天产宣尼降季周[1]，血食千祀德难酬[2]。

楚材感觉自己独力难撑，需要各地官员群策群力，共襄儒学重振大业。

重新庠序独无力[3]，试向沧溟下钓钩[4]。

[注释]

[1]宣尼：汉平帝元始元年追谥孔子为褒成宣尼公，后因称孔子为宣尼。季周：即周朝之季世，周朝衰败时期。　[2]血食：谓受享祭品。古代杀牲取血以祭，故称。　[3]庠序：古代的地方学校。后亦泛称学校。　[4]沧溟：大海。

[点评]

贾非熊为云内州帅，前面已介绍。楚材此疏以诗的形式体现，指出祭祀孔子的必要性。他的崇儒尊孔政策，尤其是在各地兴建孔庙的倡议，得到贾非熊的积极响应。

重修宣圣庙疏

精蓝道观已重新[1]，独有庠宫尚圮垣[2]。
试问中州士君子，谁人不识仲尼门。

[注释]

[1]精蓝：佛寺；僧舍。精，精舍；蓝，阿兰若。　[2]圮垣：坏墙。

[点评]

同前者一样，此疏也是楚材为某地重修孔庙而作。

这里，楚材特别提到各地佛道寺庙宫观纷纷重建，装饰一新，相比之下，唯有儒学宣圣庙残垣断壁，境遇凄惨。楚材内心对此极为焦虑，遂发此问，意在呼吁天下士子为拯救斯文拿出实际行动。

和公大禅师塔记[1]

师本平水人[2]，俗姓段氏。幼习儒业，甫冠[3]，应经义举[4]。因阅《春秋左氏传》，悟兴衰之不常，慨然投笔[5]，退居山林。年三十，弃俗出家，礼平阳大慈云寺僧宗言为师，受戒披剃[6]，颇习经论[7]。后闻教外别传之旨，乃倾心焉，遍谒诸方，因缘不契。师知万松老人之声价照映南北[8]，直抵燕然而见之。居数载，师资道契[9]，始获密许，人颇知之。

丙戌夏六月[10]，故劝农使王公为功德主[11]，作大斋[12]，又蒙行省相公泪以下僚佐专使赍疏，劝请开堂出世[13]，因住持大万寿禅寺。师素刚毅寡合，未期[14]，退居渔阳之盘山报国寺[15]。建州元帅葛公、权府朱公、弹压樊公闻师之

与教宗不同，禅宗主不立文字，教外别传。

名[16]，飞疏敦请。辞不获已，杖锡北行[17]，诣建州梨花道院以塞其命。未几，示微疾[18]，移居闾山之崇福寺养病。

一日，忽召门人普净辈谓之曰："生死去来犹空花水月，何足为讶！"遂净发更衣端坐而嘱后事。乃作颂曰："临行一句，当面不讳。皓月清风，不居正位。"颂毕，右胁而寂[19]。师将顺世[20]，有本寺传戒大师临谓之曰[21]："善为道路。"师笑而不答，令众且去勿喧。众皆出，闻师咄一声，众惊视之，师已寂矣。三日神光不变。茶毗之日[22]，颇有祥异[23]。数州士民焚香拜礼者络绎于路。师俗寿四十六，僧腊一十六[24]。其徒迎其灵骨藏于万寿祖茔之侧[25]。

噫！师之处万寿也，每闻诵经之声，形不怿之色[26]，由是人皆讥之。临行之际，命其徒讽《尊胜咒》者[27]，何哉？殊不知大善知识临机应物[28]，一抑一扬，一夺一纵，若珠之走盘[29]，千变万化，讵可以一途而测耶！至于巨川海和尚平日亦行此令，执相者讽之[30]，而谓毁梵行；掠虚者赞之，而谓无碍禅，皆失之矣。后之学者

当以此为诫。

　己丑清明[31]，其徒属予为记，遂以所闻之语信笔记之。湛然居士云。

[注释]

[1]塔记：舍利塔记。　[2]平水：这里指平阳，治今山西临汾，因位于平水之北而得名。　[3]甫冠：古代男子 20 岁行成人冠礼。甫冠即刚刚 20 岁。　[4]经义：金代科举分词赋、经义、女真进士诸科。　[5]投笔：谓弃文而就他业。这里指弃文隐退。　[6]受戒披剃：受戒指佛教信徒出家为僧尼，在一定仪式下接受戒律。披剃亦作"披鬀"，指削发出家。　[7]经论：指佛教三藏中的经藏与论藏。　[8]声价：名誉身价。　[9]师资道契：师资犹师生、师徒；道契谓彼此思想一致、志趣相投。　[10]丙戌：1226年。[11]功德主：佛教中称进行布施的人。　[12]大斋：佛教语。谓在重大节日期间举行法会，设斋食供养僧人。　[13]开堂：这里指新任命的住持入院时，开法堂宣说大法。　[14]未期：期指时间周而复始，这里指一周年。未期即不到一周年。　[15]渔阳：蓟州治所，今天津蓟州区。盘山：位于今天津蓟州区西北，有不少佛教寺院。　[16]建州：治今辽宁朝阳西南。　[17]杖锡：挂着锡杖。谓僧人出行。锡，锡杖，云游僧所持法器。　[18]微疾：小病；轻微的疾病。　[19]右胁：右胁向下，两足相叠，以右手为枕，左手伸直，轻放身上之卧法，为比丘之正规卧法。印度以来，佛教徒一般皆采用此一卧法，而禁止左胁卧（淫欲相）、仰身卧（属阿修罗之业）、伏卧（属饿鬼之业）等卧法。　[20]顺世：佛教称僧徒逝世。　[21]传戒：佛教谓向信徒传授戒律，举行受戒仪式。　[22]荼毗：又作荼毗、阇毗、阇鼻、耶维。意译作焚

烧。原为印度葬法之一。即焚烧尸体，以藏遗骨之葬法。佛世前，印度颇为流行，佛陀依此葬法以后，佛教徒普遍引用，迨佛教东传，我国与日本亦甚流行此一葬法。　[23]祥异：代表吉祥的各种异相。　[24]僧腊：僧尼受戒后的年岁。　[25]灵骨：指佛舍利。祖茔：祖辈的坟地。　[26]不怿：不悦，不高兴。　[27]尊胜咒：原称佛顶尊胜陀罗尼，亦名净除一切恶道佛顶尊胜陀罗尼，出自《佛顶尊胜陀罗尼经》，为释迦牟尼佛为救度善住天子所宣说，是尊胜菩萨的陀罗尼。　[28]大善知识：指大有德之善知识。即教人远离诸恶，奉行诸善之善友。　[29]珠之走盘：比喻禅悟者自我为主，机用无碍。　[30]执相：执著于形相。　[31]己丑：1229年。

[点评]

和公禅师，早年为教宗僧人，后闻教外别传之旨，始遍参禅僧大德，后来燕京，成为万松行秀弟子。大万寿寺为曹洞宗重要寺院，与大圣安寺（云门宗）、大庆寿寺（临济宗）合称燕京"三禅"。和公禅师出世即住大万寿寺，可见其在当时影响之大。

寄万松老人书

嗣法弟子从源[1]，顿首再拜师父丈室[2]。

承手教[3]，谕及弟子，有以儒治国以佛治心之语，近乎破二作三[4]，屈佛道以徇儒情者。此

亦弟子之行权也[5]。教不云乎，无为小乘人而说大乘法。弟子亦谓举世皆黄能[6]，任公之饵不足投也[7]，故以是语饵东教之庸儒，为信道之渐焉。

虽然，非屈佛道也。是道不足以治心，仅能治天下，则固为道之余渣矣[8]。《戴经》云[9]：欲治其国，先正其心[10]。未有心正而天下不治者也。是知治天下之道，为治心之所兼耳。普门示现三十二应[11]，法华治世资生[12]，皆顺正法，岂非佛事门中不舍一法者欤？孔子称夷齐之贤[13]，求仁而得仁，死而不怨，后世行者难之，又安知视死生如逆旅[14]，坐脱立亡[15]，乃衲僧之余事耳[16]。且五善十戒[17]，人天之浅教，父益慈，子益孝，不杀之仁，不妄之信，不化自行于八荒之外，岂止有耻且格哉？是知五常之道[18]，已为佛教之浅者兼而有之，弟子且让之。

以儒治国，以佛治心，庸儒已切齿，谓弟子叛道忘本矣，又安足以语大道哉？又知稚川、子尚以参禅卜之[19]，立见其效。师尝有颂，试招本分钳锤一下[20]，便知真假，正谓此耳。呵呵。

王国维评价说："公对儒者则唱以儒治国，以佛之心之说。而《寄万松老人书》则又自谓此语为行权。然予谓致万松一书亦未始非公之行权也。公虽洞达佛理，而其性格实与儒家近，其毅然以天下生民为己任，古之士大夫学佛者，绝未见有此种气象。古所谓墨名而儒行者，公之谓欤！"

作者从治心、生死与五善十戒等方面，比较了儒释的优劣与相通之处，认为佛可兼儒。

春深万冀，为道珍重。区区不备。

[注释]

[1]嗣法：指继承佛法。从源：耶律楚材法名。　[2]丈室：佛教语。相传维摩诘大士以称病为由，与前来问疾的文殊等讨论佛法，妙理贯珠。其卧疾之室虽一丈见方而能容纳无数听众。后多以"丈室"称寺主房间。　[3]手教：即手书。对来信的敬称。　[4]破二作三：分二为三。指分析事理。　[5]行权：改变常规，权宜行事。　[6]黄能：即黄熊，古代传说中的兽名。　[7]任公：即任公子，善用大饵钓巨鱼，语出《庄子·外物》。　[8]余滓：残存的滓秽。　[9]《戴经》：指《礼记》，整理《礼记》的是西汉学者戴德（大戴）和戴圣（小戴）叔侄二人，故有此名。　[10]欲治其国，先正其心：语出《礼记·大学》："古之欲明明德于天下者，先治其国；欲治其国者，先齐其家；欲齐其家者，先修其身；欲修其身者，先正其心。"[11]普门示现三十二应：指观世音菩萨为济度众生，根据其种类和根性所示现之三十二种形相，语出《妙法莲华经·普门品》，故称"普门示现"。　[12]法华治世资生：《妙法莲华经》强调，一切资生产业、治世语言，皆与实相不相违背。　[13]夷齐：即伯夷、叔齐。商末孤竹君二子，互让君位。商亡后，不食周粟，饿死于首阳山。　[14]逆旅：旅居。常用以喻人生匆遽短促。　[15]坐脱立亡：佛教术语，坐脱，又称坐化、坐亡，指端坐念佛而迁化。立亡，则为直立合掌念佛而往生。　[16]余事：无须投入主要精力的事；正业或本职工作之外的事。　[17]五善十戒：佛教术语。五善即五戒，指不杀生、不偷盗、不邪淫、不妄语、不饮酒。十戒是在五善之外再加上不涂饰、不歌舞及旁听、不坐高广大床、不非时食、不蓄金银财宝。　[18]五常：指旧时的五种伦常道德，即父义、母慈、兄友、

弟恭、子孝。　　[19]稚川、子尚：稚川，李纯甫子李仝字。子尚，西方器之字。　　[20]钳锤：谓剃落头发，锤打身体。比喻禅家的授受点化。

[点评]

耶律楚材服务蒙古宫廷后，在士大夫中间倡导"以儒治国，以佛治心"，老师万松行秀对此颇不以为然。耶律楚材为此专门去信加以解释。在信中，耶律楚材提到，这一说法实际上只是他的权宜之计，是为了投儒士之所好，使其更便于理解佛教，最终达到使其皈依佛教的目的。儒教不足以治心，仅能治天下。佛教治心，则可兼治天下。儒教所行者，仅是佛教的一些枝叶末节而已，故同佛教地位相比，高下立判。万松行秀认可了耶律楚材的这种解释，后来他为耶律楚材《湛然居士文集》作序称："世谓佛法可以治心，不可以治国。证之于湛然正心修身家肥国治之明效，吾门显诀何愧于《大学》之篇哉。"

万松老人《万寿语录》序

余忝侍万松老师，谬承子印，因遍阅诸派宗旨[1]，各有所长，利出害随，法当尔耳。云门之宗，悟者得之于紧俏，迷者失之于识情；临济之宗，明者得之于峻拔[2]，迷者失之于莽卤[3]；曹

洞之宗，智者得之于绵密[4]，愚者失之于廉纤[5]。独万松老人得大自在三昧[6]，决择玄微[7]，全曹洞之血脉；判断语缘，具云门之善巧；拈提公案，备临济之机锋。沩仰、法眼之炉鞴，兼而有之，使学人不堕于识情、莽卤、廉纤之病，真间世之宗师也[8]。

此"建州和长老"事迹，详见楚材《和公大禅师塔记》。

略举中秋日为建州和长老圆寂上堂云[9]：有人问："既是建州迁化[10]，为甚万寿设斋[11]？"师云："此夜一轮满，清光何处无。"又问："不是尽七、百日[12]，又非周年、大祥[13]，斗勘今日设斋？"师云："月色四时好，人心此夜偏。"众中道："长老座上诵中秋月诗，佛法安在？"师云："万里此时同皎洁，一年今夜最分明。将此胜因[14]，用严和公觉灵，中秋玩月，彻晓登楼，直饶上生兜率[15]，西往净方[16]，未必有燕京蒸梨、馏枣、爆栗、烧桃。"众中道："长老只解说食，不见有纤毫佛法[17]。"师云："谢子证明即且致，为甚中秋闭目坐，却道月无光有余，胜利回向诸家檀信。然软蒸豆角，新煮鸡头，葡萄驻颜，西瓜止渴，无边功德，难尽赞扬。假饶今夜

天阴，暗里一般滋味，忽若天晴月朗，管定不索点灯。"老师语录，似此之类尤多，不可遍举。且道五派中是那一宗门风？具眼者试辨看。噫！千载之下，自有知音。

乙未夏四月[18]，湛然居士漆水移剌楚才晋卿序于和林城。

[注释]

[1]宗旨：佛教的教义。 [2]峻拔：超然不凡；智慧出众。 [3]莽卤：模糊不明。 [4]绵密：细致周密。 [5]廉纤：细小，细微。 [6]三昧：佛教语。梵文音译。又译"三摩地"。意译为"正定"。谓屏除杂念，心不散乱，专注一境。 [7]玄微：深远微妙的义理。 [8]间世：隔代。指年代相隔之久。 [9]圆寂：佛教语。梵语的意译；音译作"般涅槃"或"涅槃"。谓诸德圆满、诸恶寂灭，以此为佛教修行理想的最终目的。故后称僧尼死为圆寂。上堂：入堂，登堂。此处指禅宗丛林中，住持之上堂说法。古时长老住持可随时上堂，中世以后则有定期及临时上堂之别。 [10]迁化：指人死。 [11]设斋：备办素食。 [12]尽七、百日：分别指去世49、100天。 [13]周年、大祥：分别指去世一周年、二周年。 [14]胜因：佛教语。善因。 [15]兜率：即兜率天。梵语音译。佛教谓天分许多层，第四层叫兜率天。它的内院是弥勒菩萨净土，外院是天上众生所居之处。 [16]净方：即净土。 [17]纤毫：极其细微。 [18]乙未：1235年。

[点评]

万松行秀著作很多,《万寿语录》为其住燕京万寿寺期间所编语录集。楚材此序重点表彰了万松行秀融汇禅宗五家之宗风,为不世出之宗师。禅宗五家,主要为南岳怀让一系所传临济、沩仰,青原行思一系所传法眼、曹洞、云门。沩仰、法眼此时已绝,主要剩下云门、临济、曹洞三家。楚材对三家宗风特点的概括,非常到位。清纳兰性德《渌水亭杂识》卷四全部采纳了上述观点。

卷十四

赠景贤

茶邻药物成邪气，琴伴箫声变郑音。
可惜龙冈老居士，却将邪教污真心。

[点评]

作为禅宗笃实信徒，楚材一直对道教持排斥态度，
但挚友郑师真却非常喜好道教，颇有仙风道骨之态，楚
材一直引为憾。在这首赠诗中，楚材以"茶邻药物"与
"琴伴箫声"为喻，希望郑师真能下决心摈弃邪教污染，
还原内心本真。

《礼记·乐记》：
"文侯曰：'敢问溺
音何从出也？'子
夏对曰：'郑音好
滥淫志，宋音燕
女溺志，卫音趋数
烦志，齐音敖辟乔
志。此四者皆淫于
色而害于德，是以
祭祀弗用也。'"这
里指难登大雅之堂
的俗乐。

和景贤赠鹿尾二绝

其　一

日暮长杨猎骑归[1]，西风弓硬马初肥。

今年鹿尾休嫌少，且喜君王不合围[2]。

[注释]

[1]日暮：傍晚；天色晚。长杨：即长杨宫，秦汉宫名。故址在今陕西周至东南。宫中有垂杨数亩，因名长杨宫。门曰射熊馆。是秦汉帝王的游猎场所。这里指蒙古大汗的围猎地。　[2]合围：四面包围，是游牧民族典型的狩猎方式。

[点评]

蒙古是游牧民族建立的政权，历代大汗非常重视围猎活动，这不仅是一种娱乐消遣，也是一种非常重要的军事训练。窝阔台汗晚年虽身体状况每况愈下，可依然对围猎活动乐此不疲，最后在1241年十一月不顾楚材劝阻，狩猎五日后去世。楚材这首诗，看起来像是向郑师真解释鹿尾少的原因，可更重要的却是"且喜君王不合围"，表达了自己反对君主过度游猎的主张。

云汉远寄新诗四十韵因和而谢之 [1]

兑爻符太一[2]，天相乑文昌[3]。

泛海难追蠡[4]，封留欲学良[5]。

秽形伴珠玉，朽木厕松樟[6]。

直节心虽赤[7]，衰年鬓已苍。

伴食居相府[8]，无德报君王。

草甲濡春雨[9]，葵心倾太阳[10]。

大权归禁阙，成算出岩廊[11]。

自北王师发，平南上策长。

皇朝将革命[12]，亡国自颓纲。

汉水偏师渡[13]，长河一苇航[14]。

股肱无敢惰[15]，元首载歌康[16]。

号令传诸域，英雄守四方。

大勋虽已集[17]，遗命未尝忘。

万国来驰币[18]，诸侯敬奉璋[19]。

兆民涵舜德[20]，百郡仰天光[21]。

大有威如吉[22]，重乾体自强。

硕贤起编户[23]，良将出戎行[24]。

太庙陈笾豆[25]，明堂服冕裳[26]。

宋朝微寖灭，皇嫡久成戕。

政乱人思变，君愚自底亡。

"自北王师发，平南上策长"，宋人刘克庄《真德秀行状》提到："鞑相移剌楚材曾上平南之策，与王檝议不合。"在对待蒙宋关系上，楚材属鹰派人物，在接见南宋使臣时，他曾说："你懑只恃着大江。我朝马蹄所至，天上，天上去；海里，海里去。"

"大有威如吉"，《易·大有》："厥孚交如，威如，吉。"

"重乾体自强"，《易·乾·象》："天行健，君子以自强不息。"

"宋朝微寖灭，皇嫡久成戕。政乱人思变，君愚自底亡"，1224年南宋宁宗去世后，权臣史弥远抢先拥立赵昀为帝（即理宗），皇子赵竑被废为济王，出居湖州。当年，湖州发生拥立赵竑的潘壬、潘丙之乱，旋被平定，赵竑被逼自缢。

这里指 **1235** 年，蒙古大举南下侵宋。塔海绀卜率西路军入川，皇子阔出等率东路军南下襄汉。

"玉堂"，原注："幽州之分。"

"武继元封迹，文联贞观芳"，元封与贞观分别为汉武帝与唐太宗（谥号文皇帝）的年号，这里喻指蒙古窝阔台汗兼具汉武帝与唐太宗的文治武功。

"严子终辞汉"，指东汉隐士严光多次推辞光武帝的延聘。

"黄公合隐商"，指西汉隐士夏黄公崔广，与东园公唐秉、绮里季吴实、甪里先生周术隐居商山，称"商山四皓"。

右师潜入剑，元子直临襄。

杀气侵南斗[27]，长庚壮玉堂。

弓犹藏宝玉，剑未识干将[28]。

皇业超千古[29]，天威耸八荒[30]。

元戎施虎略[31]，勇士展鹰扬[32]。

武继元封迹，文联贞观芳。

宫庭敢谏鼓[33]，帷幄上书囊。

伫待卿云见[34]，行观丹凤翔[35]。

武文能迭用，威德足相当。

多士思登用[36]，遗贤肯退藏[37]。

诗书搜鸟篆[38]，功业抑龙骧[39]。

国用恒无阙[40]，民财苦不伤。

八音歌颂雅[41]，百戏屏优倡[42]。

圣泽传朝露[43]，明刑肃暮霜。

永垂尘劫祚[44]，一混九州疆。

重任司钧石[45]，微材匪栋梁。

思归心似醉，感愧泪如滂[46]。

严子终辞汉，黄公合隐商。

穷通真有数[47]，忧乐实难量[48]。

虽受千钟禄，何如归故乡。

[注释]

[1] 云汉：即马云汉，山西介休人，金末名画家马氏三兄弟最小的一个（兄马天采、马天章），名不详，云汉为其表字。　[2] 兑：《易》卦名。爻：组成卦的符号。太一：即道家所称的"道"，古指宇宙万物的本原、本体。　[3] 天相：上天佑助。文昌：特指文昌宫六星的第四星，旧时传说主文运，故俗称文曲星或文星。　[4] 蠡：指范蠡，辅佐越王勾践灭吴夫差后，辞越王封赏，泛海而去。　[5] 良：指张良，辅佐刘邦灭项羽后，辞齐国三万户食邑，仅受封留侯。　[6] 松樟：常绿乔木，属名贵树种。　[7] 直节：谓守正不阿的操守。赤：赤诚。　[8] 伴食：陪同进食。唐时朝会毕，宰相率百僚集尚书省都堂会食，后遂以指居宰辅之位而无所作为。　[9] 草甲：新生嫩草。濡：滋润。　[10] 葵心：葵花向日而倾，比喻向往思慕之心。　[11] 岩廊：高峻的廊庑。借指朝廷。　[12] 革命：谓实施变革以应天命。古代认为王者受命于天，改朝换代是天命变更，因称"革命"。　[13] 汉水：今汉江。偏师：指主力军以外的部分军队。　[14] 一苇：《诗·卫风·河广》："谁谓河广，一苇杭之。"孔颖达疏："言一苇者，谓一束也，可以浮之水上而渡，若桴栰然，非一根苇也。"后以"一苇"为小船的代称。　[15] 股肱：比喻左右辅佐之臣。　[16] 元首：君主。　[17] 大勋：大勋劳；大功业。　[18] 驰币：进献玉马皮帛。　[19] 璋：玉器名，状如半圭，古代朝聘、祭祀、丧葬、治军时用作礼器或信玉。　[20] 兆民：古称天子之民，后泛指众民，百姓。舜德：像舜一样的恩德。　[21] 天光：喻君主。　[22] 大有：《易》卦名。即乾下离上。象征大，多。　[23] 硕贤：大贤。编户：编入户籍的普通人家。　[24] 戎行：行伍；军队。　[25] 太庙：帝王的祖庙。笾豆：古代祭祀及宴会时常用的两种礼器。竹制为笾，木制为豆。　[26] 明堂：古代帝王宣明政教的地方。凡朝会、

祭祀、庆赏、选士、养老、教学等大典，都在此举行。冕裳：衣
冠。　[27]南斗：星名。即斗宿，有星六颗。在北斗星以南，形
似斗，故称。借指南方，南部地区。　[28]干将：古剑名。相传
春秋吴有干将、莫邪夫妇善铸剑，为吴王阖闾铸阴阳剑，阳曰"干
将"，阴曰"莫邪"。后亦以"干将"泛称利剑。　[29]皇业：大业；
帝王的事业。　[30]八荒：八方荒远的地方。　[31]元戎：主将，
统帅。虎略：克敌制胜的军事策略。　[32]鹰扬：威武貌。　[33]谏
鼓：设于朝廷供进谏者敲击以闻的鼓。　[34]卿云：即庆云。一
种彩云，古人视为祥瑞。　[35]丹凤：头和翅膀上的羽毛为红色
的凤鸟。　[36]登用：进用。　[37]退藏：谓辞官引退，藏身不
用。　[38]鸟篆：篆体古文字。形如鸟的爪迹，故称。　[39]龙
骧：指晋大将龙骧将军王濬。　[40]阙：缺乏。　[41]八音：我
国古代对乐器的统称，通常为金、石、丝、竹、匏、土、革、木
八种不同质材所制。这里泛指音乐。颂雅：《诗经》内容和乐曲
分类的名称。颂为宗庙祭祀的乐曲，雅乐为朝廷的乐曲。这里
指盛世之乐、庙堂之乐。　[42]百戏：古代乐舞杂技的总称。优
倡：指歌舞杂戏。　[43]圣泽：帝王的恩泽。　[44]尘劫：佛教
称一世为一劫，无量无边劫为尘劫。此处形容蒙古国祚万世无
疆。　[45]钧石：古代重量单位。三十斤为钧，四钧为石。喻担
子沉重。　[46]感愧：既感激又惭愧。亦指感激或感谢。滂：形
容泪流得多。　[47]穷通：困厄与显达。　[48]忧乐：忧愁和欢乐。

[点评]

1234 年蒙宋联合灭金后，随着当年南宋"端平入洛"
的失败，蒙宋之间大规模战争爆发了。楚材这首给马云
汉的和诗，应与此历史背景有关。在对宋关系上，楚材

一直是强硬的主战派，曾上《平南策》，力主对南用兵，
"一混九州疆"。他的这一态度，在诗中有较全面体现。
全诗绝大部分篇幅充斥了对蒙古政权的歌颂与对南宋王
朝的贬抑。

子铸生朝润之以诗为寿予因继其韵以遗之[1]

岩松傲岁寒[2]，枝干腾千尺[3]。

男儿若稽古[4]，功名垂竹帛[5]。

我祖东丹王，施仁能善积[6]。

我考文献公，清白遗四壁[7]。

盛名流万世，馨香光赫赫[8]。

余生叹不辰[9]，西域十年客。

贫困志不渝，未肯忘平昔。

昔日出燕然[10]，辰当摄提格[11]。

鹑尾得凤毛[12]，续后予无责。

汝知学不学，何啻云泥隔[13]。

为山亏一篑，龙门空点额[14]。

远袭周孔风[15]，近追颜孟迹[16]。

优游礼乐方[17]，造次仁义宅。

継夜诵诗书，废时毋博弈[18]。

勤惰分龙猪[19]，三十成骨骼[20]。

孜孜寝食废，安可忘朝夕。

行身谨而信[21]，于礼顺而摭[22]。

祥麟具五蹄[23]，溟鹏全六翮[24]。

为人备五常[25]，奚忧仕与谪。

成功不自满，始知谦受益。

慎毋忘此诗，吾言真药石[26]。

甲午重午前三日[27]，湛然居士书。

据《汉书》，汉武帝"幸雍祠五畤，获白麟，一角而五蹄。"以此之故，改年号为元狩。

"成功不自满，始知谦受益"，化用《尚书·虞书》："满招损，谦受益。"

[**注释**]

[1]铸：耶律铸，楚材次子。生朝：生日。润之：刘润之，粘合重山门客。　[2]傲：坚不可摧。　[3]腾：跨越；超越。　[4]稽古：考察古事。　[5]竹帛：竹简和白绢。古代初无纸，用竹帛书写文字。引申指书籍、史乘。　[6]善积：即积善，累积善行。　[7]四壁：形容家境清贫，一无所有。　[8]馨香：散播很远的香气，比喻可流传后代的好名声。赫赫：显赫盛大貌；显著貌。　[9]不辰：未逢其时。　[10]燕然：这里指燕京。　[11]摄提格：岁阴名。古代岁星纪年法中的十二辰之一。相当于干支纪年法中的寅年。这里指戊寅年（1218）。当年，楚材应成吉思汗之召，离开燕京北上。　[12]鹓尾：鹓即鹓鹒，与其后的凤相对，系楚材自况。凤毛：比喻人子孙有才似其父辈者。　[13]云泥：云在天，泥在地。后因用"云泥"比喻两物相去甚远，差异很大。　[14]龙门：科举试场正门。此处借指科举会试。会

试中式为登龙门。　[15]周孔：周公与孔子。　[16]颜孟：颜回与孟子。　[17]优游：谓从容致力于某事。　[18]博弈：指赌博。　[19]龙猪：龙与猪，比喻不同的人差距很大。　[20]骨骼：这里指人成长基本成型。　[21]行身：立身处世。谨而信：恭谨诚信。　[22]顺而摭：语本《礼记·礼器》："君子之于礼也……有顺而摭也。"摭为拾取之意。如君死沐发用梁，大夫用稷，而士又用梁。士卑，不以拾取君礼而用之为嫌。　[23]祥麟：指瑞兽麒麟。　[24]溟鹏：北冥之鹏。语本《庄子·逍遥游》，后遂以"溟鹏"指大鹏。六翮：鸟类双翅中的正羽。用以指鸟的两翼。　[25]五常：指旧时的五种伦常道德，即父义、母慈、兄友、弟恭、子孝。　[26]药石：药剂和砭石。比喻规戒。　[27]甲午：1234年。重午：即农历五月初五日端午节。

[点评]

耶律铸生日为五月初三，这首诗是其十四岁生日那天，楚材和刘润之韵所作。全诗满怀对爱子成长的期待，指出耶律铸要继承祖先的良好品德与家风，树立正确学习态度，勤学不辍，持之以恒，自强不息，要加强自身修养，恭谨诚信，克己复礼，谦虚谨慎，不骄傲自满，是一首非常有意义的教子诗。

屏山居士《鸣道集》序[1]

据内容，其实应是"屏山居士《鸣道集说》序"。

屏山居士年二十有九，阅《复性书》[2]，知李习之亦二十有九[3]，参药山而退著书[4]，大发

感叹，日抵万松老师，深攻亟击，宿禀生知[5]，一闻千悟，注《首楞严》《金刚般若》[6]《赞释迦文》《达磨祖师梦语》《赘谈》《翰墨佛事》等数十万言，会三圣人理性之学[7]，要终指归佛祖而已。

江左道学[8]，倡于伊川昆季[9]，和之者十有余家，涉猎释、老肤浅一二，著《鸣道集》[10]，食我园椹[11]，不见好音，诬谤圣人[12]，聋瞽学者[13]。噫！凭虚气，任私情，一赞一毁，独去独取，其如天下后世何！

屏山哀矜，著《鸣道集说》，廓万世之见闻，正天下之性命。发挥孔圣幽隐不扬之道[14]，将攀附游龙[15]，骎骎乎吾佛所列五乘教中人天乘之俗谛疆隅矣[16]！《鸣道》诸儒，力排释、老，拚陷韩欧之隘党[17]，孰如屏山尊孔圣与释、老鼎峙耶？诸方宗匠[18]，皆引屏山为入幕之宾[19]。《鸣道》诸儒，钻仰藩垣[20]，莫窥户牖[21]，辄肆浮议[22]，不亦僭乎！余忝历宗门堂室之奥，恳为保证，固非师心昧诚之党[23]。如谓不然，报惟影响耳[24]。

万松为《湛然居士文集》所作序，也谈到李纯甫 29 岁读《复性书》后顿悟之事。

作者对道学家批评释老之学反应激烈。

作者认为道学家思想狭隘，李纯甫则标榜三教合一，无门户之见。

屏山临终出此书，付敬鼎臣曰[25]："此吾末后把交之作也[26]。子其秘之，当有赏音者。"鼎臣闻予购屏山书甚切，不远三数百，徒步之燕，献的稿于万松老师转致于余[27]。余览而感泣者累日。昔余尝见《鸣道集》，甚不平之，欲为书纠其芜谬而未暇[28]，岂意屏山先我著鞭[29]，遂为序引，以针江左书生膏肓之病焉[30]。中原学士大夫有斯疾者，亦可发药矣[31]。

甲午冬十有五日[32]，湛然居士漆水移剌楚才晋卿序。

［注释］

[1] 屏山居士：即李纯甫（1177—1223），字之纯，号屏山居士。金弘州襄阴（今河北阳原）人。 [2]《复性书》：唐李翱作，共三篇。糅合儒佛思想，将孟子性善说发展为"性善情恶"说。认为"情由性而生"，提出以"正思"之法，消灭邪恶之"情"，以达到"复性"而成为"圣人"。 [3] 李习之：即李翱（772—841），字习之。唐陇西成纪（今甘肃秦安东）人。 [4] 药山：即药山惟俨（737—834），绛州（今山西侯马东北）人，俗姓韩。石头希迁禅师法嗣，为禅宗南宗青原系僧人，曹洞宗始祖之一。李翱任朗州刺史时，曾至药山参惟俨，有《赠药山高僧惟俨二首》。 [5] 生知：谓不待学而知之。 [6]《首楞严》《金刚般若》：《首楞严》即《楞严经》，《金刚般若》即《金刚般若波罗蜜

经》，简称《金刚经》。　[7]理性：本性。　[8]江左道学：江左原指江东，这里指南宋。道学：宋儒周敦颐、张载、程颢、程颐、朱熹等的哲学思想。亦称理学。　[9]伊川昆季：伊川指程颐，号伊川先生。伊川昆季当指程颢、程颐兄弟。　[10]《鸣道集》：全称《诸儒鸣道集》，南宋所编理学丛书，共72卷。　[11]园椹：园中桑树的果实。　[12]诬谤：诬蔑诽谤。　[13]聋瞽：比喻欺骗，蒙蔽。　[14]幽隐不扬：隐晦而未发扬光大。　[15]攀附游龙：攀附指援引而上，游龙喻良马。　[16]骎（qīn）骎乎吾佛所列五乘教中人天乘之俗谛疆隅矣：骎骎喻马疾速奔驰貌；五乘谓人乘、天乘、声闻乘、缘觉乘、菩萨乘（或云佛乘）；俗谛指佛教依事物现象而阐发的浅明而易为世人所理解的道理。又称“世谛”“世俗谛”，与“真谛”相对。　[17]拚陷韩欧之隘党：意指沦为韩愈、欧阳修一类独尊儒学、思想偏狭之人。　[18]宗匠：技艺高超的工匠。常比喻在政治上或学问上有重大成就，众所推崇之人。　[19]入幕之宾：指关系亲近的人或参与机密研商的人。　[20]钻仰藩垣：钻仰指深入研求，藩垣指藩篱和垣墙。这里指探求的仅是肤浅的知识。　[21]莫窥户牖：户牖指门窗，借指屋舍。这里指无法得见真知。　[22]浮议：没有根据的议论。　[23]师心昧诚：师心指以心为师，自以为是。昧诚指违背诚实。　[24]报惟影响：《书·大禹谟》：“惠迪吉，从逆凶，惟影响。”孔传：“吉凶之报，若影之随形，响之应声，言不虚。”这里指所言不虚。　[25]敬鼎臣：即敬铉，字鼎臣，易州（今河北易县）人，金参知政事敬嗣辉孙。兴定四年（1220）进士。入元后官燕京儒学副提举。　[26]末后：指后来；最后。把交：指交付；交代。　[27]的稿：写定的稿本。　[28]芜谬：芜杂谬误；荒谬。未暇：谓没有时间顾及。　[29]先我著鞭：比喻快走一步，占先。　[30]膏肓：比喻难以救药的失误或缺点。　[31]发药：

开列药方；使用药物。　　[32]甲午：1234 年。

[点评]

屏山居士李纯甫是金末一代文豪，为文法《庄子》《列子》《左传》《战国策》，下笔汪洋恣肆，时人宗之，文风由此一变。29 岁读李翱《复性书》后，李纯甫始皈依佛教，后为万松俗家弟子。道学在南宋兴盛后，出现了向北方中原地区流播的趋势，其中选录 12 位道学家语录的《诸儒鸣道集》，也传播到北方。李纯甫获读此书后，恨不能与这些道学家生同其时，与之相诘难，遂著一书，对其有关释道方面的言论作了逐条评论（凡 216 条，加上李纯甫自跋共 217 条），提出“中国心学，西方文教”的观点。李纯甫对道学的批评态度，招致不少儒生的不满，可李纯甫丝毫不以为意，做自赞称“宁为时所弃，不为名所囚”。耶律楚材从敬铉处得到李纯甫的这部著作后，大加赞赏，特撰此序加以宣传。需要提到的是，这篇序言与保存在《鸣道集说》卷首的耶律楚材序相比，文字有较多改动。有兴趣的读者可对照二者参看。

用梁斗南韵[1]

丁年学道道难成[2]，却得中原浪播名。

否德自惭调鼎鼐[3]，微材不可典玑衡[4]。

谁知东海潜姜望[5]，好向南阳起孔明[6]。

收拾琴书作归计，玉泉佳处老余生[7]。

[注释]

[1]梁斗南：即梁陟。大兴良乡人。金明昌年间进士，曾官同知南京路都转运司事，终官司农少卿。金亡后，任蒙古燕京编修所长官。　[2]丁年：男子成丁之年。亦泛指壮年。　[3]否（pǐ）德：鄙陋之德；微德。否，通"鄙"。鼎鼐：古代两种烹饪器具，后喻指宰相等执政大臣。　[4]微材：微小的才智。多用作谦词。玑衡：古代观测天体的仪器。借指天文学。　[5]姜望：指姜太公，名望。　[6]孔明：指诸葛亮，孔明为其表字。　[7]玉泉：山名，位于北京颐和园西，为西山东麓支脉。这里泉水，"水清而碧，澄洁似玉"，故有"玉泉"之称。楚材在此有别业，因常以玉泉自号。

[点评]

这是楚材写给梁陟的和诗。梁陟出身金官宦世家，1232年蒙古围攻汴京期间，楚材曾奏取梁陟等名儒，元好问《癸巳岁寄中书耶律公书》亦向楚材荐举过他。1236年，楚材立编修所于燕京，以梁陟充长官。后其曾孙梁德珪（梁暗都剌）在元朝大显，朝廷特谥梁陟"通宪先生"。

送燕京高庆民行

国用繁多我政忧[1]，上章清选倅征收[2]。

好陪刘晏勤王事[3]，早使钱如地上流。

[注释]

[1] 国用：国家经费支出。　[2] 倅（cuì）：指担任副职官员。征收：指征收课税所。倅征收指担任征收课税所副长官。　[3] 刘晏：唐德宗朝宰相，唐代经济改革家、理财家。

[点评]

1230 年耶律楚材当政后，仿照金朝转运司制度，在汉地设立十路征收课税所，选用儒士担任课税所官员，其中燕京路征收课税所为陈时可与赵昉。不过，太宗十年（1238）十月，《元史·太宗纪》已有"陈时可、高庆民等言诸路旱蝗"的记载，看来，高庆民后来取代赵昉，成为陈时可副手。这首诗应是楚材送高庆民到燕京征收课税所赴任所作。在诗中，楚材希望高庆民能像唐代理财能手刘晏那样开辟财源，增加税收，以缓解蒙古政权的财政危机。

和赵庭玉子赟韵

万里龙庭白草秋[1]，时时归梦旧渔舟。
酌残白酒难成醉，老尽黄华无限愁[2]。
久识人心多厌政，喜逢天下已归刘[3]。

而今子入中州去，莫惜寒梅寄陇头[4]。

[注释]

[1]龙庭：一般指北方游牧政权，这里或指位于漠北的蒙古都城——哈刺和林。白草：牧草。干熟时呈白色，故名。　[2]黄华：即黄花，这里指菊花，喻人消瘦。　[3]归刘：此处用楚汉相争人心背楚归刘的典故，指蒙古灭金，统一中原。　[4]陇头：陇山。借指边塞。

[点评]

赵庭玉即赵思文，庭玉（庭又作廷）为其表字，在金朝累官礼部尚书。赵赟字敬叔，是赵思文长子，曾在金末任尚书省令史等职。汴京陷落后，赵赟以世家子，在顺天世侯张柔的护送下，回到永平（今河北完县）故里。1214年贞祐南迁前，楚材与赵思文在燕京同朝为官，二人应相识相知。从这首和诗的内容来看，赵赟大概赴漠北见过楚材，楚材此诗则是他送赵赟回中原的赠别诗。在诗中，楚材表达了自己看透世间冷暖、厌倦政治斗争、希望早日退隐还乡的心境。

赠东平主事王玉[1]

圣主方思治[2]，边臣未奉行。

凭君达此意，无得负苍生[3]。

[注释]

[1] 主事：官名，主管文牍等事，在不少衙门设此职。　[2] 思治：想望治世。　[3] 苍生：指百姓。

[点评]

这首诗标题中的"王玉"，有的版本作"王玉汝"，应是。王玉汝字君璋，济州郓城（今属山东）人。长期在东平世侯严实手下任职。楚材巡视东平期间，与王玉汝结识，很欣赏他的才华，任命他为东平路奏差官。二人从此结为知己，楚材待他如同家人父子，很是亲密。当然，作为东平属吏，王玉汝在楚材那里也处处为严实争取利益。作为山东强藩，严实辖境有30万户、54城，拥兵数万，势力强大，蒙古统治者对他并不很放心。窝阔台汗即位后，在中原地区重新画境，将东平所辖州县陆续割走，王玉汝为此曾奔走楚材跟前，为严实说话。楚材这首五言诗，言简意赅，指出当时的世侯强藩（这里指严实）未能奉行蒙古君主太平盛世的治国方针，希望王玉汝回到东平能转达此意，不要辜负百姓的殷切希望。

周敬之修夫子庙

天皇有意用吾儒[1]，四海钦风尽读书[2]。
可爱风流贤太守，天山创起仲尼居[3]。

[注释]

[1]天皇：帝王。这里指窝阔台汗。 [2]钦风：谓敬慕其风俗教化。 [3]天山：县名，净州治所，在今内蒙古四子王旗东北库伦图乡城卜子村古城。

[点评]

拯救斯文、重振儒学是楚材的理想。蒙古围攻汴梁期间，他向窝阔台汗建议，从围城中索出衍圣公孔元措，在曲阜安置，由东平世侯严实加以保护。他还在燕京设编修所，平阳设经籍所，编印儒学典籍。1238年举行的戊戌试，更是解放了一大批知识分子。此外，恢复各地被战火毁坏或被全真道等霸占的孔庙，也是楚材孜孜以求的一项举措。净州守周敬之是楚材的老友，自然响应其号召。这首诗即为楚材对其在净州天山创建夫子庙的充分肯定。

云中重修宣圣庙疏[1]

槐宫悉混玉石焚[2]，庙貌依然唯古云[3]。
须仗吾侪更修葺，休教盛世丧斯文[4]。

[注释]

[1]云中：西京大同府治，今山西大同。 [2]槐宫：即槐市。汉代长安读书人聚会、贸易之市。因其地多槐而得名。后借指学宫，学舍。玉石焚：比喻好坏同归于尽。 [3]庙貌：庙宇及神

像。　[4]斯文：指礼乐教化、典章制度。

[点评]

云中为西京大同府治所，这里的孔庙遭战火毁坏，断垣残壁中仅有孔子塑像保存完整。对当地重修孔庙之举，楚材大加赞赏，"休教盛世丧斯文"，更是楚材发自肺腑的呼吁，他的许多恢复文化的举措，都是以此为出发点的。

寄光祖 [1]

渔阳光祖冠当时，笔法词源我独知 [2]。

君有家鸡君自厌 [3]，为何偏爱玉泉诗。

[注释]

[1]光祖：即赵著。字光祖，号虎岩，蓟州渔阳（今天津蓟州区）人。著名诗人。　[2]词源：喻滔滔不绝的文词。　[3]家鸡：家中饲养的鸡。借指自己诗文的技法和风格。

[点评]

赵著，著名诗人，与龙山居士吕鲲齐名。元人王恽评价二人说，"惟虎岩、龙山二公，挺英迈不凡之材，挟迈往凌云之气。用所学所得，偃然以风雅自居，视李协律、赵渭南伯仲间也。雅为中书令耶律公宾礼，至令其子双溪（即耶律铸）从之问学，由是赵吕之学自为燕蓟

一派。"1236 年于燕京设立编修所，赵著被楚材举荐为编修所次二官。

送德润南行

燕然民庶久疮痍[1]，摩抚疮痍正此时[2]。

暴吏猾胥谄君日[3]，开缄三复味予诗[4]。

［注释］

[1]燕然：山名，即燕山山脉，此处应指燕京。民庶：庶民，百姓。　[2]摩抚：犹安抚。　[3]暴吏猾胥：残暴奸滑的小吏。[4]开缄：开拆。三复：谓反复诵读。

［点评］

德润不详其人，看来应是蒙古政权的一名官员。在受命南下燕京赴任时，楚材为其送别，谆谆教导他要以安抚百姓为己任，今后如遇向其献媚的残暴奸猾小吏，一定要反复读一下自己写的这首诗。

元好问为北魏皇室鲜卑拓跋氏后裔，北魏孝文帝改拓跋为元，始以元为姓。

和太原元大举韵

魏帝儿孙气似龙，而今飘泊困尘中。

君游泉石初无闷[1]，我秉钧衡未有功[2]。

元氏从来多慨慷，并门自古出英雄。

李唐名相沙堤在，好与微之继旧风。

[注释]

[1]泉石：指山水。　[2]钧衡：比喻国家政务重任。

[点评]

元好问（1190—1257），字裕之，号遗山，太原秀容（今山西忻州）人，金末著名文学家。1233年汴京降蒙后，有鉴于战乱之下生灵涂炭、斯文沦丧，元好问专门给楚材上了一封很长的信，希望楚材能出面收容保护一批读书种子，为此开列了一份多达54人的名单。后来，他又应楚材父子之邀，先后为楚材父兄撰写墓志，双方总算是有了一些交往。这首诗，虽然诗题中"元大举"寓意不详，但一般认为应是楚材和元好问所作。诗中，楚材对元好问勉励有加，希望他能出来为蒙古政权服务，像先人元稹一样成为一代名相。需要说明的是，对在蒙古政权下做官，元好问是有很大顾虑的，主要是不想背负"贰臣"骂名。实际上，元好问在汴京围城期间因为叛臣崔立立碑之事，已备受士林责难，后又因为楚材家族撰写碑铭之事，遭到"百谤百骂，嬉笑姗侮""欲使之即日灰灭"（元好问《答中书令成仲书》），在这种情况下，元好问内心备受煎熬，毅然回绝了耶律铸的邀请，终以在野之身专注金代史事的撰述。

这里的沙堤指唐代专为宰相通行车马所铺筑的沙面大路。李肇《唐国史补》卷下："凡拜相，礼绝班行，府县载沙填路。自私第至于子城东街，名曰沙堤。""微之"则指元好问先人唐代宰相元稹（字微之，779—831）。这里，楚材希望元好问能像先人元稹一样，入仕蒙古，成为一代名臣。

主要参考文献

（汉）司马迁《史记》，中华书局 1982 年点校本

（元）脱脱《辽史》，中华书局 2016 年修订本

（元）脱脱《金史》，中华书局 2020 年修订本

（元）脱脱《宋史》，中华书局 1977 年点校本

（明）宋濂《元史》，中华书局 1976 年点校本

许全胜校注《黑鞑事略校注》，兰州大学出版社 2014 年版

（元）李志常著，尚衍斌、黄太勇校注《长春真人西游记校注》，中央民族大学出版社 2016 年版

（元）耶律楚材著，向达校注《西游录》，中华书局 2000 年版

（金）刘祁撰，崔文印点校《归潜志》，中华书局 1983 年版

（元）王恽著，杨晓春点校《玉堂嘉话》卷二《刘郁西使记》，中华书局 2006 年版

王颋点校《庙学典礼（外二种）》，浙江古籍出版社 1992 年版

（明）王世贞《弇州山人续稿》，明万历刻本

（清）陈铭珪《长春道教源流》,《聚德堂丛书》本

（元）耶律楚材著，谢方点校《湛然居士文集》，中华书局 2021 年点校本

（元）耶律楚材著《湛然居士文集》,《四部丛刊》初编本

（元）杨奂《还山遗稿》,《北京图书馆古籍珍本丛刊》本

姚奠中主编，李正民增订《元好问全集》，三晋出版社 2015 年版

（元）耶律铸《双溪醉隐集》,《景印文渊阁四库全书》本

（元）郝经著，田同旭校注《郝经集校勘笺注》，三晋出版社 2018 年版

（元）苏天爵编，张金铣校点《元文类》，安徽大学出版社 2020 年版

（清）顾嗣立编《元诗选》，中华书局 1987 年版

杨镰《元诗史》，人民文学出版社 2003 年版

刘晓《耶律楚材评传》，南京大学出版社 2001 年版

栾贵明编著《永乐大典索引》，作家出版社 1997 年版

（明）孙能传、张萱等撰《内阁藏书目录》,《续修四库全书》本（第 917 册）

（清）永瑢等撰《四库全书总目》，中华书局 1965 年影印版

中国古籍总目编纂委员会编《中国古籍总目·集部 1》，中华书局、上海古籍出版社 2012 年版

严绍璗编著《日藏汉籍善本书录》，中华书局 2007 年版

翁万戈编《美国顾洛阜藏中国历代书画名迹精选》，上海人民美术出版社 2009 年版

北京图书馆金石组编《北京图书馆藏中国历代石刻拓本汇编》，中州古籍出版社 1989 年版

刘晓《耶律楚材传世诗卷〈赠刘满诗〉读后》,《燕京学报》新 26 期,

北京大学出版社 2009 年版

刘晓《金元北方云门宗初探——以大圣安寺为中心》,《历史研究》2010 年第 6 期

刘晓《宋金之际中国北方云门宗的传承——以佛觉法琼、慧空普融法脉为中心》,《中国史研究》2021 年第 2 期。

党宝海《〈玄风庆会录〉作者考》,《传统中国研究集刊》第 3 辑,上海人民出版社 2007 年版

和谈《耶律楚材姓名辨正》,《兰台世界》2014 年第 27 期

和谈《耶律楚材作品存佚情况考辨》,《中北大学学报》2019 年第 1 期

朱元元《耶律楚材与〈梅溪十咏〉》,《安阳师范学院学报》2008 年第 4 期

吉野正史:「「耶律・蕭」と「移剌・石抹」の間:『金史』本紀における契丹・奚人の姓の記述に関する考察」,『東方學』第 127 辑,2014 年。译文见平田茂树、余蔚主编:《史料与场域:辽宋金元史的文献拓展与空间体验》,上海人民出版社 2021 年版

姚从吾《耶律楚材〈西游录〉足本校注》,《大陆杂志》特刊第二辑,1962 年

Igor de Rachewiltz, The Hsi-yu lu 西遊錄 by Yeh-lü Ch'u-ts'ai 耶律楚材, Monumenta Serica21,1962

《中华传统文化百部经典》已出版图书

书　名	解读人	出版时间
周易	余敦康	2017 年 9 月
尚书	钱宗武	2017 年 9 月
诗经（节选）	李　山	2017 年 9 月
论语	钱　逊	2017 年 9 月
孟子	梁　涛	2017 年 9 月
老子	王中江	2017 年 9 月
庄子	陈鼓应	2017 年 9 月
管子（节选）	孙中原	2017 年 9 月
孙子兵法	黄朴民	2017 年 9 月
史记（节选）	张大可	2017 年 9 月
传习录	吴　震	2018 年 11 月
墨子（节选）	姜宝昌	2018 年 12 月
韩非子（节选）	张　觉	2018 年 12 月
左传（节选）	郭　丹	2018 年 12 月
吕氏春秋（节选）	张双棣	2018 年 12 月
荀子（节选）	廖名春	2019 年 6 月
楚辞	赵逵夫	2019 年 6 月
论衡（节选）	邵毅平	2019 年 6 月
史通（节选）	王嘉川	2019 年 6 月
贞观政要	谢保成	2019 年 6 月
战国策（节选）	何　晋	2019 年 12 月
黄帝内经（节选）	柳长华	2019 年 12 月
春秋繁露（节选）	周桂钿	2019 年 12 月
九章算术	郭书春	2019 年 12 月
齐民要术（节选）	惠富平	2019 年 12 月
杜甫集（节选）	张忠纲	2019 年 12 月
韩愈集（节选）	孙昌武	2019 年 12 月
王安石集（节选）	刘成国	2019 年 12 月
西厢记	张燕瑾	2019 年 12 月

书　　名	解读人	出版时间
聊斋志异（节选）	马瑞芳	2019 年 12 月
礼记（节选）	郭齐勇	2020 年 12 月
国语（节选）	沈长云	2020 年 12 月
抱朴子（节选）	张松辉	2020 年 12 月
陶渊明集	袁行霈	2020 年 12 月
坛经	洪修平	2020 年 12 月
李白集（节选）	郁贤皓	2020 年 12 月
柳宗元集（节选）	尹占华	2020 年 12 月
辛弃疾集（节选）	王兆鹏	2020 年 12 月
本草纲目（节选）	张瑞贤	2020 年 12 月
曲律	叶长海	2020 年 12 月
孝经	汪受宽	2021 年 6 月
淮南子（节选）	陈　静	2021 年 6 月
太平经（节选）	罗　炽	2021 年 6 月
曹操集	刘运好	2021 年 6 月
世说新语（节选）	王能宪	2021 年 6 月
欧阳修集（节选）	洪本健	2021 年 6 月
梦溪笔谈（节选）	张富祥	2021 年 6 月
牡丹亭	周育德	2021 年 6 月
日知录（节选）	黄　珅	2021 年 6 月
儒林外史（节选）	李汉秋	2021 年 6 月
商君书	蒋重跃	2022 年 6 月
新书	方向东	2022 年 6 月
伤寒论	刘力红	2022 年 6 月
水经注（节选）	李晓杰	2022 年 6 月
王维集（节选）	陈铁民	2022 年 6 月
元好问集（节选）	狄宝心	2022 年 6 月
赵氏孤儿	董上德	2022 年 6 月
王祯农书（节选）	孙显斌	2022 年 6 月
三国演义（节选）	关四平	2022 年 6 月
文史通义（节选）	陈其泰	2022 年 6 月

书　名	解读人	出版时间
汉书（节选）	许殿才	2022 年 12 月
周易略例	王锦民	2022 年 12 月
后汉书（节选）	王承略	2022 年 12 月
通典（节选）	杜文玉	2022 年 12 月
资治通鉴（节选）	张国刚	2022 年 12 月
张载集（节选）	林乐昌	2022 年 12 月
苏轼集（节选）	周裕锴	2022 年 12 月
陆游集（节选）	欧明俊	2022 年 12 月
徐霞客游记（节选）	赵伯陶	2022 年 12 月
桃花扇	谢雍君	2022 年 12 月
法言	韩敬、梁涛	2023 年 12 月
颜氏家训	杨世文	2023 年 12 月
大唐西域记（节选）	王邦维	2023 年 12 月
法书要录（节选） 历代名画记	祝　帅	2023 年 12 月
耶律楚材集（节选）	刘　晓	2023 年 12 月
水浒传（节选）	黄　霖	2023 年 12 月
西游记（节选）	刘勇强	2023 年 12 月
乐律全书（节选）	李　玫	2023 年 12 月
读通鉴论（节选）	向燕南	2023 年 12 月
孟子字义疏证	徐道彬	2023 年 12 月
嵇康集	崔富章	2024 年 12 月
白居易集（节选）	陈才智	2024 年 12 月
李清照集（节选）	诸葛忆兵	2024 年 12 月
近思录	查洪德	2024 年 12 月
林则徐集	杨国桢	2024 年 12 月